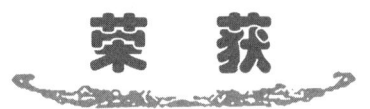

新闻出版总署优秀畅销书奖
全国优秀古籍图书普及读物奖
第十七届山西省优秀图书一等奖
第二届山西出版政府奖
山西出版集团2008年度十种好书

全套藏书累计销售500万册

诸子百家卷

《诗经》《尚书》《礼记》《楚辞》《论语·大学·中庸》《孟子》
《老子》《庄子》《荀子》《韩非子》《孙子兵法·尉缭子·鬼谷子》
《墨子》《周易》《山海经》《吕氏春秋》《三十六计》

名家选集卷

《三曹诗集》《陶渊明集》《王勃集》《王维集》《孟浩然集》
《高适集》《岑参集》《李白集》《杜甫集》《白居易集》
《刘禹锡集》《元稹集》《李商隐集》《李贺集》《杜牧集》
《韩愈集》《柳宗元集》《李煜集》《欧阳修集》《王安石集》
《苏轼集》《黄庭坚集》《柳永集》《秦观集》《周邦彦集》
《李清照集》《辛弃疾集》《陆游集》《范成大集》《杨万里集》
《姜夔集》《文天祥集》《元好问集》《唐寅集》《张岱集》
《三袁集》《李贽集》《傅山集》《纳兰性德集》《袁枚集》
《郑板桥集》《龚自珍集》

史著选集卷

《左传》《国语》《战国策》《史记》《汉书》《后汉书》《三国志》
《资治通鉴》

综合选集卷

《唐诗三百首》《宋词三百首》《元曲三百首》《千家诗》《古文观止》
《汉魏六朝小赋骈文选》《唐宋八大家文选》《明清小品文选》

笔记杂著卷

《蒙学六种——三字经·百家姓·千字文·增广贤文·幼学琼林·格言联璧》
《颜氏家训·朱子家训》《世说新语》《金刚经·坛经·心经·地藏经》
《曾国藩家书》《菜根谭·小窗幽记·幽梦影》《浮生六记》《闲情偶寄》
《近思录》《徐霞客游记》《古代书信精选》

戏曲小说卷

《元杂剧精选》《西厢记》《牡丹亭》《长生殿》《桃花扇》《今古奇观》
《三国演义》《水浒传》《西游记》《红楼梦》《聊斋志异》《儒林外史》
《封神演义》《话本小说选》《文言小说选》

中国家庭基本藏书 名家选集卷

刘禹锡集

[唐]刘禹锡 著
赵娟 姜剑云 解评

山西出版集团
三晋出版社

博学工作室

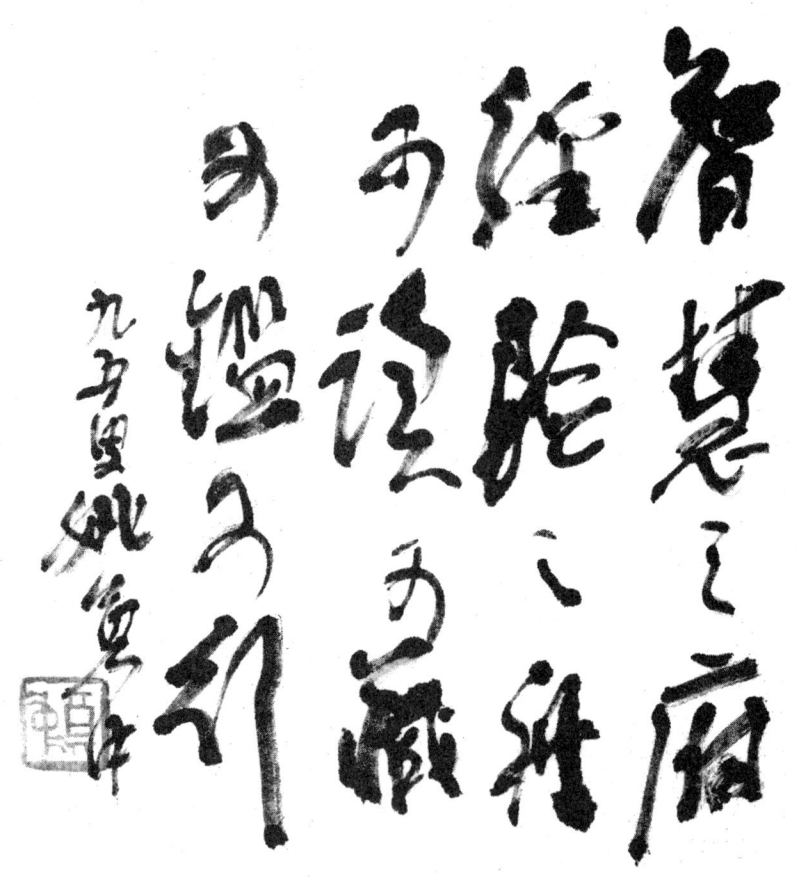

· 山西大学教授姚奠中先生为《中国家庭基本藏书》题词

前言

中国是诗的国度,唐诗在中国整个诗歌发展史上占有极其重要的地位。然而有唐一代诗歌的发展并不是一成不变的。伴随着唐代初、盛、中、晚四个时期,唐诗也经历了从萌生、繁荣到衰退、消亡等几个阶段。中唐前期是唐代诗坛相对沉寂的一个时期,但中唐后期,即自贞元、元和以来,却因为有了韩愈、刘禹锡、柳宗元和白居易等大家的出现,又为这个沉寂的局面增添了生气,他们以自己各具特色的创作为唐诗的发展涂抹上亮丽的色彩,使唐诗得以盛后再盛。

刘禹锡是中唐著名的文学家、思想家、政治家。作为文学家,刘禹锡一生创作了800多首诗作,赢得了"诗豪"的美誉;写下数百篇文章,柳宗元评其为"文隽而膏,味无穷而炙愈出也"(刘禹锡《犹子蔚适越戒》引)。其诗集更是被明人杨慎高度评价为:"元和以后,诗人全集之可观者数家,当以刘禹锡为第一。其诗入选及人所脍炙,不下百首矣。"(《升庵诗话》卷一)作为思想家,他的哲学思想反映在其《天论》上、中、下三篇中,提出了"天与人交相胜还相用"的重要观点,体现了一名唯物主义无神论者的战斗精神。然而,刘禹锡却不是一位成功的政治家。古代的知识分子大多抱有"修身、齐家、治国、平天下"的理想,刘禹锡也不例外。他青年登科,一生致力于革新事业,但政治厄运的阴影始终伴随着他。"巴山楚水凄凉地,二十三年弃置身"(《酬乐天扬州初逢席上见赠》),这是他一生悲惨命运的生动写照。既然不能"兼济天下",诗人只好"独善其身"。但凭借着一位政治家特有的敏感,又使他虽"身处江湖之外",却不能"忘庙堂之高",于是就使诗人能更加贴近大众,体察民情,深入思考,从而走上了穷愁著书的道路。不幸的生活遭遇使刘禹锡生发出无限的感慨,他不再停留于简单的自慨身世、怀古伤今之上,而是进一步看到了社会黑暗、统治阶层腐朽的社会真实的一面,因此他的诗歌自始至终都洋溢着一种斗争精神。明人胡震亨评价道:"刘禹锡播迁一生,晚年洛下闲废,与绿野(裴度)、香山(白居易)诸公优游诗酒间,而精华不衰,一时以'诗豪'见推。"(《唐音癸签》)

纵观整个文学史,历代对刘禹锡的研究从未间断过。北宋的苏轼一门及后来的江西诗派对刘禹锡的研究可谓深入,但相关的研究多散见于一些诗话当中,所以显得不够系统,难成体系。20世纪20年代以来,中国古典文学研究作为一门现代科学学科诞生了,对刘禹锡的研究也逐渐从多方面展开。学界对刘禹锡的生平、世系、交游、思想、文集版本、作品整理和艺术成就等多有涉及,且取得了丰硕的成果。尤其是20世纪90年代以来的十多年,对刘禹锡的研究又有了长足的发展。研究专著纷纷面世,关于刘禹锡诗文的注译也时有新出。

此次我们所评注的刘禹锡作品,其诗多以《全唐诗》为据,其文则以流行的清代朱澂的"结一庐賸馀丛书"中的《刘宾客文集》为底本,参校《全唐文》以及瞿蜕园《刘禹锡集笺证》等本子,择善而从。作品大致以年代先后为序编排。限于丛书之体例篇幅等方面的要求,我们只选择性地评注了《刘禹锡集》中的诗歌80馀首,散文20馀篇。评注过程中曾参考并得益于学界专家的既有成果,在此谨致由衷的谢忱。为方便读者阅读,末附"刘禹锡年谱简编"、"刘禹锡研究重要参考文献"、"《刘禹锡集》名言警句"(正文中用着重号标出)。限于作者的水平,谬误之处在所难免,诚请读者朋友批评指正。

赵　娟　姜剑云
2008年4月于河北大学

刘禹锡生平及其作品研究(代序)

卞孝萱 吴汝煜

刘禹锡(772—842),唐代文学家、哲学家。字梦得。洛阳(今属河南)人,祖籍中山(今河北定州)。父刘绪因避安史之乱,举族东迁,寓居嘉兴(今属浙江)。刘禹锡出生在嘉兴。

刘禹锡的生平可分为四个阶段。第一阶段,德宗贞元六年(790)以前。刘禹锡自幼好学,熟读儒家经典,浏览诸子百家。童年时代曾经到吴兴陪侍诗僧皎然、灵澈吟诗,得到他们的指点,并为权德舆所器重。第二阶段,从贞元七年到顺宗永贞元年(805)。刘禹锡19岁左右游学长安。贞元九年与柳宗元同榜登进士第,接着又登宏词科。贞元十一年登吏部取士科,授太子校书,开始踏上仕途。他希望在政治上有一番作为。入仕以前,自称"道未施于人,所蓄者志"(《献权舍人书》)。入仕以后,积极参加政治活动。贞元十六年入杜佑幕掌书记,参与讨伐徐州乱军。十八年调任渭南县主簿。次年任监察御史。贞元二十一年(当年八月改元永贞)一月,德宗死,顺宗即位,任用王叔文等人推行一系列改革弊政的措施。刘禹锡当时任屯田员外郎、判度支盐铁案,与王叔文、王伾、柳宗元同为政治革新的核心人物，称为"二王刘柳"。革新只进行了半年，就遭到宦官、藩镇的强烈反对。顺宗被迫退位，宪宗即位。九月，革新失败，王叔文被赐死。刘禹锡初贬为连州(今广东连州)刺史，行至江陵，再贬朗州(今湖南常德)司马。同时贬为远州司马的共八人，史称"八司马"。第三阶段，从宪宗元和元年(806)至敬宗宝历二年(826)。刘禹锡等八人被贬后，宪宗曾下诏："纵逢恩赦，不在量移之限。"(《旧唐书·宪宗纪》)从这时起，刘禹锡开始走上"穷愁著书"的道路。在贬所，他写了不少政治讽刺诗，大胆地揭露宦官与大官僚的丑行，以抒发胸中的愤懑。元和九年十二月，刘禹锡与柳宗元等人一起奉召回京。次年三月，刘禹锡写了《元和十一(一字衍)年，自朗州召至京，戏赠看花诸君子》诗，得罪执政者，被外放为连州刺史。后来又担任过夔州刺史、和州刺史。所到之处，访问疾苦，关心民瘼，写了不少诗篇。由于长期遭受斥逐，思想陷于苦闷，早在朗州时期就以佛教作为安慰。到连州后，与佛教徒往来密切，写了不少酬僧诗。宝历二年冬，从和州奉召回洛阳。二十二年的贬谪生涯至此结束。第四阶段，从文宗大和元年(827)至武宗会昌二年(842)病故于洛阳。大和元年，刘禹锡任东都尚书省主客郎中。次年回朝任主客郎中。他一到长安，就写了《再游玄都观绝句》，表现了屡遭打击而始终不屈的意志。以后历官苏州、汝州、同州刺史。从开成元年(836)开始，改任太子宾客、秘书监分司东都的闲职。会昌元年(841)，加检校礼部尚书衔。世称刘宾客、刘尚书。他在地方官任上颇著政绩，但总觉得自己的政治才能没有充分发挥，长抱"天与所长不使施"(《子刘子自传》)之恨。晚年寄希望于宰相裴度，想协助裴度刷新政治。但裴度在"牛李党争"中受到排挤，无所施为，也未能实现这一愿望。刘禹锡在黑暗现实下感到没有出路，便借老庄旷达思想排遣苦闷，而内心不甘沉沦，写下"莫道桑榆晚，为霞尚满天"(《酬乐天咏老见示》)一类诗句以自勉，所以明代胡震亨说他晚年"精华不衰"(《唐音癸签》)。临终前撰《子刘子自传》，为他早年参加的永贞革新辩护，为王叔文恢复名誉，表明他至死不渝的志节。

刘禹锡生前与白居易齐名，世称"刘白"。白居易则称他为"诗豪"，推崇备至。他的诗歌，传诵之作极多。明代杨慎说："元和以后，诗人全集之可观者数家，当以刘禹锡为第一。其诗入选及人所脍炙，不下百首矣。"(《升庵诗话》)胡应麟认为，刘禹锡、韩愈、柳宗元、白居易的诗歌各具风格，都是"大家材具"(《诗薮·外编》)。

刘禹锡存诗约800馀首，内容比较丰富。首先，他认真汲取民歌的营养,创作了一批反映下层社会民众生活和风土人情的好诗。他在贬谪朗州以后,发现"屯谣俚音,可俪风什"(《上淮南李相公启》),于是注意向民歌学习。《竞渡曲》、《采菱行》之类已经带有民歌风味。后经长期探索,终于取得很大成就。《竹枝词》、《浪淘沙词》、《堤上行》、《踏歌词》等篇,有的描写群众劳动场面,有的表现劳动人民的爱情生活,有的展示江南水乡的人情风俗,题材十分广阔。风格上汲取了巴蜀民歌含思宛转、朴素优美的特色,比起一般文人创作来,另有一番清新自然、健康活泼的韵味,充满着生活情趣。

其次,刘禹锡的诗歌继承了《诗经》的美刺传统,以鲜明的爱憎感情反映中唐社会生活中的重大问题。他的政治讽刺诗每每采用寓言托物的手法,抨击镇压永贞革新的权臣、宦官,把他们比作"利嘴迎人著不得"的蚊子(《聚蚊谣》),"瞥下云中争腐鼠"的飞鸢(《飞鸢操》),"笙簧百啭音韵多"的百舌鸟(《百舌吟》),形象逼真,从不同的角度揭露他们的丑恶嘴脸和害人本性。另一些讽刺诗讽刺对象不限于一小撮上层统治集团,而是涉及较为广泛的社会现象,如《昏镜词》、《调瑟词》、《武夫词》、《贾客词》等,用意深刻,针对性强,具有重要的现实意义。晚年所作,风格转趋含蓄,如《和仆射牛相公春日闲坐见怀》,讽刺牛僧孺而不露痕迹,王夫之评为"深于影刺"(《唐诗评选》)。

再其次,刘禹锡所写的寄托身世和咏怀古迹的诗,也历来为人称道。他在逆境中不肯屈服,经常以诗歌激励自己。《学阮公体三首》、《萋兮吟》、《咏史二首》、《答杨八敬之绝句》等,都直抒胸臆,表现了刚正不阿的品格和对权贵佞幸的愤慨。他对生活充满激情,无论是在凄清的秋天,还是在衰病的晚年,都写出了昂扬乐观的佳作,如《始闻秋风》中的"马思边草拳毛动,雕眄青云睡眼开。天地肃清堪四望,为君扶病上高台",至今仍能激励人心。他能够从自然界的生生不息中得到启发,开拓心胸,写出诸如"芳林新叶催陈叶,流水前波让后波"(《乐天见示伤微之、敦诗、晦叔三君子,皆有深分,因成是诗以寄》)、"沉舟侧畔千帆过,病树前头万木春"(《酬乐天扬州初逢席上见赠》)一类富于哲理意味的警句。他坚持理想,写出了"莫道谗言如浪深,莫言迁客似沙沉。千淘万漉虽辛苦,吹尽狂沙始到金。"(《浪淘沙词》之八)一类豪言壮语。咏怀古迹的诗歌如《西塞山怀古》、《金陵怀古》、《金陵五题》、《蜀先主庙》、《观八阵图》等,都是传诵千古的名篇,不仅艺术技巧纯熟,思想内容也达到很高的水平。《金陵怀古》通过景物描写,显示了"兴废由人事,山川空地形"的道理。《乌衣巷》以冷隽的语言写晋代显赫一时的王、谢世族没落后的衰败景象,借古讽今,暗示时下的权贵不会有比王、谢更好的命运。这些诗都写得精警超迈,韵味深长。《西塞山怀古》一篇,当时誉为"骊珠",白居易为之搁笔罢唱(《唐诗纪事》)。

刘禹锡写的应酬诗较多。与白居易唱和的编为《刘白唱和集》,与令狐楚唱和的编为《彭阳唱和集》。另外,本集中还编有《送僧诗》一卷。这些作品,有不少是流连光景、谈玄论佛之作。

刘禹锡十分注重诗歌艺术的创新。他的诗既不像韩愈那样奇崛,又不像白居易那样浅显,而具有取境优美、精练含蓄、韵律自然的特色。

张为《诗人主客图》把刘禹锡列为"瑰奇美丽主"的上入室。他的诗歌取境优美,一是得力于瑰丽的藻思,如《浪淘沙词九首》造语流丽,形象鲜明。二是得力于比兴手法,如以"红雨"比落花(《百舌吟》),以"白银盘里一青螺"喻洞庭湖中的君山(《望洞庭》),以"水流无限月明多"暗示倾诉不尽的美好的爱情(《堤上行》),都新颖可喜,形象优美。刘禹锡诗中的兴句往往与比喻相结合,即景起兴,情景相生,既烘托气氛,又兼有比喻之意,造成绚丽多彩的意境。这在民歌体的诗作中表现得更为突出。

刘禹锡的诗歌不事铺叙而讲究精练,不主浅露而强调含蓄。他说的"片言可以明百意"、"境生于象外"(《董氏武陵集纪》),深刻地概括了诗歌精练含蓄的特性,道出了他自己的艺术好尚。酬答诗篇幅短小,而含意丰富,或婉曲地写出难言之衷,或深沉地传达出互相关切的友情,或寄寓感慨,或微言托讽,都能得韵外之致。怀古诗往往从眼前的景物出发,驰骋丰富的想象。在对历史现象作深刻艺术概括的基础上,对古今隐微相似的某一端加以点染,因此形象鲜明而又发人深思。写景诗多以情景交融见长,在深邃的意境中,包蕴着作者的主观意念和感受。刘禹锡诗的精练含蓄,为白居易所深赏。近人陈寅恪说,这是因为"乐天平日之所蕲求改进其作品而未能达到者,梦得则已臻其理想之境界也"(《元白诗笺证稿》附论)。

刘禹锡不满于当时的某些乐府诗"不能足新词以度曲"(《董氏武陵集纪》)的倾向,而比较重视诗歌的音乐美。他努力掌握民歌曲调,学唱《竹枝词》,使"听者愁绝"(白居易《忆梦得》诗自注)。他的七言乐府小诗吸取了民歌曲调的优点,音调浏亮,节奏鲜明,"播在乐章"(《刘宾客文集》卷二七自注)。近人刘师培称之为"七言绝句之变调"(《论文杂记》),为绝句平添一格。他的律、绝、古诗,大都写得流畅自然,犹如孤桐朗玉,自有天律。即使像《平蔡州》一类古体,也具有民歌的音乐美。清翁方纲誉之为"以《竹枝》歌谣之调,而造老杜诗史之地位"(《石洲诗话》)。其他如六言诗《再赠乐天》,新体诗如《叹水别白二十二》等,句式、节奏、用韵都与律诗不同,逐渐向长短句演变。刘禹锡另有《和乐天春词依〈忆江南〉曲拍为句》两首,说明按照《忆江南》的曲调来填词。这是中国文学史上依曲填词的最早记录。明代胡震亨说刘诗"语语可歌"(《唐音癸签》),基本上符合事实。

刘禹锡诗歌的这些特点,与崇尚风骨、讲究音乐美的盛唐诗风比较接近。前人有从整体上指出这一点的,如宋代蔡绦说:"刘梦得诗典则既高,滋味亦厚。"(《苕溪渔隐丛话》后集引《西清诗话》)明代胡应麟说:"梦得骨力豪劲。"(《诗薮·内编》)明代周履靖则直说刘诗"祖风骚,宗盛唐"(《骚坛秘语》)。翁方纲是从七言绝句这一体上指出这一点的,他说,"中唐六七十年之间,堪与盛唐方驾者,独刘梦得、李君虞两家之七绝。"(《石洲诗话》)方东树则举出具体篇章,说刘禹锡《石头城》诗"亦堪接武"盛唐(《昭昧詹言》)。刘禹锡的诗歌在唐代流传极广。西南少数民族地区、京口(今江苏镇江)、襄阳、吴兴一带,民间传唱不绝(《旧唐书·刘禹锡传》、温庭筠《秘书刘尚书挽歌词》、胡仔《苕溪渔隐丛话》后集卷十三)。后世文人从不同的方面向刘禹锡学习而各有所得。他的《竹枝词》后世继作者颇多。苏轼也写过《竹枝词》,但他主要学习刘诗的讽刺艺术,因此他的诗"多怨刺"(《后山诗话》)。苏辙则喜欢刘禹锡诗的"用意深远,有曲折处"(《宋诗话辑佚·童蒙诗训》)。王安石"七律似梦得"(《昭昧詹言》),徐渭、袁宏道的七绝"无不以梦得为活谱"(《姜斋诗话》)。刘禹锡关于诗中用字须有来历的主张,后来为江西诗派所借鉴。黄庭坚、陈师道标榜脱胎换骨,往往把刘禹锡的名作佳句"点化"为己诗(《诗人玉屑》和任渊《山谷诗集注》、《后山诗注》等)。刘禹锡的一部分内容平常而技巧较高的酬答诗,也为江西诗派所取法。

刘禹锡也是唐代古文运动的积极参加者。宋代谢采伯对刘禹锡在古文运动中的历史地位评价比较公允,说:"唐之文风,大振于贞元、元和之时。韩、柳倡其端,刘、白继其轨。"(《密斋笔记》)

刘禹锡的文章以论说文成就为最大。一是专题性的论文,论述范围包括哲学、政治、医学、书法、书仪等方面。哲学论文如《天论》三篇,论述了天的物质性,指出天人"交相胜"、"还相用"的观点,并在当时的科学水平上分析了"天命论"产生的社会根源,在唯物主义思想发展史上有一定的地位。其他方面的论文如《答饶州元使君书》《论书》《答道州薛郎中论方书书》《答道州薛郎中论书仪书》，都征引丰富，推理缜密，巧丽渊博，雄健晓畅。二是杂文。一般因事立题，有感而发，如《因论》七篇；也有的是"读书有所感，辄立评议"，如《华佗论》《辩迹论》、《明贽论》等。这些作品，短小精悍，隐微深切。或借题发挥，针砭现实；或托古讽今，抨击弊政，都具有一定的现实性。刘禹锡认为自己所长在"论"，韩愈所长在"笔"（《祭韩吏部文》），反映了他对自己的论文的重视。刘禹锡的散文，与他的诗歌一样，辞藻美丽，题旨隐微。柳宗元说他"文隽而膏，味无穷而炙愈出也"（刘禹锡《犹子蔚适越戒》引），为深中肯綮的评价。

刘禹锡在元和十三年曾自编其著述为"四十通"，又删取四分之一为"集略"。这是最早的刘禹锡集和选本，今都不传。元代方回说："梦得诗句句精绝，其诗曾自删选。"（《瀛奎律髓》）或曾见到刘禹锡自定的选本。《新唐书·艺文志》载《刘禹锡集》40卷。宋初亡佚10卷。宋敏求搜集遗佚，辑为《外集》10卷，但仍有遗漏。

现存刘禹锡集古本主要有三种：①清代避暑山庄旧藏宋绍兴八年（1138）董弅刻本，题为《刘宾客文集》，属小字本，今有徐鸿宝影印本。又淳熙十三年（1186）陆游据董本重刻，称"浙本"。明清以来通行的刻本，基本上属于这个系统。②日本平安福井氏崇兰馆所藏宋刻本，题为《刘梦得文集》，属蜀大字本，今有董康影印本、商务印书馆缩印本。③北京图书馆所藏宋刻残本《刘梦得文集》一至四卷，建安坊刻本。明、清两代的毛晋、惠栋、何焯、冯浩、黄丕烈等人曾对刘禹锡的文集做过初步的校勘工作，但多数是抄本，流传不广。现通行刘禹锡集版本有：《四部丛刊》本《刘梦得文集》、《四部备要》本《刘宾客文集》、《丛书集成》本《刘宾客文集》。此外，尚有校点本《刘禹锡集》。

刘禹锡的生平事迹，见于新、旧《唐书》本传，唐韦绚编《刘宾客嘉话录》（一称《刘公嘉话录》），记录了刘禹锡晚年有关创作、学问等方面的谈话，颇具资料价值。今人卞孝萱著有《刘禹锡年谱》，对刘禹锡的生平和各种史料多有考订。

卞孝萱，已故唐诗学者。师从范文澜、章士钊先生，专攻唐代文史。南京大学中文系教授、博士生导师。著有《唐代文史论丛》、《刘禹锡年谱》等专著十部，发表论文一百馀篇。

吴汝煜，已故唐诗学者。曾师从卞孝萱先生，任徐州师范学院中文系教授，主编有《全唐诗人名考》、《唐五代人交往诗索引》等重要著作。

上文节选自《中国大百科全书·中国文学》，题目为编者所拟。

目录

前言 / 001

刘禹锡生平及其作品研究(代序)

(卞孝萱 吴汝煜) / 001

◎ 诗

荆州道怀古 / 001

哭吕衡州,时予方谪居 / 003

汉寿城春望 / 004

咏史二首 / 006

学阮公体三首 / 008

秋风引 / 011

昏镜词并引 / 013

磨镜篇 / 015

聚蚊谣 / 017

百舌吟 / 019

飞鸢操 / 022

萋兮吟 / 024

壮士行 / 026

采菱行并引 / 028

秋词二首 / 031

伤桃源薛道士 / 032

元和甲午岁,诏书尽征江湘逐客,余自武陵赴京,宿于都亭,有怀续来诸

君子 / 033
元和十年自朗州召至京，戏赠看花诸君子 / 035
再授连州至衡阳酬柳柳州赠别 / 036
插田歌并引 / 038
平蔡州(三首选一) / 041
重至衡阳伤柳仪曹并引 / 043
松滋渡望峡中 / 045
伤愚溪三首并引 / 046
竹枝词并序(九首选六) / 049
 其一 / 050
 其二 / 051
 其四 / 052
 其六 / 053
 其七 / 054
 其九 / 055
竹枝词二首(其一) / 056
浪淘沙九首(选五) / 057
 其一 / 057
 其五 / 058
 其六 / 060
 其七 / 061
 其八 / 062
蜀先主庙 / 063
观八阵图 / 065
巫山神女庙 / 066
踏歌词四首(选二) / 068

 其一 / 068
 其三 / 069
武昌老人说笛歌 / 070
西塞山怀古 / 072
望洞庭 / 074
晚泊牛渚 / 075
望夫石 / 077
金陵五题并引 / 078
 石头城 / 079
 乌衣巷 / 080
 台城 / 081
 生公讲堂 / 083
 江令宅 / 084
经檀道济故垒 / 085
金陵怀古 / 087
韩信庙 / 088
酬乐天扬州初逢席上见赠 / 090
淮阴行五首并引(选二) / 092
 其三 / 092
 其四 / 093
罢郡归洛阳闲居 / 094
洛中送韩七中丞之吴兴口号(五首选三) / 096
再游玄都观并引 / 098
听旧宫人穆氏唱歌 / 100
与歌者何戡 / 101
杏园花下酬乐天见赠 / 102
曲江春望 / 104

和令狐相公别牡丹 / 105
月夜忆乐天，兼寄微之 / 106
叹水别白二十二 / 108
与歌者米嘉荣 / 109
姑苏台 / 110
八月十五夜玩月 / 112
杨柳枝词(九首选二) / 113
　　其一 / 113
　　其六 / 114
乐天见示伤微之、敦诗、晦叔三
　　君子,皆有深分,因成是诗
　　以寄 / 116
始闻秋风 / 117
和乐天春词,依忆江南曲拍为句
　　/ 119
酬乐天咏老见示 / 120
和乐天春词 / 122
岁夜咏怀 / 123

◎ 文

砥石赋并序 / 125
何卜赋 / 127
谪九年赋 / 130
山阳城赋并序 / 132
秋声赋并序 / 134
辩迹论 / 136

华佗论 / 139
天论(上) / 141
天论(中) / 144
天论(下) / 147
因论(七篇) / 149
　　鉴药 / 150
　　讯甿 / 152
　　叹牛 / 154
　　儆舟 / 156
　　原力 / 158
　　说骥 / 161
　　述病 / 163
洗心亭记 / 165
唐故尚书礼部员外郎柳君集纪
　　/ 167
陋室铭 / 169
口兵戒 / 170
论书 / 172
刘氏集略说 / 174
子刘子自传 / 176

◎ 附录

刘禹锡年谱简编 / 182
刘禹锡研究重要参考文献 / 192
《刘禹锡集》名言警句 / 195

◎诗

荆州道怀古

【题解】

此诗作于永贞元年(805)。《刘禹锡集》卷三九《子刘子自传》中记载说:"予出为连州,途至荆南,又贬朗州司马。"据此可知,这首诗作于刘禹锡因"永贞革新"失败被贬,赴连州(今属广东)刺史之任时。荆州,为古"九州"之一,在今湖北江陵一带,是古时楚国的郢都,南朝梁元帝曾迁都于此。诗人在贬谪途中,经过南国山川,目睹眼前之景,想起前朝旧事,不禁感怀自身的流落,于是有了这篇怀古之作。诗中借用南朝庾信的典故,表现了自己深沉的"思归"之情,抒发了浓厚的贬谪之苦。全诗散发着感伤的情调,读罢全篇,不禁使人黯然神伤。此诗一题《荆门道怀古》(见《全唐诗》卷三百五十九)。

> 南国山川旧帝畿,宋台梁馆尚依稀。
> 马嘶古道行人歇,麦秀空城野雉飞。
> 风吹落叶填宫井,火入荒陵化宝衣。
> 徒使词臣庾开府,咸阳终日苦思归。

南国山川旧帝畿,宋台梁馆尚依稀——帝畿,泛指京城地区。宋台梁馆,泛指南朝的台阁馆舍。这两句写的是,这一带的南国山川是从前的京城地区,南朝的一些馆阁台舍至今还依稀存在。一个"旧"字,一个"尚"字点出,虽是山川、馆阁仍在,却已残破不堪,繁华不再,这种盛世之后的落寞是最能牵动人的情思的,不由让人心生感慨,正所谓"如此江山夕照明,野夫那不际承平"(沈曾植《晚望》)。金人元好问亦评论道:"只'尚依稀'三字,已写尽吊古伤今之感。"(《唐诗鼓吹笺注》)

马嘶古道行人歇,麦秀空城野雉飞——麦秀,指麦子吐穗开花而未结果实。据《史记·宋微子世家》记载,商朝灭亡后,箕子过殷墟故都,见宫室毁坏,长满禾黍,有感而作《麦秀》诗,云:"麦秀渐渐兮,禾黍油油。彼狡童兮,不我好仇!"生发出亡国的感慨。《诗经·王风·黍离》中亦有黍离之叹:"彼黍离离,彼稷之苗。行迈靡靡,中心摇摇。"正所谓"叹《黍离》之愍周兮,悲《麦秀》于殷墟"。后遂用作典故,以"黍离麦秀"为感慨亡国之词。野雉,即野鸡。这两句写的是,"我"的马行走在古道之上,发出阵阵嘶鸣,行人也在此歇息;空城里麦子吐穗,只有那野鸡孤独地飞来飞去。充分渲染出诗人此时的心情也正是忧苦不安。

风吹落叶填宫井,火入荒陵化宝衣——宝衣,指帝王死后用作随葬的珍贵衣服。皮日休有诗云:"飙御有声时杳杳,宝衣无影自珊珊。"(《奉和鲁望上元日道室焚修》)这两句是写,风吹动落叶,填满了旧朝的宫井;野火进入荒弃了的陵墓,焚化了珍贵的宝衣。"落叶填宫井"谓满地黄叶堆积,早已是无人清扫,旧时的宫井废弃,一任落叶填满;昔日的帝王陵墓也再无人看守,一任野火焚烧。荒凉残破被表现得淋漓尽致。

徒使词臣庾开府,咸阳终日苦思归——词臣,指君王身边的文学侍从之臣。元代诗人刘因有诗云:"纪录纷纷已失真,语言轻重在词臣。"(《咏史》)庾开府,即庾信(513—581),字子山,南阳新野(今属河南)人。一开始在梁朝为官,后奉命出使西魏,被强留在北方,历仕西魏、北周二朝,官至骠骑大将军,开府仪同三司,所以世称"庾开府"。据《周书·庾信传》载:"信虽位望通显,常有乡关之思,乃作《哀江南赋》,以致其意。"赋之末句云:"咸阳布衣,非独思归王子。"梦得诗此二句就是化用这个典故,说的是,徒然地使那位羁留北方不得还的词臣庾信,还在咸阳苦苦地思念着故国,没有一天不想着回来。咸阳,秦国的都城,借指西魏和北周时的都城长安。借庾信的思念故国之情委婉表达了诗人自己虽流贬南国,仍系心朝廷的感情。这与庾信的思想在本质上是一致的,语意双关,发人深思。两个不同时代的人穿越了历史时空,产生了共鸣。

这首怀古诗是刘禹锡早期的作品。时禹锡正值而立之年,正是在政治舞台上大有作为的时候。然而天有不测风云,因与上层统治者的政治主张相背离,又由于禹锡性格中"信道不从时"的刚介因素,由此见弃,被贬为荒僻的远州司马。当禹锡赴任贬所,经过南国山川时,见到昔日的繁华之地如今已是"麦秀空城野雉飞",再联想到自己的不幸境遇,怎能不一抒自身的流落之苦。

诗中的五、六两句尤为充分地渲染了这种悲凉。方南堂在《辍锻录》中写道:"刘禹锡之'风吹落叶填宫井,火入荒陵化宝衣'……不过写景句耳,而生前侈纵,死后荒凉,一一托出,又复光彩动人,非惊人语乎?"清人纪昀也盛赞道:"五、六(句)新警。"(《瀛奎律髓汇评》)

全诗突出"流落"这个主题,借"南国山川"、"宋台梁馆"等景物描写为映衬,假"庾信滞留北方,终日思归"之愁态为意象铺陈,既有静态叙写,山川、梁馆依旧,又有动态描摹,马嘶、雉飞、叶落、野火。动静交叉,意态蹁跹。形象生动感人,从侧面写出了作者深沉的流浪失望之感,笔意含蓄,手法高妙。正所谓:"徘徊瞻眺,

感慨在于言外,得风人之微旨。"(《唐体馀编》)

哭吕衡州,时予方谪居

此诗作于宪宗元和六年(811),刘禹锡任朗州(今湖南常德)司马期间。吕衡州,即吕温(772—811),字和叔,又字化光,东平(今属山东)人,贞元十四年(798)登进士第,又中博学宏词科,授集贤殿校书郎,擢左拾遗。永贞元年(805)转户部员外郎,后贬道州刺史,元和五年改授衡州刺史,故称吕衡州。素与柳宗元、刘禹锡友善。吕温四十岁时,病逝于衡州刺史任上,刘禹锡听到这个噩耗后,在贬所中为他写下了这篇哀悼之诗,以寄托深沉的哀思。

一夜霜风凋玉芝,苍生望绝士林悲。
空怀济世安人略,不见男婚女嫁时。
遗草一函归太史,孤坟三尺近要离。
朔方徒岁行当满,欲为君刊第二碑。

一夜霜风凋玉芝,苍生望绝士林悲——霜风,指秋风。玉芝,是传说中的仙草,这里用来比喻吕温是非凡人物。苍生,古代用来指称老百姓。李白有诗云:"顾无苍生望,空爱紫芝荣。"(《秋夜独坐怀故山》)士林,指有声望的文士们。这两句写出了刘禹锡对吕温逝世的痛惜哀悼之情,一夜之间,凛冽的霜风吹凋了玉芝,这使得百姓绝望,文士们也十分伤悲。借苍生之望绝,士林之伤悲,曲笔写出吕温的死给当时的社会造成的影响之巨大,正如元稹所云:"儿童喧巷市,羸老哭碑堂。"(《伤吕衡州》)也从侧面烘托出吕温之才为时论所推。对于吕温的英年早逝,时人柳宗元有诗云:"衡岳新摧天柱峰,士林憔悴泣相逢。"(《同刘二十八哭吕衡州,兼寄江陵李、元二侍御》)二人一个把吕温的逝世比作"玉芝凋",另一个比作"天柱折",都不约而同地点明了吕温确为当时的才俊之士、盖世奇才,从侧面表现出对吕温逝世的深深痛惜之情。

空怀济世安人略,不见男婚女嫁时——安人,犹言安民。唐时文人写文章时为避唐太宗李世民之讳,改"民"为"人"。这两句依然表现了诗人对吕温早逝的惋惜之情:你徒然怀抱着治世安民的才略,却没有看到儿女们婚嫁时刻的到来。壮志虽存,斯人已逝,抚今追昔,令人伤怀。一个"空"字流露出诗人的无限感慨。

遗草一函归太史,孤坟三尺近要离——遗草,这里指吕温遗留下来的文稿。

吕温为文颇富文采，尤擅铭赞，亦能诗。《旧唐书》本传评其文"有丘明、班固之风"。一函，指一套，一匣。孤坟，指的是吕温死于异乡，在异乡安葬。要离，是春秋末吴国刺客，相传吴王阖闾派要离谋刺出奔在卫的吴王僚之子庆忌，庆忌被刺死后，要离行至江陵，也伏剑自杀。事见《史记·鲁仲连邹阳列传》。晋代的葛洪赞其"要离灭家以效功"（《抱朴子·嘉遁》），故诗人用"孤坟三尺近要离"这样的诗句赞誉了吕温为国忘身的高尚品质。正如元稹评价吕温道："伤心死诸葛，忧道不忧余。""请缨期击虏，枕草誓捐躯。"（《哭吕衡州》）梦得此诗是从才学和品质两方面高度评价了吕温：你遗留下来的一套文稿应该交给太史收藏，你所在的异乡的孤坟要和要离之墓相挨近。

朔方徙岁行当满，欲为君刊第二碑——朔方，汉代郡名，治所在今内蒙古自治区杭锦旗北。徙岁，指贬谪的岁月。这里暗用东汉蔡邕之典。据《太学明儒列传》载："（邕）数上疏言朝政阙失，宦者疾之，下洛阳狱，有诏减死一等，与家属髡钳徙朔方五原……会大赦，宥还本郡。"此处是禹锡引用此事以自况，说的是：像东汉的蔡邕那样，"我"的贬谪生涯终有结束的那一天，那时，"我"要为你重新篆刻一块墓碑。刊，刻。

这是一首哭人之作，抒发了刘禹锡对挚友吕温英年早逝的痛惜之情。对于吕温的才学和胆略，时人多有激赏之语，元稹评其："望有经纶钓，虔收宰相刀。江文驾风远，云貌接天高。"（《哭吕衡州》）柳宗元赞其："只令文字传青简，不使功名上景钟。"（《同刘二十八哭吕衡州，兼寄江陵李、元二侍御》）刘禹锡更是对吕温推许不已："始以文学震三川……名声四驰，速如羽檄。"说其精通"王霸富强之术"（《唐故衡州刺史吕君集纪》）。有这样的才干、这样的胆识，却未能得到施展就死去，真是让人痛心不已啊！后代文人曾这样感叹道："读先生此诗，不独为衡州而哭，亦为天下而哭，不可泛作哭友诗观也。"（《东岩草堂评订〈唐诗鼓吹〉》）此诗风格"雄浑老苍，沉着痛快，小家数不能及也"（《后村诗话》）。清人胡以梅亦赞叹道："通首精湛，气魄堂皇，句句相称，洵是名家之作，亦诗之正派也。妙在从比体虚起，下用实接。"（《唐诗贯珠》）

汉寿城春望

此诗亦作于刘禹锡任朗州司马期间。汉寿城，西汉置索县，东汉改为汉寿，三国吴更为吴寿。晋复旧。此城在汉朝时曾经是繁华的交通要冲，隋朝荒废。故址在今湖南省常德市东北。刘禹锡在朗州贬所任职期间,游览汉寿城,他从一片荒凉景象的古城兴废中看到了历史的变迁,虽是感慨满腹却无消沉之志,表现出诗人对未来充满希望之情,显示了他无比的信心和生活的勇气。

汉寿城边野草春,荒祠古墓对荆榛。
田中牧竖烧刍狗,陌上行人看石麟。
华表半空经霹雳,碑文才见满埃尘。
不知何日东瀛变,此地还成要路津。

汉寿城边野草春,荒祠古墓对荆榛——荒祠古墓,指的是伍子胥庙和楚平王墓。作者在诗题下自注:"古荆州刺史治亭,其下有子胥庙兼楚王故坟。"荆州,东汉时荆州治所在汉寿县,故址在今湖南常德东北。治亭,修建亭子。子胥,即春秋时楚国的大夫伍员,字子胥。楚平王听信谗言,杀了伍子胥的父亲伍奢。伍子胥逃到吴国,帮助阖闾夺取王位,整军经武,国势日强。后来他率领吴兵攻入楚国都城。最后因反对吴王夫差而被逼自杀。荆榛,指野生植物。这两句极写汉寿城荒凉破败的景象:时值春日,汉寿城中草莽一片,荒凉的祠堂和古墓前已满布荆榛。"野草"、"荆榛"点明荒凉,因为罕有人迹,所以才会野草茂盛,荆榛满地。元好问评论道:"只'野草春'三字,已具无限苍凉,无限感慨。"(《唐诗鼓吹笺注》)

田中牧竖烧刍狗,陌上行人看石麟——牧竖,犹言牧童。刍狗,古代祭祀时用草扎成的狗。魏源解释为:"结刍为狗,用之祭祀,既毕事则弃而践之。"骆宾王有诗云:"不应永弃同刍狗,且复飘飘类转蓬。"(《畴昔篇》)陌,田间小路。石麟,石刻的麒麟,是陈列在墓前的石兽。这两句写的是:田中的牧童在烧着祭后丢弃的刍狗,田间小路上的行人在观看着墓前排列着的石麟。昔日供祭祀用的刍狗已被牧童焚烧,成为孩子们游乐的玩物,就连那古墓前神圣的石兽群也成为众人观赏的对象。这种侧面烘托比直面铺陈更能写出汉寿城的荒凉冷落之态。清人陆贻典品评道:"三、四二句冷极。"(《瀛奎律髓汇评》)

华表半空经霹雳,碑文才见满埃尘——华表,古代设在宫殿、陵墓等大建筑物前面作装饰用的巨大石柱。设在陵墓前的又名"墓表"。一般多为石造,柱身多雕刻龙凤等图案,上面有云板和蹲兽。此二句通过细节描写继续渲染汉寿城的荒凉残破景象。经过雷电的袭击,华表只剩残馀的半截,随着岁月的流逝,石碑上早已是积满了灰尘,那碑文还依稀可辨。诗人描绘说:昔日皇权的象征——华表,如今只残存一半;记录着逝者功德的石碑,也早已被尘土遮蔽。这样的景象,更让人感受到历史的无情。

不知何日东瀛变,此地还成要路津——东瀛,即东海。东瀛变,指的就是沧海桑田般巨大的变化。要路津,指重要的道路和渡口,引申为极其重要的地方。这两句是说:不知道什么时候这里还要发生巨大的变化!到那时,现在这荒凉破败的汉寿城还会成为往昔的繁华之所。这两句是失落中的奋起,诗人并未一味地沉浸于吊古伤今之中,而是从中看到了希望,诗的格调也由悲切变得高昂起来。清人管世铭因此评价刘禹锡是"梦得气雄"(《读雪山房唐诗序例》),此为确论。

这是刘禹锡的一首怀古诗。他以往的一些怀古诗多借历史陈迹慨叹时事兴衰无常,抒发思古之幽情。而这首怀古诗"思出常格",另辟蹊径,把眼光放得更加长远。末二句"不知何日东瀛变,此地还成要路津",更是诗人对美好未来的期待、希望之语。何义门在评价该诗时说:"当长安得路之人,看花开宴之候,而迁客所居,一望惟野草连天,荒祠古墓,则其地之恶、遇之穷何如哉?"(《瀛奎律髓汇评》)这样的评述是符合诗人当时的处境和心态的。刘禹锡参加王叔文的永贞革新集团,失败后贬至朗州任司马,时三十四岁,正是在政治舞台上施展身手的好时候,却被弃置不用,心中的怨恨和凄苦自不待言。但尤为可贵的是诗人并没有因此而消沉,在看过了历史的变迁和人事的更替后,作者充当了自己人生中的强者,这里也充分显露出作者作为一名唯物论战士的无比勇气和坚定信心。所以后人有评论说:"不是感叹荒原,实是唤醒要路,正笔反写,其意甚深。"(《唐诗馀编》)全诗写哀景极冷,刻画景物精炼,语言峭刻,是刘禹锡怀古诗中极为优秀的一篇。

咏史二首

此诗作于刘禹锡任朗州司马期间。诗中所咏的都是汉代的史事。第一首是讥刺世态之炎凉,一旦失势,便不念旧谊;第二首讽刺朝廷不辨忠佞,摒弃贤才,却将重任托付庸才。把对历史的沉思带入到对现实的慨叹,这样的议论是发人深省的。

骠骑非无势,少卿终不去。
世道剧颓波,我心如砥柱。

贾生明王道,卫绾工车戏。
同遇汉文时,何人居贵位。

骠骑非无势，少卿终不去——骠骑，即西汉的骠骑大将军霍去病。少卿，即任安。据《汉书·霍去病传》载："乃置大司马位，大将军、骠骑将军皆为大司马。定令，令骠骑将军秩禄与大将军等。自是后，青日衰，而去病日益贵，青故人门下多去，事去病，辄得官爵。唯独任安不肯去。"这两句是写：骠骑大将军权势盛于一时，任少卿却始终不肯背弃自己的主人卫青而去投靠他。写"少卿"的"终不去"是为了赞颂他不趋炎附势的高尚品德，同时又借他一人的"不去"，反衬出整个社会多数人见风使舵的低劣品质。骆宾王也曾在诗中感叹道："谁当门下客，独见有任安。"（《乐大夫挽词五首》）

世道剧颓波，我心如砥柱——颓波，向下流的水势，比喻衰颓的世风或趋势。韦应物有诗云："高文激颓波，四海靡不传。"（《广陵遇孟九云卿》）砥柱，即砥柱山，是黄河急流中的石岛，质坚硬。李白有诗云："朝鸣昆丘树，夕饮砥柱湍。"（《古风》第四十）这两句是写世道急转直下，可"我"的意志仍像那中流砥柱一样，坚决不动摇。

贾生明王道，卫绾工车戏——贾生，指贾谊，是西汉初期著名的政治家、文学家，曾受到汉文帝的赏识，后因权臣的诽谤和排斥，被贬为长沙王太傅、梁怀王太傅，后郁郁而终。王道，这里指治国之道。卫绾，据《汉书·卫绾传》记载，卫绾因擅长玩耍车技而受到汉文帝的重用，被提升为中郎将。这两句是写：贾生深明治国之道，卫绾擅长玩车的把戏。两相对比，诗人不作任何评价，但孰优孰劣，我们已经一目了然。

同遇汉文时，何人居贵位——汉文，即汉文帝，历来被认为是有德的明君。这两句是写贾生和卫绾都是生逢汉文帝当政之时，但最终又是哪一位身居高位呢？诗人的责问是不需要回答的，因为答案已是众所周知。刘长卿也对此种情况表示了愤慨，对贾谊表示出了伤怜之情："汉文有道恩犹薄。"（《长沙过贾谊宅》）贤臣在有德的明君执政的时代遭遇尚且如此，那么如今当朝的皇帝亲近宦竖，听信奸佞小人的阿谀之辞，不辨忠奸，则朝中忠良之士的处境也就可想而知了。一句反问，表现了诗人对时政的愤慨和不满。

"永贞革新"失败后，参与革新的人士相继遭贬，刘禹锡被贬往朗州。在那样的蛮乡瘴地，禹锡忍受着身心双重摧残，心中不免忧痛交加，但他坚信自己以前的事业是正确的，所以在他的这两首咏史诗中，诗人一方面表示了要以古代先贤为榜样，寻求一种精神上的慰藉，抒发了他百折不挠的意志；一方面表现了诗人对忠信见忌、奸佞得势的社会现实的愤懑和无奈。

在第一首诗中,诗人赞扬了那位汉代的不弃失势旧主卫青的任少卿,刘禹锡表示出要学习古人的坚定立场,虽然如今世道不安,革新失败后形势急转直下,但他的意志却仍像那中流砥柱一样,挺立不倒,坚不可摧。在第二首诗中,诗人借汉代"明王道"的贾谊和"工车戏"的卫绾两人不同的遭遇,表现出他对忠信贤良被逐,小人奸佞受宠得势的社会现实极大的愤慨。诗人在这里也是借此来暗喻自己虽"有宰相器",却命同贾生,遭到贬谪,身处这蛮瘴之地。而那些奸佞小人只会暗箭伤人,胸无半点良才,却身名俱荣,稳居尊贵之位。诗人的愤慨之情隐然可见。

这两首诗都是借史事来抒发诗人在贬所的复杂心情,写作手法含蓄,较少直抒胸臆,把对历史人物的评价,对现实的褒贬都融入了历史事件中,较好地揭示出作者在贬谪生涯中的政治抱负、人生理想和壮志情怀。

学阮公体三首

题解

这三首诗作于刘禹锡任朗州司马期间。阮公体,指的是魏晋之际著名诗人阮籍所写的五言体咏怀诗。由于他不满司马氏集团的高压统治,在诗中常采用隐晦曲折的手法来表现他对时事的感慨,表达他那忧国伤时的苦闷,所以阮籍的诗作多呈现出晦涩难懂的特点,即后人所评价的"阮旨遥深"。而刘禹锡的这三首《学阮公体诗》虽是以"学阮公体"为题,实际上并非是学其诗体,而是学习阮籍的咏怀之意。梁、陈时代的大诗人江淹也写过《效阮公体十五首》,亦为模仿阮籍《咏怀诗》之作,诗中表现了作者忧谗畏讥和郁郁不得志的满腹牢骚。在刘禹锡的组诗中也表达出诗人对时局的不满,抒发了自己虽尽忠职守却遭君主所弃的愤懑之情。

少年负志气,信道不从时。
只言绳自直,安知室可欺。
百胜难虑敌,三折乃良医。
人生不失意,焉能暴己知。

少年负志气,信道不从时——负,怀抱之意。道,这里指作者所奉行的政治主张。时,时俗。这两句是说,"我"年轻的时候就怀抱着远大的志气,奉行正确的政治主张而不屈从于流俗。这并不是作者一时的情感抒发,而是他终其一生所遵循的行为准则,尽管诗人一生仕途多舛、屡受打击,但他从来没有因此而放弃自己的政治主张,"不从时"三字极好地概括出诗人顽强坚韧、从不言败的品质。

只言绳自直,安知室可欺——室,即暗室。出自成语"暗室不欺",说的是虽然在别人看不见的地方,也不做亏心事。比喻为人光明磊落。语出唐朝诗人骆宾王的《萤火赋》:"类君子之有道,入暗室而不欺。"绳,绳墨,是木匠取直画线的工具,引申为做人、办事的标准。这两句说的是:总以为照章办事就不会有什么差错,可谁料想即使是这样也难免还会遭到小人的陷害。这是作者的愤激之语,表现出对奸佞小人的极端痛恨,一如诗人《竹枝词》中所慨叹的:"长恨人心不如水,等闲平地起波澜。"

百胜难虑敌,三折乃良医——三折乃良医,语出《左传·定公十三年》:"三折肱,知为良医。"意思是多次折断手臂,就能懂得医治折臂的方法。这两句写的是即使打过一百次的胜仗,也难免有识不破敌人诡计的时候;人们害过多次大病后就能成为高明的医生。这里作者谈的是,敌人对自己打击迫害,自己从中得到教训,同时也积累了对敌斗争的经验,鼓舞起战斗的勇气和信心。这对于自己来说未尝不是一笔最可宝贵的人生财富。

人生不失意,焉能暴己知——人的一生如果不经历挫折,又怎么能认识到自己的短处呢?古人云:"生于忧患,死于安乐。"逆境很多时候会成为人生路上最强大的推动力,作者正是把这挫折当作对自己的磨砺,在此基础上完成了自己的人生轨迹。

朔风悲老骥,秋霜动鸷禽。
出门有远道,平野多层阴。
灭没驰绝塞,振迅拂华林。
不因感衰节,安能激壮心。

朔风悲老骥,秋霜动鸷禽——朔风,北风,寒风。鸷禽,指鹰、雕一类的猛禽。北风乍起,促使老骥阵阵悲鸣;秋霜阵阵,引发鸷禽高飞入云。这两句从写老骥、鸷禽这样具有苍劲品格的动物入手,给全诗定下了一个昂扬奋发的基调。

出门有远道,平野多层阴——层阴,指浓云密布。这两句写老骥和鸷禽活动的具体环境:出征的道路那般遥远,广阔的原野阴云密布。自然环境的险恶更映衬出老骥、鸷禽品性中坚忍的一面。同时也有借物喻己的成分,暗示了自己所处环境的艰难。

灭没驰绝塞,振迅拂华林——灭没,消失貌。振迅,激励,奋起。沈佺期有诗云:"笼僮上西鼓,振迅广阳鸡。"(《则天门赦改年》)华林,指茂密的林木。此两句为续写:你看那老骥风驰电掣般消失在极远的边塞;你看那鸷禽展翅疾飞掠过那茂密的树林。描写老骥奔驰,"志在千里";描摹鸷禽高飞,雄姿勃勃,真是让人振奋不已啊。

不因感衰节,安能激壮心——衰节,特指深秋季节。作者面对此情此景深有感触:若不是这深秋衰飒时节的触动,又如何能激发起它们豪壮的志愿呢?虽是反问,同时也是对自己的勉励,暗指自己不应当因为受到当权者的迫害就失去了自己的壮志之心,依然要拥有"扶青云而上九天"的冲天豪情。

> 昔贤多使气,忧国不谋身。
> 目览千载事,心交上古人。
> 侯门有仁义,灵台多苦辛。
> 不学腰如磬,徒使甑生尘。

昔贤多使气,忧国不谋身——使气,豪荡不羁,多为豪侠之举。这两句是写过去的贤人多把自己的一生心血倾注在事业上,忧心国事而不顾及自己的切身利益。作者对这样的品质是赞赏和认同的,因而有了下面的两句。

目览千载事,心交上古人——观照上下纵横几千年的史事,"我"发现自己和古人真是心意相通。这两句与李白的"我来圯桥上,怀古钦英风"(《经下邳圯桥怀张子房》),有异曲同工之妙。正因为作者从内心是思贤、慕贤的,也从而印证了他所奉行的"信道不从时"的一贯主张。

侯门有仁义,灵台多苦辛——侯门有仁义,语出《庄子·胠箧》:"彼窃钩者诛,窃国者为诸侯;诸侯之门,而仁义存焉。"灵台,语出《庄子·庚桑楚》,谓人心为灵台。苦辛,犹言辛苦。作者在这里极尽嘲讽之能事:那些权贵之门讲究所谓的"仁义"之术,他们煞费苦心地维护着自己的权势。拿"侯门"与"昔贤"做比较,用侯门的"苦辛"与昔贤的"不谋身"相对照,突出了昔贤的高尚品质,也揭露了侯门丑恶的嘴脸,他们还在这里妄谈什么"仁义",这不是非常可笑吗?

不学腰如磬,徒使甑生尘——磬,是古代的一种打击乐器,形状像曲尺,用玉、石或铜制成。"不学腰如磬"之意暗含陶渊明之叹:"吾不能为五斗米折腰,拳拳事乡里小人耶!"甑生尘,甑是古代蒸饭的一种瓦器。"甑生尘"的典故出自《后汉书·范冉传》,据其记载,汉代的范冉,字史云,曾为莱芜长。后隐居守贫,有时断炊,致使饭锅里落满尘土。闾里为之歌曰:"甑中生尘范史云,釜中生鱼范莱芜。"后人常用这个故事来形容贫困之状。苏轼有诗云:"宦游甑生尘,菽水媚翁媪。"(《留别叔通元弼坦夫》)作者在这里更加明确重申了自己的志向:"我"不愿学那弯曲的玉磬而折腰事权贵,即使"我"因此而穷困,那又何妨呢?

这三首诗从三个不同的角度吟咏了诗人的胸怀,既有愤世之辞,也有励志之语,是刘禹锡被贬朗州期间真实性情的流露。

第一首诗说明了自己亲身经历过忧患后才知道直道之难行,写出了世态的艰险和人心的险恶。人们常说"忧患出诗人",我国自古也有"发愤著书"的说法,当一个人遇到意外的打击、挫折时,能够做到毫不动摇,意志反而更加坚强,这就叫作"发愤"。司马迁在《报任安书》中对此有精彩的论述:"盖西伯拘而演《周易》;仲尼厄而作《春秋》;屈原放逐,乃赋《离骚》;左丘失明,厥有《国语》;孙子膑脚,《兵法》修列;不韦迁蜀,世传《吕览》;韩非囚秦,《说难》《孤愤》。《诗》三百篇,大抵贤圣发愤之所为作也。此人皆意有所郁结,不得通其道,故述往事,思来者。"诗中的"人生失意"借指诗人参加"永贞革新"失败遭贬,但在诗人看来,这未尝不是一件好事,让他从中认识到反动势力的强大,反而更加增强了诗人斗争的信心。

第二首诗是以老骥和鸷禽为喻,表现了作者虽当衰节却仍不改其壮志的胸怀,"骥伏枥而已老,鹰在韝而有情,聆朔风而心动,眄天籁而神惊"。诗人在后来的《秋声赋》中再次重申了这一观点,"力将痰兮足受绁,犹奋迅于秋声"。同时,曹操所倡导的"老骥伏枥,志在千里;烈士暮年,壮心不已",也是对这首诗的绝好注解。全诗风格昂扬高举,格调激越,振衰起废,催人向上。第三首诗是慨叹现实虽然昏暗,自己仍要守节不屈。诗人思慕前贤,然而却世无公道,说明了自己若不能随俗贬节,就难免会陷入穷厄困顿的社会现实。今人瞿蜕园在其《刘禹锡集笺证》中对此首诗作笺证时说:"此必禹锡初遭贬斥时愤激之词。"这一说法是有道理的。尤其是"侯门"一句,充分流露出作者嘲讽、愤慨之情。

综观禹锡的这三首咏怀之作,语言虽平实,感情却极为深沉,虽号为"学阮公体",却无阮体的晦涩难懂、旨趣难求。此为诗人心路历程的真实写照。

秋风引

此诗作于刘禹锡任朗州司马期间。诗中写到因秋风至、群雁南飞的场景触动了诗人那孤独善感的心灵,于是有所触动写下此诗,表达了他的思归之心和羁旅之情。引是吟唱或序奏,这首诗属于乐府琴曲歌词。

何处秋风至,萧萧送雁群。
朝来入庭树,孤客最先闻。

何处秋风至,萧萧送雁群——萧萧,象声词,指风声。戴叔伦写道:"日暮秋风起,萧萧枫树林。"(《三间庙》)这两句是写:秋风是从什么地方到的呢?举目望去,"我"看见了那随风而来的雁群。首句直切正题,通过这一突如其来的问句,显示了秋风不知其所来,翩然而至的特征,恰似宋人林景熙的诗句"有枝撑夜月,无叶起秋风"(《枯树》)。不过,刘诗显得比林诗更加空灵,更加飘忽。虽然这秋风遍寻不着,但诗人却听见了风声——萧萧,看到了随风飞来的雁群,化无形为有形,使飘忽不定的秋风变得更加质实可感。

朝来入庭树,孤客最先闻——早晨起来,"我"能感觉到那秋风已经穿庭过树,这风声也总是客居他乡的贬谪之人最先听到。"朝来"句是紧承首句的"何处秋风至",描写秋风穿庭过户,吹动树叶,叶落萧萧之态,回答了篇端的突如其来的发问;末尾的"孤客"句,堪称篇中诗眼,借人的感受来写秋风,给人切实的感觉。类似之句又如"凉风起天末,君子意如何?"(杜甫《秋末怀李白》)

"秋风萧萧愁杀人,出亦愁,入亦愁。"(《汉乐府民歌》)秋风萧瑟,草木枯黄,这种悲凉的气氛,正好给多愁善感的中国文人们提供了一个抒发内心愁苦的契机。当他们用诗歌的形式将其表述出来时,中国的古典诗词里便产生了后人所评价的"悲秋"情结。韦应物有诗云:"淮南秋雨夜,高斋闻雁来。"(《闻雁》)萧飒的秋天和南去的雁群最易引发客居他乡之人的思乡情怀,而秋风正是这秋天即将来临的讯号。诗的前三句在秋风上大施笔墨,写风声、绘风影,紧紧抓住秋风的特点——来也无踪,去也无踪,但这秋风也并不是毫无踪迹可寻,那随风而至的雁群,那庭树晃动的样子,已经让我们感受到了秋风的气息。末句的"孤客最先闻"有如点睛之笔,"旅馆寒灯独不眠,客心何事转凄然?"(高适《除夜作》)孤客们都有一颗善感的心灵,他们对于季节的变化常有着特殊的敏感,唐汝询说:"秋风起而雁南矣,孤客之心未摇落而先秋,所以闻之最早。"(《删订唐诗解》)而这一句中"最先闻"三字尤为精妙。黄叔灿亦云:"谁不闻而曰'最先闻',孤客触绪惊心,形容尽矣。若说'不堪闻',便浅。"(《唐诗笺注》)李云在《增定评注唐诗正声》中也评论道:"不曰'不堪闻',而曰'最先闻',语意最深。"诗评家们简直是异口同声。总之,历代诗评家都不约而同地看到了用这"最先闻"之"最先"一词,最能表现孤客特殊的心态特征,究其原因,是因为秋风吹过庭树,诗人的心境之秋恰与外部自然界的物境之秋相契合、相感应,从而给诗人徒增无穷的辛酸苦恨。

整首诗语言平易,有如白话一般,却能做到委婉深挚,在尺幅之间尽显腾挪之姿,尤其是结句曲折见意、含蓄不尽,为读者留下了可回味的深度。俞陛云评道:

"四序迭更,一岁之常例,惟乍逢秋至,其容则天高日晶,其气则山川寂寥。别有一种感人意味,况天涯孤客,入耳先惊,能无惆怅?"(《诗境浅说续编》)

昏镜词并引

此诗作于元和元年(806),刘禹锡任朗州司马期间。这是一首寓言体的政治讽刺诗,借陋容之人多喜昏镜的故事来讽喻上层统治者(指唐宪宗)偏信小人,远离贤臣的社会现实,揭露和讽刺了宪宗君臣的昏聩和愚蠢。

镜之工列十镜于贾奁,发奁而视,其一皎如,其九雾如。或曰:"良苦之不侔甚矣。"工解颐谢曰:"非不能尽良也,盖贾之意,唯售是念,今夫来市者,必历鉴周睐,求与己宜。彼皎者,不能隐芒杪之瑕,非美容不合,是用什一其数也。"予感之,作《昏镜词》。

昏镜非美金,漠然丧其晶。
陋容多自欺,谓若他镜明。
瑕疵既不见,妍态随意生。
一日四五照,自言美倾城。
饰带以纹绣,装匣以琼瑛。
秦宫岂不重,非适乃为轻。

诗之序引云:制镜的工匠在售货的箱子里放有十面镜子,打开箱子一看,只有一面明亮无比,其余九面都是雾蒙蒙的,暗淡无光。有人就说:"这些镜子的好坏之间差得实在是太远了。"这个工匠笑着解释道:"不是我不能全部做好,只是因为做买卖的目的在于卖出商品,如今前来买镜子的人,总是要把所有的镜子都照一遍,想挑一面适合自己的镜子。那些明亮的镜子不能掩饰极其微小的瑕疵,就不能适应人们的爱美之心,所以我制作明镜只能占其中的十分之一。"我听了这话深有感触,于是就写下了下面这篇《昏镜词》。

昏镜非美金,漠然丧其晶——美金,质地很好的金属,一般指青铜。漠然,形容昏镜暗淡无光的样子。这两句写制成昏镜的材料之差,透明度之糟:昏镜不是用精铜磨制而成,暗淡无光,丧失了镜子应有的特性——晶莹明亮。这充分说明了昏镜是徒有镜子之形而无镜子之实,揭露其丑陋的本质。

陋容多自欺,谓若他镜明——容貌丑陋的人大多是自己欺骗自己,说昏镜和其他的镜子(这里指明镜)一样明亮。"自欺"、"谓若"之语,点出了喜欢昏镜之人的丑陋本质。

瑕疵既不见,妍态随意生——这两句,活现了陋容之人揽镜自照的洋洋得意之状:在昏镜里,看不见一丝缺点,自认为是美貌无瑕,漂亮的样子想它是什么样子就会是什么样子。这两句进一步说明了"自欺",不仅说明了这一类人容颜的丑陋,也说明了他们心理的丑陋。

一日四五照,自言美倾城——紧承上两句,作者继续施展讽刺之能事,言辞犀利尖刻:一天要照上四五次,自己认为真是天下最美丽的人。把陋容之人面对昏镜的"自欺"表演和得意心理刻画得活灵活现,对其讽刺也是淋漓尽致,可谓入木三分。

饰带以纹绣,装匣以琼瑛——琼瑛,指美玉。这两句写的是,昏镜既然能使陋容之人貌美倾城,当然也就得到了陋容之人的重视和珍爱:用绣花的丝带来装饰它,把它放在用美玉制成的匣子里。这样的描写使讽刺的意味更加浓厚,引人发笑,发人深思。

秦宫岂不重,非适乃为轻——秦宫,用"照胆镜"的典故。据《西京杂记》记载,始皇有照胆镜一面,能照见人的肠胃五脏,知人心善恶。人有邪心,此镜一照,则"胆张心动",乃杀之。此处特为明镜的代称。这两句是议论之语,写道:像秦宫那样的明镜不被人重视,是因为不适合某些人的需要而受到轻视。作者从"适"与"不适"的角度出发,概括出全篇的主旨,充满了愤激之语,尽情抒发感慨之情。

这是一首愤世之词,与作者的亲身经历有着极其密切的关系。"永贞革新"失败后,宪宗对革新派人士横加迫害,先是赐死王叔文,后贬王伾为开州(今重庆开州)司马,伾不久病死在贬所。继而贬参与革新的刘禹锡、柳宗元、韦执谊、韩泰、陈谏、韩晔、凌准和程异八人为远州司马,史称"八司马"。刘禹锡的这一诗作,是针对宪宗即位之初重用竖宦奸佞之人而一再打击迫害革新派人士的这一系列举动而发的。诗人采用寓言诗的手法,谓人不知其丑、反憎明镜之洞照,给予那些善"自欺"的陋容之人以辛辣的讽刺。诗的开头两句极写昏镜之差,与陋容之人极言昏镜之美形成反差,于其中见出陋容之人心理的丑陋。继而作者又用大量笔墨从语言、神态、动作等多角度、多侧面刻画了陋容之人不辨美丑、自我欣赏、自我陶醉的种种丑态。尤其是"妍态随意生"一句。"随意生"三字,新奇而意味深长地说明了这些人已经是糊涂至极,陶醉在自己构建的虚幻世界里,对于真实早已是茫然无知。这样的写法,可谓是作者篇中的神来之笔,让人不禁拍案叫绝。既然昏镜满足了陋容之人的心理要求,于是自然受到珍视,"饰带以纹绣,装匣以琼瑛",这不正影射了宪宗亲信宦官佞臣的现实吗?针对此种情况,作者发出了深沉的感慨:"秦宫岂不重,非适乃为轻。"由此,我们自然又会联想到唐太宗李世民关于"镜"的一番论述:"夫以铜为镜,可以正衣冠;以古为镜,可以知兴替;以人为镜,可以明得失。朕常保此三镜,以防己过。"拿唐代的贞观之治李世民和现在这位在位君主唐宪宗作鲜明对比,谴责了宪宗昏庸不肖,喜昏弃明,违背祖训,这样的比照可谓妙绝。这篇作品,构思奇特,造语精巧,语意虽激切,但却有含蓄蕴藉之致。真应了那句话:"嬉笑怒骂皆文章。"

摩镜篇

此诗作于刘禹锡任朗州司马期间。这首诗的内容是写一面明镜被尘土所遮蔽,后经磨拭而光芒四射的事情。诗人在这首诗中,把自己比作那暂时蒙尘的宝镜,坚信有朝一日终会重放光辉,充分展现了一位政治革新者虽遭贬谪但仍保持着顽强不屈的斗争精神。

　　　　流尘翳明镜,岁久看如漆。
　　　　门前负局生,为我一摩拂。
　　　　萍开绿池满,晕尽金波溢。
　　　　白日照空心,圆光走幽室。
　　　　山神祆气沮,野魅真形出。
　　　　却思未摩时,瓦砾来唐突。

流尘翳明镜,岁久看如漆——翳,遮蔽,掩盖。这两句是写流尘遮蔽了明镜,使它变得昏暗不堪,时间久了,望上去就好像是被涂上了一层厚厚的漆。用"漆"来写宝镜蒙尘,进一步突出了它的昏暗程度。

门前负局生,为我一摩拂——负局生,背着箱子为人磨镜的人。局,指其磨镜箱。摩,同"磨"。据《列仙传》载:"负局先生者,语似燕、代间人。因摩镜,辄问主人,得毋有疾苦者?若有,辄出紫丸赤药与之,莫不愈。"这里即以负局生来代指磨镜人。鲍溶在其诗《古鉴》中写道:"隐山道士未曾识,负局先生不敢磨。"这两句说的是：门前来了一位磨镜人，他来替我把这面镜子打磨擦拭。

蘋开绿池满，晕尽金波溢——晕，指太阳和月亮周围的光圈，这里指的是月晕。金波，指月光。这两句是写镜子被磨拭之后，真是不同凡响：就像拨开浮蘋，露出了满满的一池碧水，又好像是月亮边上散尽了月晕，骤然金光四溢。用"蘋蔽绿池"、"晕罩金波"来比喻尘封宝镜，真是再恰当不过了，形象贴切，真实自然。

白日照空心，圆光走幽室——白日，太阳。空心，指清亮的镜心。圆光，指圆镜经磨拭后所反射出来的光辉。走，游走的样子。幽，犹言暗。这两句是写太阳光照在清亮的镜心上，反射出耀眼的光辉，游走在暗室之中。

山神祆气沮，野魅真形出——祆，同"妖"。沮，沮丧，败坏。魅，传说中的鬼怪。这两句是诗人展开丰富的联想，虚写此镜之明亮：山神在它的照射下收敛了妖气，野魅在它的面前也现出了原形。不直言此宝镜之明亮，只用虚笔写出，然而其明亮程度却是更加深了一层。

却思未摩时，瓦砾来唐突——唐突，冒犯，侵凌。面对这种情景，诗人不禁大发感慨：想起这铜镜未被磨拭之前，人们却轻视它，把它当作瓦砾。磨与不磨只是外部条件是否作用的问题，铜镜的本质还是一样的，但未磨之前，人们却看不到这面宝镜的实质，甚至还把它视为瓦砾，不是很糊涂吗？

这是刘禹锡所写的一首极富寓意的诗作。诗中借宝镜蒙尘，经过擦拭重放光辉的故事，寄托了自己的政治理想。永贞革新失败后，刘禹锡被贬为连州刺史，后改授朗州司马，这对"少年负志气"、"有宰相才"的禹锡来说无疑是一个不小的打击。三十四岁，正是在政治舞台上大有作为的好时候，却横遭挫折，可谓人生一大不幸。正如诗中所描述的，"流尘翳明镜，岁久看如漆"。但诗人并没有丧失斗争的勇气，他坚信自己的政治主张没有错误，他坚信自己这面"污镜"经过苦难的磨砺终会重放光辉。诗中铺陈笔墨，极力渲染宝镜磨拭一新后的景象，这是诗人对自己美好未来的构想，同时也是渴望，表现出他作为一位虽遭到贬谪的政治革新者永不妥协的斗争精神。全诗设喻精巧，语言流畅，十分真切地塑造了诗人斗士的形象。前人评道："小人既败，君子得志之秋，则其诗昌，故寓之于物以快其志。如刘禹锡《磨镜篇》所谓'蘋开绿池满，晕尽金波溢'，'山神祆气沮，野魅真形出'，是也。"（见《历代诗话》）

聚蚊谣

此诗作于刘禹锡任朗州司马期间。这是一首政治寓言诗,作者在严酷的政治现实面前,有感于腐朽官僚的阴险狠毒,采用比喻的手法,把那些狡诈阴险的官僚比作喜欢昏暗,专在黑暗中以利嘴伤人的蚊子,入木三分地塑造了他们渺小卑鄙的形象,且坚信他们总有一天会被消灭,表现了诗人对腐朽官僚的鄙夷和极端憎恨的感情。谣,文体的一种,指歌谣。

> 沉沉夏夜闲堂开,飞蚊伺暗声如雷。
> 嘈然歘起初骇听,殷殷若自南山来。
> 喧腾鼓舞喜昏黑,昧者不分聪者惑。
> 露华滴沥月上天,利嘴迎人看不得。
> 我躯七尺尔如芒,我孤尔众能我伤。
> 天生有时不可遏,为尔设幄潜匿床。
> 清商一来秋日晓,羞尔微形饲丹鸟。

沉沉夏夜闲堂开,飞蚊伺暗声如雷——这两句是写,夏天的晚上黑沉沉的,一旁的屋门打开着,飞蚊在暗处隐藏着,发出的叫声像雷声一样。这句使用了夸张手法,把飞蚊发出的声音比喻成雷声,一方面衬托出夏夜闲堂之静,一方面也写出了这叫声由远及近的状况,非常符合生活中的一般常识。

嘈然歘起初骇听,殷殷若自南山来——接着从听觉的角度来描写飞蚊。歘起,突然兴起。殷殷若自南山来,化用《诗经·召南·殷其雷》"殷其雷,在南山之阳"句意。南山,即终南山,在今陕西西安南。殷殷,象声词,司马相如《长门赋》中云:"雷殷殷而响起兮,声象君之车音。"这乱哄哄的声音突然在暗处兴起,开始听起来还真是有点让人害怕,那声音就好像从南山传来的隆隆的雷声。我们常说先声夺人,从作者描写的这如雷的、嘈然的、殷殷的喧嚣声中,我们完全可以想见飞蚊那飞扬跋扈、不可一世的神态。所以对这样的描写,我们丝毫也不觉得夸张,反而觉得声音摹状得越充分,其嚣张的神态也就越醒目。

喧腾鼓舞喜昏黑,昧者不分聪者惑——喧腾,喧闹沸腾。鼓舞,欢跃。描写完飞蚊的声音和神态,作者又开始描写飞蚊"喧腾鼓舞"给人们带来的严重危害。喧闹沸腾而又欢跃的蚊子喜欢昏黑的夜晚,它们使糊涂人辨不清方向,使聪明人也迷惑起来。揭露了飞蚊的罪恶,写足了其丑恶的嘴脸。

露华滴沥月上天,利嘴迎人看不得——滴沥,水下滴的样子。这两句是写月上中天,露花滴沥的夜景是美丽的,然而偏偏是在这样美妙的景色中,飞蚊却是利嘴相加,让人们看不得这美景。从字里行间,我们可以读出诗人对它的厌恶鄙视之情。在这里,作者巧用环境衬托,写环境之优美,更能突出人们对飞蚊之痛恨,也使飞蚊阴险狠毒的本性暴露无遗。

我躯七尺尔如芒,我孤尔众能我伤——芒,指芒刺,言其小。这两句写出了作者对待"飞蚊"的态度,首先将自我形象与飞蚊形象加以比照,交代了斗争双方实力的悬殊。"我"是堂堂七尺之躯,你只不过小如芒刺,你奈何"我"不得,但是"我"毕竟势单力薄,而你们却仗着数量众多,所以你能给"我"造成伤害。大与小的对比,表现出了作者对飞蚊的蔑视,但又由于自己处于劣势,所以必须还要正视现实,积极采取正确的应对措施才是上策。为下文作者对付飞蚊的方法作了铺垫。

天生有时不可遏,为尔设幄潜匡床——遏,阻止。幄,帐子。匡床,舒适的床,一说方正的床。作者据此采取如下措施:夏天是蚊虫滋生之天时,这是人们无法抵抗的,所以"我"只好暂且先躲进挂有蚊帐的方床里。这里充分表明了作者具有智慧的头脑,这样做是为了保存自己,积蓄力量,继续斗争。正所谓"留得青山在,不怕没柴烧",表现出诗人勇于斗争,也善于斗争的精神。

清商一来秋日晓,羞尔微形饲丹鸟——清商,即指秋风。潘岳有诗云:"清商应秋至,溽暑随节阑。"(《悼亡诗》其二)据《大戴礼·夏小正》载:"八月,丹鸟羞白鸟。"丹鸟,萤火虫的异名,白鸟指蚊子。这两句写了喧嚣一时的飞蚊的可悲下场:秋天一到,你们这些小小的蚊子都将被萤火虫统统吃掉,一个也不剩。"羞"字表现出作者对"飞蚊"的鄙视之情。这两句看似平静的诗,实则一点也不平静,字字都饱含着作者无比的愤怒。从中我们也读出了胜利者按捺不住的喜悦之情。

这是一首政治讽刺诗,时禹锡因"永贞革新"失败后,遭贬在朗州司马任上。从诗中我们看不到诗人作为一名贬谪之人的痛苦消沉的情绪,而是看到了作者勇于揭露像飞蚊一样"利嘴迎人"的阴险恶毒的官吏,感受到他虽一时受挫,却并未因此而颓废堕落,而是保有更为积极进取的精神和乐观豪爽的气度,这是难能可贵的。诗歌前八句集中笔墨描写飞蚊的特性,目的就在于刻画腐朽官僚的丑恶嘴脸。那"伺暗"、"喜昏黑"、"喧腾鼓舞"、"利嘴迎人"既是飞蚊的特点,不也正是朝中当权者们的特点吗?他们联合起来,反对政治革新,迫害革新党人,不正像飞蚊躲在暗处活动,散布流言,攻击新政,给正直的人以致命的中伤吗?这样的描写可谓一针见血。下四句是全诗的第二层,这段写诗人与飞蚊的斗争,这也是从诗人自身的现实处境有感而发的。时禹锡遭贬之后,待罪朗州,在政治上孤立无援,明显处于劣势地位,而那些"飞蚊"一样的当权者早已把持朝政,又怎么能有诗人的容身之地呢?诗人一时当然难以与之抗衡。于是他只能选择"设幄潜匡床",这对于有远大政治抱负的人来说,绝不是意味着软弱胆小和临阵退缩,而是面对强大的对手时所采取的明智之举。这几句写得通俗易懂,但其中却包含着极为深刻的人生哲理和政治意义,确实发人深思。

百舌吟

此诗作于刘禹锡任朗州司马期间。百舌,鸟名,其声多变化,故称"百舌"。杜甫有诗云:"赤叶枫林百舌鸣,黄泥野岸天鸡舞。"(《寄柏学士林居》)吟,是诗体的一种名称。这首诗与《聚蚊谣》的命意相同,也是一首讽喻诗,诗人借百舌鸟来嘲笑那些凭借阿谀奉承而得宠的佞宦之流。这种人像百舌鸟一样舌端万变,他们用花言巧语,曲意逢迎,取悦于人,虽然也能得意一时,但终不能改变其弄臣玩物的本质地位,所以最后也不能免除其失宠而遭到摒弃的命运。

　　　　晓星寥落春云低,初闻百舌间关啼。
　　　　花柳满空迷处所,摇动繁英坠红雨。
　　　　笙簧百啭音韵多,黄鹂吞声燕无语。
　　　　东方朝日迟迟升,迎风弄景如自矜。
　　　　数声不尽又飞去,何许相逢绿杨路。
　　　　绵蛮宛转似娱人,一心百舌何纷纷?
　　　　酡颜侠少停歌听,坠珥妖姬和睡闻。
　　　　可怜光景何时尽,谁能低回避鹰隼?
　　　　廷尉张罗自不关,潘郎挟弹无情损。
　　　　天生羽族尔何微?舌端万变乘春辉。
　　　　南方朱鸟一朝见,索寞无言蒿下飞。

　　晓星寥落春云低,初闻百舌间关啼——间关,象声词,形容鸟鸣声,白居易在《琵琶行》中写到"间关莺语花底滑"。这两句从声音角度入手,描写在天色微明之际,百舌鸟出场了:清晨,晓星寥落;天边,春云低飞。这时,百舌鸟开始"间关"、"间关"地鸣叫。

花柳满空迷处所,摇动繁英坠红雨——繁英,犹言繁花。红雨,指花瓣纷纷飘落的样子,像下了一场红雨。这两句是从动作角度来描写百舌鸟:一眼望去,满天都是花树,百舌鸟不知道自己该停落在什么地方,它从这枝飞到那枝,到处摇动繁花,使得红花坠落,如雨般飘落。诗中写到"繁英"摇落如"坠红雨",这与李贺的"桃花乱落如红雨"(《将进酒》)如出一辙,皆为高妙之笔。

笙簧百啭音韵多,黄鹂吞声燕无语——笙簧,即笙,一种管乐器,这里用来形容鸟鸣声。黄鹂,亦名黄莺,鸣声宛转。面对着"花柳满空","红雨"飘散的美景,善鸣的百舌鸟如何能不尽情歌唱呢?你听,它的鸣声像笙簧一样音调多变,使得那善鸣的黄鹂和燕子也收声不语。人们常用"莺声燕语"来形容女子美妙动听的声音,因此我们可以想见黄莺和燕子都是善鸣的鸟类。而在这首诗中,面对百舌鸟的"百啭音韵多",黄莺只能"吞声",燕子亦是"无语",以此来衬托百舌鸟的鸣叫是多么的宛转动听。

东方朝日迟迟升,迎风弄景如自矜——景,同"影"。自矜,自负、自夸。这两句是写:东方的朝阳缓缓升起,百舌鸟在明媚的春日中迎风弄影,煞是得意。"迎风弄景"句写活了百舌鸟自鸣得意,不可一世的样子。

数声不尽又飞去,何许相逢绿杨路——何许,犹言何处。这两句是写:百舌鸟在树丛中鸣叫几声又飞去,在哪里还能再寻到他们的踪影呢?就在那路边的绿杨树上。一个"又"字,写出了百舌鸟飞来飞去,极尽炫耀之能事。

绵蛮宛转似娱人,一心百舌何纷纷——绵蛮,指鸟鸣声。纷纷,种类繁多的样子。这两句是写百舌鸟以宛转悦耳的叫声娱乐人们;它们一心拨弄口舌,变化出花样繁多的声调。诗人极写百舌鸟的声音宛转,曲调多变,就为下文它们的歌声引起人们的注意作了铺垫。

酡颜侠少停歌听,坠珥妖姬和睡闻——酡颜,喝了酒脸色发红。珥,珠玉制成的耳饰。这两句是从侧面着笔,用来衬托百舌鸟叫声的动听:酒酣脸红的游侠少年不再歌唱,停下来侧耳倾听那美妙的歌声;带着珠玉耳饰的艳妇也在一片朦胧的睡意中欣赏这悦耳的声音。诗中不直接描写百舌鸟动听的歌声,而用曲笔写出,这样会给人们留下更加深刻的印象。乐府诗中在描写罗敷美丽时曾有这样的诗句:"行者见罗敷,下担捋髭须。少年见罗敷,脱帽著帩头。"都是从对面着笔,极尽烘托之能事,二者有异曲同工之妙。

可怜光景何时尽,谁能低回避鹰隼——可怜,犹言可爱。低回,亦作"低徊",迂回曲折的样子。诗人笔锋一转,向"自矜"的百舌鸟提出了告诫:属于百舌鸟的美好光景,不知道什么时候就会结束,鹰隼凶猛异常,又有谁能躲避得开呢?隼,像鹰一类的猛禽。

廷尉张罗自不关,潘郎挟弹无情损——廷尉张罗,据《史记·汲郑列传》载:"下邽翟公为廷尉,宾客填门。及废,门可设雀罗。"后世因此引申为成语"门可罗雀",本意指门庭冷落,这里只取"罗雀"一义。罗,指捕鸟的网。潘郎挟弹,据《晋书·潘岳传》载:"岳少时,常挟弹出洛阳道。"这两句是写百舌鸟不仅要躲避鹰隼这类猛禽,来自人类的威胁也让它们惊恐不已:廷尉捕鸟,网口不会合拢;潘岳弹射,也无情面可讲。

天生羽族尔何微?舌端万变乘春辉——羽族,泛指鸟类。由此诗人发出了由衷的感叹:在天生的鸟类中,你是那般渺小,你那巧变舌端的本领,也只能趁着这春光得逞一时。写出了百舌鸟虽说是"舌端万变",但本质是何其渺小,表现了诗人对它们的蔑视。

南方朱鸟一朝见,索寞无言蒿下飞——朱鸟,即朱雀,星宿名,二十八宿中南方七宿的总称,亦代指南方,因古时以南方为夏,故此诗以南方星座代指夏。见,同"现"。蒿下,指蒿莱,即野草。这两句是写,炎热的夏天一旦来到,百舌鸟就再也唱不出来了,而只能无精打采地躲进草丛中。索寞,无精打采的样子。这两句与《聚蚊谣》中的"清商一来秋日晓,羞尔微形饲丹鸟",立意、造语都颇相似,只是两者的感情态度有些区别。前者流露出来的是鄙薄蔑视之情,而后者则充满了对飞蚊的痛恨,指出了飞蚊终归灭亡的命运。

这首讽喻诗借百舌鸟虽"舌端万变",但只能是乘"春晖",夏至一到即无声的故事,嘲笑了那些单凭口舌之巧,取媚于人的阿谀奉承之徒,表现出诗人对这种人的鄙视和唾弃。诗中用了大量的篇幅极力渲染百舌鸟声音之动听:如"笙簧百啭音韵多"、"绵蛮宛转似娱人"、"一心百舌何纷纷"等,它们的啼叫声使得黄鹂吞声、燕也无语,而那些善于甜言蜜语的人不正像这百舌鸟吗?这种人惯会看别人的脸色行事,且把取悦别人看作是一件乐事,不正像那"迎风弄景如自矜"的百舌鸟吗?同时诗人也指出了这种人可悲的下场,由于他们只会取悦别人,虽也曾得意一时,但终究摆脱不了弄臣的地位,他们终究会遭到唾弃,而只能"索寞无言蒿下飞"了。

全诗以物喻人,形象贴切,达到了极好的讽喻效果,宋代诗人苏辙曾说刘禹锡的诗歌"用意深远,有曲折处"(《宋诗话辑佚·童蒙诗训》),明末清初的王夫之也曾说,刘诗"深于影刺"。再加上此诗语言优美,音调和谐,上下句间平仄韵换押,极尽起伏跌宕之致。

飞鸢操

题解

此诗作于刘禹锡任朗州司马期间。鸢,猛禽类,形体像鹰而略小,尾巴羽毛分叉,视力极强,性情凶猛,天晴时常盘旋空中,以捕捉鼠、蛇等为食。操,古代琴曲名。这是一首政治寓言诗,诗人借用飞鸢"鹰隼仪形蝼蚁心"的可鄙形象作比喻,无情地嘲弄了那些玩弄权势的奸佞小人,揭露了他们丑恶的本质,指出了他们必然灭亡的下场。

> 鸢飞杳杳青云里,鸢鸣萧萧风四起。
> 旗尾飘扬势渐高,箭头𠷳划声相似。
> 长空悠悠霁日悬,六翮不动凝飞烟。
> 游鹍翔雁出其下,庆云清景相回旋。
> 忽闻饥乌一噪聚,瞥下云中争腐鼠。
> 腾音砺吻相喧呼,仰天大吓疑鹓雏。
> 畏人避犬投高处,俯啄无声犹屡顾。
> 青鸟自爱玉山禾,仙禽徒贵华亭露。
> 朴樕危巢向暮时,毡毹饱腹蹲枯枝。
> 游童挟弹一麾肘,臆碎羽分人不悲。
> 天生众禽各有类,威凤文章在仁义。
> 鹰隼仪形蝼蚁心,虽能戾天何足贵。

鸢飞杳杳青云里,鸢鸣萧萧风四起——杳杳,幽远、渺茫的样子。鸢飞向那幽远的高空,它的鸣叫声如同那萧萧风声。借鸢飞动之高远,鸣叫声之凄厉,刻画出飞鸢气魄不凡的外在特征。

旗尾飘扬势渐高,箭头𠷳划声相似——旗尾,指鸢的叉形尾巴像旗帜的尾端。𠷳(huā),迅捷貌,这里用来形容鸢飞动的形态。这两句仍然是写鸢飞得高、飞得稳,诗中用箭射出去的样子来形容它飞动时的风神逸态,可谓准确。

长空悠悠霁日悬,六翮不动凝飞烟——悠悠,深远无边的样子。霁,雨过天晴。六翮(hé),翅膀。刘长卿有诗云:"只缘六翮不自致,长似孤云无所依。"(《小鸟篇上裴尹》)这两句是写:寥廓无边的晴空中艳阳高照,鸢在空中滑翔,它的翅膀停滞不动,就像凝聚的一缕炊烟悠远、深长。

游鹝翔雁出其下,庆云清景相回旋——鹝,古书上说像鹤的一种鸟。庆云,五色云,古人认为是喜庆和吉祥的预兆。岑参曾写道:"昆仑何时来,庆云相逐飞。"(《尹相公京兆府中棠树降甘露诗》)清景,形容日影极淡极浅。景,通"影"。这两句是写:善飞的鹝和大雁都在鸢的下面飞舞,只见那鸢不停地在彩云和日影中间来回穿梭、盘旋。用"游鹝"和"翔雁"都出"鸢"之下,衬托出鸢飞之高,写它在云中穿梭,也点出鸢高高在上的尊贵的姿态。这就为下文的"争腐鼠"作铺垫,以此形成鲜明对比。

忽闻饥乌一噪聚,瞥下云中争腐鼠——这两句是写,鸢忽然听到饥饿的乌鸦聚在一起大叫,乱作一团,它从云中向下一看,便猛扑下来去和它们争夺腐鼠。用"瞥"、"争"这样形象的字眼写出了鸢的丑恶形态。

腾音砺吻相喧呼,仰天大吓疑鹓雏——砺吻,指鸢磨砺尖嘴的动作。章孝标在其诗《饥鹰词》中写道:"遥想平原兔正肥,千回砺吻振毛衣。"鹓雏,是指凤凰一类的鸟。此典出自《庄子·秋水》。据记载,惠施在魏国任宰相,庄子来访,惠施担心他来夺相位,派人搜查了三天三夜。庄子听到后去见惠施说:"你听说过鹓雏吗?它是这样一种鸟,不是梧桐树不停留,不是楝实不吃,不是甘泉水不饮。当鸱得到腐鼠而鹓雏飞过时,鸱怀疑它是来与其争腐鼠,便仰天大叫:'吓!'"诗人借这个故事来刻画鸢丑陋的一面,同时也以此来揭露出奸佞小人贪婪无耻的一面。

畏人避犬投高处,俯啄无声犹屡顾——这两句把飞鸢的丑态刻画得淋漓尽致、入木三分:因害怕人和狗的袭击,鸢就飞到高处,低头啄食腐肉,四周无声时还转头四顾。屡,当多次讲,写鸢在吃食时还在不停地回头张望,担心别的动物来和它争食,渲染出它贪婪的丑态。

青鸟自爱玉山禾,仙禽徒贵华亭露——青鸟,是神话传说中为西王母取食传信的神鸟。玉山,古代神话传说的仙山。仙禽,指仙鹤,相传仙人多骑鹤,故称。华亭,唐代县名,治所在今上海松江。据《舆地纪胜》记载,华亭县东七十里,有鹤坡,传说中是产鹤的地方。白居易有诗云:"一双华亭鹤,数片太湖石。"(《寄庾侍郎》)这两句是诗人抒发感慨之语:那青鸟只爱吃玉山上的禾谷,而仙鹤也只喜欢华亭上的清露。用"青鸟"、"仙禽"这些具有高尚节操的鸟族来讽刺鸢的丑陋和卑下。

朴樕危巢向暮时,毰毸饱腹蹲枯枝——朴樕,指小树。毰毸,形容羽毛蓬松张开的样子。韩偓有诗云:"踥蹀巴陵骏,毰毸碧野鸡。"(《从猎三首》)这两句写暮色降临之时,鸢飞向那用树枝搭就的高巢中,它吃饱了肚子,心满意足地蹲在枯树枝上梳理蓬松的羽毛。诗人惟妙惟肖地写出鸢吃饱了腐鼠,洋洋自得的丑态,因为忘乎所以,于是有了下文那可悲的下场。

游童挟弹一麾肘,臆碎羽分人不悲——麾,挥动。臆,指飞鸢的胸脯。这两句是写:游玩的儿童拿起弹弓一挥肘朝鸢打去一弹子,鸢的胸脯被击碎,羽毛四散纷飞却没有人可怜。从"鸢飞戾天"的高大形象到如今的"臆碎羽分"的可悲下场,两相对比,真是让人感慨万千。以下四句是诗人抒发议论之语。

天生众禽各有类,威凤文章在仁义——明人陈士元在所撰《梦占逸旨》中说:"凤鸟,仁鸟也。"这两句是写天下的禽鸟种类繁多,尊贵的凤凰,羽毛五彩缤纷,同时又被称作仁义之鸟。举出凤凰性格之仁义,反衬出飞鸢品质的卑下、性格的委琐。

鹰隼仪形蝼蚁心,虽能戾天何足贵——戾,到。这两句是写:那飞鸢徒有鹰隼威武的外表却有着像蝼蚁一般卑微的心地,即使它高飞入云又有什么值得可贵的呢?鹰隼,高高在上,不可一世;蝼蚁,匍匐在地,何其渺小,二者形成鲜明对比,从而对飞鸢进行了不留情面的揭露和批判。

文学上的美丑对比是极其常用的艺术表现手法,事物的品质,文章的旨意,往往在两者对比中展露无遗。合理地运用这种艺术手法往往会起到出奇制胜的艺术效果。该诗中多次运用到对比手法,用飞鸢自身的形似"鹰隼"却心如"蝼蚁"相比较,写出飞鸢本性之低劣;用仁义的凤凰与卑下的飞鸢彼此映衬,点出凤凰的可贵,更反衬出飞鸢的猥琐。极力刻画飞鸢的品质低下是为了更好地达到诗人讽喻的目的,诗人借此无情嘲讽了那些耍弄权术、蒙蔽君主的当权者,指出他们虽然看上去形象威武,本心却极其卑鄙,像诗中的飞鸢一样,他们也难逃灭亡的下场。《飞鸢操》一诗,描写具体,形象生动,给卑鄙贪婪的当权者以迎头一棒。构思巧妙,语言流畅,从对飞鸢的深刻剖析中,达到了作者嘲讽批判的目的,不愧是一首极富寓意的政治讽刺诗。

萋兮吟

此诗作于刘禹锡任朗州司马期间。萋兮,语出《诗经·小雅·巷伯》:"萋兮斐兮,成是锦贝;彼谮人者,亦已大甚。"本诗取头两字为诗题。《巷伯》是一首被谗害者的怨歌,其所讽喻者,谗谄之蔽明也。"誉见即毁随之,善见即恶从之"(《文子·符言》),这样的实例古今皆是,刘禹锡在此是借以宣泄其内心无比悲愤的情感。

天涯浮云生,争蔽日月光。

穷巷秋风起，先摧兰蕙芳。
万货列旗亭，恣心注明珰。
名高毁所集，言巧智难防。
勿谓行大道，斯须成太行。
莫吟萋兮什，徒使君子伤。

新解

天涯浮云生，争蔽日月光——这两句写的是：遥望天际，飘浮着许多白云，它们争相遮蔽着日月的明光。现实生活中人们常用浮云蔽日来比喻奸佞当道，小人玩弄权术来蒙蔽君主，此诗也暗用此意，“争蔽”一词写尽了奸党的猖獗之行和疯狂之态。

穷巷秋风起，先摧兰蕙芳——穷巷，指冷僻简陋的小巷。兰蕙，香草名，性芳香。这两句是写：穷巷里刮起了一阵秋风，摧残了芳香的兰草和蕙草。正所谓“木秀于林，风必摧之”（《昭明文选·运命论》）。秋风在这里成了反对革新政治、迫害革新人士的权宦们的象征。

万货列旗亭，恣心注明珰——旗亭，古代的市楼，用于指挥集市。恣心，指贪心。注，汇集，集中。明珰，珍贵的耳饰，这里泛指珠宝。这两句是写：店铺里摆满各样的货物，小人们的贪心都集中在珍贵的珠宝上。“恣心”揭示出奸佞小人的卑鄙用心；“注”字写出了群小陷害忠良不遗余力；“明珰”在这里也是喻指，指那些有贤能的人。对于这样的社会现实，诗人发出了下面的感慨。

名高毁所集，言巧智难防——名高，指的是参加“永贞革新”的那批有远大抱负、卓有才干的年轻官员。言巧，指那些惯会使用花言巧语恶意中伤、迫害贤良之士的奸佞之徒。这两句是写：名望高了，毁谤就集中而至；谣言中伤，使聪明人也很难提防。正所谓“行高于人，众心非之”（《昭明文选·运命论》），诗人对这种“名高忌起”（《劝诫全书》）的社会现实是愤慨的。

勿谓行大道，斯须成太行——斯须，片刻、须臾。太行，即太行山，横亘在河北、河南和山西三省之间。北起拒马河畔，南至黄河北岸，山脉从东北向西南绵延开去，山形险峻，气势磅礴。前人对于太行山的艰险多有描述，如曰：“北上太行山，艰哉何巍巍”（曹操《苦寒行》）；“北望太行山，峨峨半天色”（高适《自淇涉黄河途中作十三首》）。刘禹锡的这两句诗写的是，不要说脚下的道路平平坦坦，立刻就会变成如同险隘一般。用“太行”语既写出了现实生活中实际道路的艰险，也影射出人生仕途的险恶。

莫吟萋兮什，徒使君子伤——请不要再吟咏“萋兮”这样的篇章了吧，这只会徒然地使君子悲叹。这是诗人的愤世之语，世道艰险，邪恶丛生，贤德之人遭到小人的陷害已是很平常的事情,这时再有人来吟诵"菱兮"这样的篇章来讥刺谗谄之蔽明,无补于己也无补于世,真是"徒使君子伤"啊。愤慨、无可奈何之情溢于言表。

　　这是一首刺世的篇章,字里行间流露出诗人难以自抑的愤慨。诗的开头六句以"浮云"、"秋风"、"恣心"写出了权宦们打击迫害革新人士的罪恶,在他们疯狂的镇压下,日月失去了光彩,兰蕙也失去了芳香,这几句写尽了奸佞小人的卑劣手段和卑劣行径。对于这样的社会现实,有良知的诗人怎能不感慨满怀。于是他发出了"名高毁所集,言巧智难防"的慨叹。这两句诗就是诗人公开为他们和自己申诉冤屈、鸣不平,同时这两句诗也确实反映出了具有普遍意义的社会现实,浸透着诗人对人生、对社会政治的深刻体验和认识,充满哲理意味。纵观历史,"谗人高张,贤士无名"(屈原《卜居》),"德高而毁来"(韩愈《原毁》),这几乎成了亘古不变而又充满辛酸的社会生活定则。"名高"所带来的往往不是鲜花和权力,而多数会招来阴谋家的陷害、谣言家的中伤,正如"永贞革新"中的"群英"们,他们大多都是命重才高之士,怎料"荣名秽人身,位高多灾难"(嵇康《与阮德如》),他们遭黜被杀,受到卑鄙小人的无情陷害。宋代政治家兼大诗人王安石说得更为明白:"毁生于嫉,嫉生于不胜。"(《读江南录》)后四句则为全诗的总结:针对现实,诗人提出了一些为人处世之良方,同时也是对自己的一种心灵上的慰藉。全诗使用隐喻手法,说理更形象,达意更清晰,从生活中提炼出许多有哲理的东西,对我们的生活仍有着借鉴意义。

壮士行

　　此诗作于刘禹锡任朗州司马期间。诗中描写了一位壮士与猛虎搏斗的全过程,歌颂了这位壮士的机智勇敢,实际上是塑造了自己理想中的革新派人士。虽然革新失败了,但诗人并没有就此妥协,而是鼓起勇气,充满信心,准备投入新的斗争。行,古代的一种诗歌体裁。

　　　　阴风振寒郊,猛虎正咆哮。
　　　　徐行出烧地,连吼入黄茅。
　　　　壮士走马去,镫前弯玉䂎。
　　　　叱之使人立,一发如铍交。

悍睛忽星堕,飞血溅林梢。
彪炳为我席,膻腥充我庖。
里中欣害除,贺酒纷号呶。
明日长桥上,倾城看斩蛟。

阴风振寒郊,猛虎正咆哮——阴风,阴冷之风。这两句是写一阵阴风掠过寒冷的旷野,一只凶恶的猛虎正在阵阵咆哮。这里是用"阴风"烘托猛虎出林的气势和氛围,用一"振"字点出阴风凛冽。《易经》上有"风从虎"的说法,这就为猛虎的出现作了铺垫。

徐行出烧地,连吼入黄茅——烧地,秋冬放火烧着野草以备春耕的原野。这两句是从动作和声音两个角度刻画这只猛虎。只见它从烧地上缓缓地走了出来,连声吼叫着窜入了黄茅丛中。猛虎是山中的霸主,举手投足间必带有王者风范,"徐行"一词的运用,再加上"连吼"这样的声音表现,写出了猛虎的气势。

壮士走马去,镫前弯玉弰——玉弰(shāo),指镶有玉石的弓。这两句是写:壮士扬鞭催马,马镫前拉开镶嵌着玉石的宝弓。

叱之使人立,一发如铍交——人立,指老虎猛扑时,前爪腾空,后腿直立,像人站立一样的姿势。铍(pí),长矛。交,插入。这两句是写壮士与猛虎搏斗的场面:随着壮士的一声怒呵,那猛虎前爪腾空像人一样站立,壮士一箭射出扎进老虎的身体。"叱之"写出了壮士的勇猛气势,真有如"震响骇八荒,奋威曜四戎"(张华《壮士篇》)。而"一发"则写出了壮士箭术高超,仅一箭就能致猛虎于死地。射之准,力之猛,于此可见一斑。

悍睛忽星堕,飞血溅林梢——悍睛,指老虎那凶恶的目光。这两句是写老虎被壮士射死的情景:凶狠的目光像流星一样忽然消失了,血水飞溅,染红了林梢。借猛虎的死亡衬托出壮士的勇猛。悍睛轻瞬而成飞血,寥寥数笔写出了猛虎的殒灭,可谓精炼。

彪炳为我席,膻腥充我庖——彪炳,光彩焕发、照耀的样子,这里指的是斑斓的虎皮。膻腥,这里指虎肉的味道。庖,厨房。这两句说,把斑斓的虎皮做成席垫,用膻腥的虎肉制成可口的菜肴。这两句写出了壮士面对胜利骄傲自豪的心情。

里中欣害除,贺酒纷号呶——里中,这里泛指父老乡亲们。号呶,指欢呼。沈炯在《独酌谣四首》中写道:"寄语号呶侣,无乃太尘嚣。"这两句借写乡民的反应进一步渲染了壮士的胜利:除去一害,乡亲们欣喜异常,纷纷献上美酒来欢呼庆贺这一胜利。写里中人的表现,从侧面写出了此虎为害乡里日久,也突出了壮士这一英雄形象。

明日长桥上,倾城看斩蛟——长桥,又叫蛟桥。故址在今天的江苏宜兴境内。据《晋书·周处传》记载,传说周处曾在桥下斩过蛟。蛟,是古代传说中的一种能发洪水的动物。这两句是继续叙写壮士的勇猛:待明日在长桥上,全城人都要来看壮士潜水斩蛟的勇猛行为。

诗人在这首诗中充满激情地为我们塑造出打虎壮士这一英雄形象。诗中采用对比的手法,借虎之凶猛而最终被除掉,写出了壮士的勇猛,"一斗之胆撑脏腑,如碌之筋碍臂骨"(施肩吾《壮士行》)。这也正是诗人心目中的革新派人士的象征。永贞革新失败后,诗人被贬朗州,当时朝中的反动势力横行无忌,猖獗一时,不正像那凶悍傲慢、张牙舞爪的猛虎吗?而壮士的出现反映出在敌人的凶残迫害下,革新派人士并没有屈服,而仍是在进行着顽强的斗争,诗中的这个"壮士",同时也是诗人不屈斗争品格的真实写照。全篇的结尾写壮士杀掉猛虎,乡民热烈庆祝胜利的同时,又笔锋一转,以"明日长桥上,倾城看斩蛟"作结尾,说明了这位壮士胜而不骄,同时也表现出诗人坚持不懈,要把革新进行到底的顽强品质。全诗语言朴实,明白如话,反映了诗人平实的诗歌创作风格。

采菱行并引

此诗作于刘禹锡任朗州司马期间。引子中提到的武陵就是朗州。诗中记录了采菱姑娘们辛勤劳动的场面,于其中我们看不到劳动的艰辛,相反感受更多的是劳作的喜悦,写出了她们劳动的专注和集中;同时也刻画了她们活泼、可爱的情态。整篇诗作洋溢着一种清新欢快的风神情韵,格外引人入胜。

武陵俗嗜芰菱。岁秋矣,有女郎盛游于白马湖,薄言采之,归以御客。古有《采菱曲》,罕传其词,故赋之以俟采诗者。

白马湖平秋日光,紫菱如锦彩鸳翔。
荡舟游女满中央,采菱不顾马上郎。
争多逐胜纷相向,时转兰桡破轻浪。
长鬟弱袂动参差,钗影钏文浮荡漾。
笑语哇咬顾晚晖,蓼花缘岸扣舷归。

归来共到市桥步,野蔓系船萍满衣。
家家竹楼临广陌,下有连樯多估客。
携觞荐芰夜经过,醉踏大堤相应歌。
屈平祠下沅江水,月照寒波白烟起。
一曲南音此地闻,长安北望三千里。

序引云：武陵当地的风俗是偏爱吃芰菱。每年秋天,姑娘们就划船到白马湖上,采摘芰菱,回来后卖给商人。古代有民歌《采菱曲》,但歌词没有流传下来,所以我便赋诗《采菱行》一首,但愿采集民歌的人前来收集它。

白马湖平秋日光,紫菱如锦彩鸳翔——白马湖,又叫白蟒湖,在今湖南常德西面。这两句诗是写：在明媚的秋日映照下,白马湖水面平滑如明镜,紫色的菱角像锦绣一样美好,水面上还有那五彩斑斓的鸳鸯在徊翔。多么美妙的"白马湖秋景图"啊。色彩明艳,搭配得当,当人们看着如此的美景,怎能不心旷神怡,用这样如画一般的美景来衬托美丽的采菱姑娘们,真是给人以美的享受。

荡舟游女满中央,采菱不顾马上郎——采菱姑娘们的出现,打破了白马湖的宁静。湖水中荡漾着采菱姑娘们的一条条小船儿,她们忙碌地采摘着这鲜嫩的菱角。你看她们采摘时是那样专心致志,完全忘记了岸上骑马经过的少年郎。"不顾"二字,传神地刻画出采菱女郎们专心一意,除了采菱之外,对身边发生的事情,都无暇顾及。同时用"马上郎"一词又给诗歌加入了调侃、轻快的成分。

争多逐胜纷相向,时转兰桡破轻浪——兰桡,是对船桨的美称。这两句诗是描写采菱姑娘具体的采菱动作与神采：她们在进行着采菱比赛呢,是你多了,还是我多了,你看她们采起菱角来别提多带劲儿了,一处采完了,她们还不时轻转船桨,漾起小舟,向另一处菱区划去。一幅争胜采菱图跃然呈现于纸上。诗中用"争多逐胜"写出了女孩子们的好强和顽皮。这种动态的描写使整个诗境都变得轻快灵动起来。

长鬟弱袂动参差,钗影钏文浮荡漾——袂,衣袖。这两句描写了采菱姑娘们优美的形象：你看她们那长发挽成的发髻和轻软的衣袖随着小船来回摆动,高高低低,错落有致,姿态万千,不乏天真之态,而又情趣盎然。她们头上的发钗和手上的钏镯倒映在水中,随着水波的荡漾也一起一伏地闪烁着、波动着。人与景融而为一,如此和谐,不禁让人赞叹。

笑语哇咬顾晚晖,蓼花缘岸扣舷归——蓼(liǎo),生长在水边或水中的植物,花小,白色或浅红色,亦称"水蓼"。哇咬,象声词,指女孩子们动听的声音。傅毅《舞赋》云："眄般鼓则腾清眸,吐哇咬则发皓齿。"采菱姑娘们辛勤忙碌着,不知不觉已是太阳偏西,她们有说有笑,扣动船舷相互召唤着"回去吧,回去吧",在点点蓼花的掩映中,姑娘们划着船沿岸返回。这里写出了时间的推移,字里行间充满了劳动的喜悦。

归来共到市桥步,野蔓系船萍满衣——步,指停船的码头。市桥步,在今天的湖南省常德市东门外。这两句是说,采菱姑娘们把小船都停靠在市桥步码头,用野蔓系好船,低头一看,浮萍沾满衣衫。"萍满衣"三字,表现出她们采摘菱角时的专心致志,这看似不经意的一笔,却补足了采菱姑娘们的质朴与勤劳。

家家竹楼临广陌,下有连樯多估客——广陌,指大路。樯,指船上的桅杆。估客,犹言商人。这部分是景物描写,为采菱姑娘们的"卖菱"活动提供了背景:家家户户的竹楼都临近大路,竹楼下面停泊着桅杆林立的帆船,这里也正是商旅云集之所。

携觞荐芰夜经过,醉踏大堤相应歌——觞,古代盛酒的一种容器。荐,进献之义。芰,指六角菱,是菱角的一种。踏,犹言踏歌,指用脚踏着节拍唱歌。入夜,商人们提着酒壶,吃着菱角从大路上经过,他们醉醺醺地在大堤上脚踏节拍互相应和着唱起歌来。诗中极写商人们享乐之情状,是为了突出他们生活的无忧无虑。或许他们也有烦恼,或许他们也有忧愁,但他们可以借助酒来"一醉解千愁";与之相比,诗人却是做不到,诗人心中的烦恼忧愁又怎能是那"三杯两盏淡酒"可以消除掉的呢?于是有了下面的感叹。

屈平祠下沅江水,月照寒波白烟起——屈平,即屈原,是战国时楚国的大夫,因正道直行,受到奸佞小人的迫害而遭贬斥,被流放到沅湘之间,后投汨罗江而死。当地的人们为了纪念他,为他修建了祠堂,即屈平祠,故址在今常德市东门外。诗人放眼望去,只见屈平祠下面沅江水缓缓流淌,清冷的月光照在寒冷的江水上,升起了白茫茫的一层烟雾。这种环境也恰巧符合诗人当时的心境。诗人作为一个贬谪之人,心情的郁闷愁苦是可以想见的了。以景传情,妙在无迹。

一曲南音此地闻,长安北望三千里——南音,南方的歌。此两句进一步渲染了这种愁苦的情绪:在此地听到这一曲南方的歌,不禁让"我"想起了远在三千里之外的京城长安。从而如此悦耳的"南音"在作者听来也是那般"忧愁不堪听"。

这是一曲劳动的颂歌,诗人大施笔墨、花大力气描述了岁秋之季,白马湖上的采菱姑娘们辛勤忙碌的劳动生活。诗中有对白马湖风光的细节描摹,引人入胜,更多的是对采菱姑娘多角度全方位的展示。从外貌服饰、语言动作等方面刻画了一组采菱女群像,着力表现出她们性格中活泼的一面,从劳动中也突出了她们勤劳的品质。描摹细致,语言生动,十分恰切地展示出水乡采菱姑娘们的生活情态。

此外，诗中"携觞"一句还展现了码头商人的醉夜生活，具有浓厚的地方气息。若诗歌就此戛然而止，那它的意义充其量也就只是一首不错的民俗诗，但妙就妙在诗人能借景传情，把眼前之景和一己之感受联系起来，绾得极其巧妙，不给人生拉硬拽之感，让读者感到这确实是作者真情实感的自然流露。末尾四句，诗人不禁对景抒怀，"屈平祠下沅江水"，自己和屈原的生活经历是何其相似，二人都是"信道不从时"，也都是因"正道直行"而为君主所弃，在这特定的情境下，诗人仿佛跨越过历史的长河，在心灵上与这位古人达到了契合、交汇。末句的"一曲南音此地闻，长安北望三千里"，不也正和屈原身处沅湘之间，却仍"系心怀王，眷顾楚国"之情感暗合吗？相似的处境，共同的遭遇，诗人们之间心与心的共鸣，读来真是让后人唏嘘不已啊！全诗语言清新，叙述流畅，既有明秀艳丽之笔，又不失清辉愁涩之韵，在两相对比之中，诗人的真性情坦露无遗。

秋词二首

作于诗人任朗州司马期间。这两首诗的可贵之处，就在于诗人对秋风的感受与众不同，能另辟蹊径，唱出了"秋日胜春朝"的励志高歌，催人奋进，发人深省。

自古逢秋悲寂寥，我言秋日胜春朝。
晴空一鹤排云上，便引诗情到碧霄。

山明水净夜来霜，数树深红出浅黄。
试上高楼清入骨，岂如春色嗾人狂。

自古逢秋悲寂寥，我言秋日胜春朝——自古以来每逢到秋天，人们多会感到寂寥悲凉，然而"我"却不那么认为，"我"要说秋日要比春天的朝阳更惹人情思。这样的写法与诗人的"思出常格"（《洗心亭记》）是一致的，在诗人的眼中，秋日不只代表萧条，秋日也自有它的可爱之处。

晴空一鹤排云上，便引诗情到碧霄——碧霄，指湛蓝的天空。这两句写的是：你看那秋日晴空中，一只矫健凌厉的白鹤正排云直上，"我"满腔的诗情都被它带上了那澄碧的九霄之上。这只鹤的形象是孤单的，但同时又是顽强的。正是由于它的奋飞，冲破了整个秋天的肃杀氛围，使诗人的精神也为之一振。这只冲天飞鹤不正是不屈志士的化身吗？

山明水净夜来霜，数树深红出浅黄——因为秋高气爽，所以山明水净，夜里又下了霜，几树红叶衬托出枯叶的苍黄。数笔勾勒，一幅简洁的秋景图跃入眼帘。"明"、"净"是秋天的本色，但却不是凄冷的，尚有红、黄掺杂其中。色彩的点染恰到好处，如美人化妆，关键的几笔最见功力。

试上高楼清入骨，岂如春色嗾人狂——嗾(sǒu)，使唤狗时口中所发出的声音，这里是"使"之意。这两句是写：你若不信，请试上高楼一望，真是清气寒彻入骨，哪里像那浓艳的春光美色使人轻浮若狂！诗人采用对比的手法，借贬春色的轻浮衬出秋日的肃清，在一正一反中，诗歌的主旨——秋色怡情——被表现出来了。

"碧云天，黄花地，西风紧，北雁南飞，晓来谁染霜林醉，总是离人泪。"（王实甫《西厢记》）秋景总是被文人骚客涂抹上一层萧瑟悲凉的色彩，自宋玉《九辩》以来，悲秋已成为历代文人吟诗作赋的传统主题，无数诗人写过秋的凄清，秋的肃杀，表现出寂寞或衰颓的思想感情。我们常说"诗言志"，在历代的诗词中，即使是歌咏秋天，在具有奋发向上的文人心中，也会显得那般生机勃勃，胜似春天！刘禹锡就是这样，他高唱"自古逢秋悲寂寥，我言秋日胜春朝"的昂扬奋进的秋歌，使人读毕，振奋不已。

两首《秋词》主题相同，写法却各异，但又不能截然分开，二者有着千丝万缕的联系。其一重写"气"，借"鹤"写出，由秋气写到做人要有志气，这样面对寂寥的秋日才不会感到孤单，才会有奋斗精神，像那只鹤一样排云而上到九霄云外，饱览大自然的胜景，表现出志在高远、昂扬奋发的精神状态；其二重写"色"，描写秋日有代表性的景物特色，明净凄清又不乏色彩。寂寞中又有热闹的成分，望着这清澈入骨的秋色，整个心都在这片秋色中沉淀了，升华了，剩下的只是满腹的肃然，满腹的深沉，这又怎么是那繁闹的春色可以相比的呢！

两首小诗，诗人借助鲜明的艺术形象表现了深刻的思想，既包含深刻的哲理意蕴，又不乏艺术魅力，发人深省，耐人寻味。

伤桃源薛道士

此诗作于刘禹锡任朗州司马期间。桃源，即桃源县，属湖南省。薛道士，生平不详。诗中写了刘禹锡对薛道士的追悼，抒发了诗人对薛道士深沉的怀念之情。

坛边松在鹤巢空，白鹿闲行旧径中。

手植红桃千树发,满山无主任春风。

坛边松在鹤巢空,白鹿闲行旧径中——坛,指桃源薛道士所住的道观。鹤巢空,仙鹤的巢穴空了,指鹤已死去,比喻薛道士逝世,古代通常用"驾鹤西归"来比喻人逝去。这两句写出了薛道士死后山上的凄清冷落:道观两边的松树仍在,而鹤巢早已是空空如也,只有那白鹿如今还悠闲地行走在先前的小路上。旧径中罕见人迹,所以只有白鹿仍在闲行,我们也可以这样设想,或许这只白鹿是薛道士生前所养,如今鹿的主人已经不在,白鹿依然徘徊在"旧径中",或许是在寻找主人的踪迹吧。写鹿在衬出人的不在,给诗歌渲染了悲凉的情调。

手植红桃千树发,满山无主任春风——薛道士当年亲手种下的红桃开得正艳,但如今,这红桃已经没有了主人,它们的命运只有任凭春风来摆布。诗中用"满山无主"来呼应诗题,说明了薛道士已经仙逝,这两句与崔护的"人面不知何处去,桃花依旧笑春风"(《题都城南庄》)有异曲同工之妙。

这是刘禹锡所作的一首追悼故人的诗,对于诗中所提到的那位桃源薛道士,其生平事迹如今我们已经不能确考,但从刘诗字里行间流露出来的他对薛道士深沉的怀念,我们可以想见二人的感情一定是相当深厚的。

诗中没有一句提到这位桃源的薛道士,但从诗中的每一处景物上,我们都可以找到薛道士的影子。青松、白鹿仍在,只是鹤巢已空,两相映照,写出了薛道士死后山上的凄清冷落;后两句则是用"红桃千树"和"满山无主"形成鲜明对比,抒发了诗人对于物在而人亡的感慨,表达了诗人对薛道士的深沉怀念。"红桃千树"句,与后来他为悼念老友柳宗元时所写的《伤愚溪三首》中的"隔帘惟见中庭草,一树山榴依旧开"句神理暗合。

这首悼故人诗写得情深意切,把诗人对薛道士的怀念表现得淋漓尽致。

元和甲午岁,诏书尽征江湘逐客,余自武陵赴京,宿于都亭,有怀续来诸君子

此诗作于元和九年(814)春,作者自贬所奉诏回京途中。逐客,遭到贬谪的人。武陵,即朗州。都亭,指长安城郊外的驿站。诸君子,指陆续被召回的柳宗元、陈谏、韩泰等人。十年前永贞革新失败后,革新派人士贬的贬、死的死,流落四方。十年后,

"执政有怜其才欲渐进之者,悉召至京师。"(《资治通鉴》卷二三九)当诗人又回到了久别的长安城,昔日意气风发的少年郎如今已是霜染两鬓。十年,在一个革新者的政治生命里可谓太久了,当重返旧地,诗人怎能不心生感慨,于是挥毫写下了这篇诗作。

雷雨江湘起卧龙,武陵樵客蹑仙踪。
十年楚水枫林下,今夜初闻长乐钟。

雷雨江湘起卧龙,武陵樵客蹑仙踪——卧龙,指诸葛亮。据《三国志·诸葛亮传》载:"徐庶……谓先主曰:'诸葛孔明者,卧龙也。'"这里借指那些有才能却遭到贬谪的革新志士。武陵樵客,是作者的自称。蹑仙踪,指追随神仙的踪迹,暗指自己在遭受贬谪的这十年来过着不问政治,飘然自适的生活。这两句是写,阵阵雷雨使蛰居江湘之地的卧龙奋起,还有"我"这个高蹈物外的樵客。用卧龙来比喻被贬谪的革新党人,有赞颂之意,认为他们都是当世的俊杰,自称为武陵樵客,则是透露出一丝无奈。自己一生致力于政治革新却遭君主弃置,过着这种隐居的生活,满腔的辛酸、苦涩已尽在不言中了。

十年楚水枫林下,今夜初闻长乐钟——楚水枫林,屈原在《招魂》篇中写道:"湛湛江水兮,上有枫。目极千里兮,伤春心。魂兮归来!哀江南!"这里用以指代自己的贬所。南宋大诗人陆游有诗云:"楚水枫林霜露新,白头一叟正吟呻。"(《初寒病中有感》)想是化用了刘禹锡的诗意。长乐钟,指长安城内长乐宫中的大钟。唐人诗作中多所提及,赵嘏写道:"轩车过尽无公事,枕上一声长乐钟。"(《题昭应王明府溪亭》)这两句是说:在楚地度过了十年的贬谪生活之后,今天"我"又回到了阔别已久的京城,再一次听到了这熟悉的钟声。既描摹出自己所处贬所的地理环境的真实情况,又在环境的叙述中融进自己深沉的感情。

这是一首感怀身世之作,把诗人那种奉诏还京时快慰而又复杂变化的心情描绘得入木三分。开头两句是叙述当年遭贬的革新人士如今又被召回的场景,后两句语浅情深,"十年"一句高度概括了自己长久的贬谪生活,并表现了自己多年之后初闻长乐钟的感慨。此诗对后世影响颇深,张孝祥在自己的词中亦化用刘禹锡的诗意,写道:"须知楚水枫林下,不似初闻长乐钟。"(《鹧鸪天·饯刘恭父》)字里行间流露出来的是难以抑制的感伤之情。清人徐增有评语道:"人皆以梦得此句为庆幸,愚谓此正是其伤心处。十年放逐,日以文章吟咏陶冶情性,颇相忘于朗州。一闻长乐钟,十年心头事一齐提起,岂不是最伤心之处乎!"(《而庵说唐诗》卷一一)此评甚确。当诗人奉诏又回到京城时,是欣喜快慰又重新登上政治舞台,还是又勾起了过去十年的伤心事,一时间又怎能说得清。诗人的那种矛盾变化、悲喜交加的心情,随着悠扬而又熟悉的长乐钟声在空中飘荡着、飘荡着。

元和十年自朗州召至京,戏赠看花诸君子

此诗作于宪宗元和十年(815)春,刘禹锡从贬所朗州奉召回到长安。看花,唐时举进士及第者有在长安城中看花的风俗。明人李贽有诗写道:"忆昔长安看花时,牡丹独有醉西施。"描写了牡丹花开,全城人都来看花的场景。诗题点明了此诗的写作时间、背景及内容,让人一目了然。由于此诗刺痛了当权者,刘禹锡再度遭贬,出为连州刺史,从此开始了他后半期的政治和创作生涯。

紫陌红尘拂面来,无人不道看花回。
玄都观里桃千树,尽是刘郎去后栽。

紫陌红尘拂面来,无人不道看花回——紫陌,指京师郊野的道路。岑参有诗云:"鸡鸣紫陌曙光寒,莺啭皇州春色阑。"(《奉和中书舍人贾至早朝大明宫》)红尘,车马扬起的飞尘。卢照邻写道:"弱柳青槐拂地垂,佳气红尘暗天起。"(《长安古意》)这两句写出了暮春时节,京师人们争先看花的盛况:在京师郊野的道路上,车马穿梭,扬起阵阵飞尘,扑面而来,每个人的嘴里都在谈论着看花的感受。用"红尘拂面来"衬托出大道上车水马龙,川流不息的景象。因为人多,车马多,才会使尘土飞扬,"拂面来"不仅写出了作者的感受,也给我们带来身临其境的体会。每个人的脸上都带着笑意,每个人的心中都充满满足,于是作者也受到了感染,要一睹盛景,于是有了下面的议论。

玄都观里桃千树,尽是刘郎去后栽——玄都观,是北周、隋、唐时的道观名,原名通道观,隋开皇二年更名为玄都观,故址在今天的陕西长安南崇业坊。刘郎,即指作者本人。这两句是写玄都观里如此众多的桃树,都是自己被贬,离开京城的这十年中所栽种的,真是"木犹如此,人何以堪"啊。由桃花联想到自己,想到了这十年中的变化,昔日道士们在观中种的桃树如今已是繁花满树,生活的变化真是太大了。

"永贞革新"失败后,刘禹锡被贬为朗州司马。元和十年(815),宪宗下诏召还八司马仍在贬所的人,刘禹锡等人奉召还京。是年春天,刘禹锡游玄都观,心有所感,写下了这首《戏赠看花诸君子》。由于这首诗触到了当权者的痛处,便借口此诗"语涉讥刺",于是刘禹锡等人又被贬到更为偏远的地区。那么,是什么地方使权贵们大感不快呢,这首诗的深层寓意又在何处呢?

这首七绝是有寄托的,正是诗中的"桃千树"影射了当时的政局。作者遭贬受迫害的这十年中,长安政坛上涌现出一批投机取巧的新贵,他们吵吵嚷嚷,丑态百出地活跃在中唐政坛上,不正像那"玄都观里"的"桃千树"吗?而他们的得势正是建立在像刘禹锡这样的革新党人遭迫害、受排挤的基础上的,如今昔日受迫害的诗人又回来了,带着不曾悔改的初衷——改革时政——又回来了。"戏赠"二字,点出了诗人对当今政局的轻蔑,而正是他的这种不知悔改的态度,正是他的这种冷眼看世事变化的思想情绪,深深刺痛了当权者。那些凭借镇压"永贞革新"而掌权的权贵们,害怕坚持昔年改革之志的诗人重返京师政治舞台后会对他们不利,于是便借口"语涉讥刺",再次将刘禹锡等人贬谪远州。

诗人将自己的思想感情寓于写景当中,议论入诗而又不给人枯燥的感觉,从而使整首诗具有了含蓄之妙。

再授连州至衡阳酬柳柳州赠别

此诗作于元和十年(815),刘禹锡因作《元和十年自朗州召至京,戏赠看花诸君子》一诗,触怒权贵,二度遭贬,赴任连州刺史。再授,刘禹锡十年前因"永贞革新"失败后被贬为连州刺史,途中追贬为朗州司马,如今再次谪为连州刺史,因此称为再授。衡阳,县名,在今湖南省南部,汉为承阳、钟武等县地,隋与临蒸县合并为衡阳县。柳柳州,即指柳宗元,柳宗元被贬为柳州刺史,故称。

　　去国十年同赴召,渡湘千里又分歧。
　　重临事异黄丞相,三黜名惭柳士师。
　　归目并随回雁尽,愁肠正遇断猿时。
　　桂江东过连山下,相望长吟有所思。

去国十年同赴召,渡湘千里又分歧——这两句如实描写了刘禹锡与挚友柳宗元当时的处境状况,写的是:老朋友啊,你和我同时遭贬,被迫离开长安已经十年之久,现在又一起奉召还京,怎料从千里之遥的贬所归来不久,却又遭到贬谪的厄运,你我又要分开。追述起往事,简单扼要又语意深厚。"十年"极写时间之久,"千里"极写距离之长,对仗可谓工整;同时又为下文的展开创造了条件。

重临事异黄丞相,三黜名惭柳士师——黄丞相,指西汉时的贤相黄霸。黄霸受到汉宣帝的重用,曾两度出任临近长安的颍川太守,"化大行,名声闻"(《史记·张丞相列传》)。杜甫有诗云:"籍甚黄丞相,能名自颍川。"(《送梓州李使君之任》)而自己与黄霸相比,再次被贬为连州刺史,也是两度,可谓重临,但却是为君主所摒弃,不再受重用,这种迫害与黄霸相比当然是事异了。诗人通过"重临""事异",把彼此矛盾的两件事情扭结在一起,既是自我解嘲,同时也暗含了对上层统治者的不满和牢骚。柳士师,指的是春秋时期的柳下惠。柳下惠,姓展名禽,春秋时期鲁国人,曾为狱官(即士师),《论语·微子》上记载"柳下惠为士师,三黜。人曰:'子未可以去乎?'曰:'直道而事人,焉往而不三黜?枉道而事人,何必去父母之邦?'"说的是柳下惠在任期间,因"直道事人"而三次遭贬,字里行间流露出愤激之情。白居易有诗云:"展禽任三黜,灵均长独醒。"(《和〈思归乐〉》)这里用以比作同样品格、同样"三黜"过的柳宗元。柳宗元先被贬为邵州刺史,未到,再贬为永州司马,这次应召还京后,又被贬为柳州刺史,正是"三黜"。"名惭",说的是作者认为自己的名声比不上柳宗元,这是自谦之词,同时也表达了对柳宗元的由衷敬佩之情。

归目并随回雁尽,愁肠正遇断猿时——这两句从对往事的追述中回到现实的场景,写的是:两个人一起抬头仰望,目光追随着那北归的雁群,直到天的尽头。正当愁肠满腹时,远处又传来猿猴的声声哀叫,此情此景怎不让人肝肠寸断!"正遇"两字,写出了愁上加愁,痛上加痛之感。

桂江东过连山下,相望长吟有所思——桂江,即漓江,是柳宗元赴柳州的必经之所。连山,指刘禹锡要到达的目的地连州。"有所思"是古乐府名篇,这里只是用其字面意。这两句是写:老朋友啊,如今你要溯湘下桂奔赴柳州,"我"也要越过连山去连州上任,我们就此分别吧,以后的日子定要长相守望,经常吟咏对彼此的相思之情啊。借写二人相距之遥衬托出二人深厚的友情,即使千山万水也阻隔不了朋友之间的挚笃之情。

这是一首深情款款的送别诗,表现了"无穷无尽是离愁,天涯地角寻思遍"(晏殊《踏莎行》)的哀怨情感,写得极其哀婉,感人至深。诗的前四句追述二人相似的人生经历,写出了二人所遭遇的挫折,尤其是用典极为高妙,用柳士师来比柳宗元,不仅姓同,而且事切,可谓一语双关。后四句描写二人歧路分别,自是愁绪满腔,借哀猿啼叫的悲苦来衬托离别之人内心的忧愁,真是"更听断肠猿,一似闻弦雁"(吕本中《生查子》)。这番"离愁,别是一番滋味在心头"啊。接着作者又设想了二人分别之后的场景,"相望长吟有所思",从彼此双方落笔,写出了这对志同道合却又不得不离别的友人之间生死不渝的情谊。这首诗叙事清晰,脉络分明,于山水之中写离情,于怅望之中写哀思,词尽篇中,而意馀言外,是一首优秀的赠别诗。

插田歌并引

此诗作于元和十二年(817),刘禹锡任连州刺史期间。这是一首乐府体诗歌,描写了连州农民辛勤插秧的场面及农夫与计吏的一番对话,表现出作者对劳动人民生活习俗和农村风物的赞美,同时也对爬到小官吏地位便得意忘形的"计吏"予以辛辣的嘲讽。全诗采用俚歌形式,写得绘声绘色,声情并茂。

连州城下,俯接村墟。偶登郡楼,适有所感。遂书其事为俚歌,以俟采诗者。

冈头花草齐,燕子东西飞。
田塍望如线,白水光参差。
农妇白纻裙,农夫绿蓑衣。
齐唱郢中歌,嘤咛如竹枝。
但闻怨响音,不辨俚语词。
时时一大笑,此必相嘲嗤。
水平苗漠漠,烟火生墟落。
黄犬往复还,赤鸡鸣且啄。
路旁谁家郎,乌帽衫袖长。
自言上计吏,年幼离帝乡。
田夫语计吏:君家侬定谙。

一来长安道,眼大不相参。
计吏笑致辞:长安真大处,
省门高轲峨,侬入无度数。
昨来补卫士,唯用筒竹布。
君看二三年,我做官人去。

序引云:连州城下,与村落相邻接。一日,我偶然登上城楼,恰巧有了一点感触,于是就用俚歌的形式记下我的所感,但愿采集民歌的人能够来收集它。

冈头花草齐,燕子东西飞。田塍望如线,白水光参差——白水,泛指清水。田塍,即田埂。一幅美丽清新的田园风光图跃入眼帘:村冈的尽头花草长得整齐,空中的燕子忽东忽西穿梭飞舞。一眼望去,田埂笔直如线,连那河水也是清澈无比,波光粼粼。寥寥数笔,渲染出南方水乡浓郁的春天的气息。

农妇白纻裙,农夫绿蓑衣。齐唱郢中歌,嘤咛如竹枝——白纻,本谓白色苎麻,代指细而洁白的夏布。郢中歌,战国时楚国的宋玉在《对楚王问》中写道:"客有歌于郢中者,其始曰《下里巴人》,国中属而和者数千人;其为《阳阿》《薤露》,国中属而和者数百人;其为《阳春白雪》,国中属而和者不过数十人;引商刻羽,杂以流徵,而和者数人而已。"后因以"郢曲"或"郢中歌"泛指优美的乐曲或诗文。竹枝,属于乐府"近代曲",为巴渝一带的民歌。李益在其诗作《送人南归》中写道:"无奈孤舟夕,山歌闻《竹枝》。"刘禹锡据此改作新词,歌咏三峡风光和男女恋情,使之盛行于世。景色再美,只有有了鲜活的人物形象,整个画面才会灵动起来。这四句是写:农妇们穿着白衣裙,农夫们披着绿蓑衣。他们在劳动过程中一起唱起了"郢中歌",声音婉转,像《竹枝》曲一样悦耳、动听。整个画面活泼轻快起来,写出了劳动的美好,生活虽艰辛但也不乏甜蜜。

但闻怨响音,不辨俚语词。时时一大笑,此必相嘲嗤——继续通过听觉来描写农民劳动的情绪。虽然他们的歌声听起来有些哀怨,但是"我"却听不清具体的歌词,农民们唱着唱着,又不时发出大笑,"我"想他们定是在相互嘲谑打趣。此二句笔锋稍微一转,写出了农民们虽然在情感上是乐天向上的,但是在繁重劳动和艰难生活的重压下自然而然地流露出痛苦的呻吟,时怨、时笑、时嘲、时嗤,这种情感的变化暗示了农民对现实的不满,这就为下文农夫与计吏的一段对话作了铺垫。

水平苗漠漠,烟火生墟落。黄犬往复还,赤鸡鸣且啄——作者以多个景物的组合来点明插秧已毕,农民们也都相继收工要回家了:水里的秧苗整整齐齐,缕缕炊烟在村落的上空升起。进了村子,黄狗来来回回地追着人跑,公鸡、母鸡也都欢快地叫着,互相追逐、啄食。整个山村热闹起来,一天的劳动终于结束了,"兴尽荷锄归",诗人在这里进一步歌颂了劳动,赞美了生活。

路旁谁家郎,乌帽衫袖长。自言上计吏,年幼离帝乡——上计吏,地方官府年终要上报户口、钱谷的统计数字,派往京城办理这类例行公事的小吏叫上计吏。这两句是写,大路一旁站着一位戴着黑帽子,穿着长衫的男子,他是谁家的人呢?这个男子自我介绍道:"我是一名办事的公吏,从小就离开了家乡。"这个人物形象"乌帽衫袖长"与农妇、农夫的"白纻裙"、"绿蓑衣"形成鲜明对比,多么不和谐地介入,又是"自言",写出了这个计吏肤浅的本质。于是很自然地引出了农夫对计吏的嘲讽。

田夫语计吏:君家依定谙。一来长安道,眼大不相参——农夫对这个上计吏说:"对于你家,我肯定是熟悉的。"继而讽刺他道:"你去了一趟长安,回来后都不认识乡里人了吧!"农夫的话表明了对这个浅薄的计吏知根知底,言谈话语之间流露出了对他的讽刺。

计吏笑致辞:长安真大处,省门高轲峨,侬入无度数——省门,指官署之门。这里泛指京城衙门。轲峨,高耸的样子。这两句是写计吏厚颜无耻的答语,一个"笑"字更显露出他的愚蠢:"长安真是个大地方,宫禁官署的门高不可攀,极其威严,可我却进去好几次了。"

昨来补卫士,唯用筒竹布。君看二三年,我做官人去——补卫士,指姓名补进禁军中的缺额。筒竹布,又称筒中细布,是蜀中出产的一种极其名贵的细布,是当时的贡品之一。这四句是计吏的继续夸耀:"昨天我的名字补入了禁军的缺额,只付出了像筒竹布这样微薄的代价。你看着吧,再要不了两三年,我就会做官去了。"诗歌在计吏不知羞耻的诉说声中终止,却给我们留下了不尽的思索。中唐社会的风气之滥、政治之腐败,于此可见一斑。这样的社会现实可真是令人担忧呀!

这是一首乐府体的诗歌。作者将对话巧妙融入诗境,叙事简洁,风格流畅,同时诗人善于嘲谑的幽默品质贯穿于其中,营造出别样的诗歌意境。诗的开头描写了一幅田园风光图。北宋王安石在《即事》一诗中这样描写田园景物:"径暖草如积,山晴花更繁。纵横一川水,高下数家村。"比较起来看,梦得诗显得更富有活泼的动态美。在诗人的笔下,有燕子飞舞,清水泛光。接着又写穿着白纻裙的农妇和披着绿蓑衣的农夫。白裙、绿衣和青苗、白水的色彩鲜明,彼此调和,给人极佳的视觉效应,这部分是静态处理。接着,写农民们边劳动边唱歌,传神地表现出农民们淳朴、旷放而又乐天的性格特征,这部分又是动态展现,为我们描绘出一幅极具民风乡俗的风景画。接下来的四句与陶渊明的《归园田居》中的"暧暧远人村,依依墟里烟。狗吠深巷中,鸡鸣桑树颠"颇有异曲同工之妙。结束了一天的劳作,宁静的乡村又喧闹起来。诗若是写到这里就戛然而止,也就少了些味道,妙就妙在诗人又安排了场农夫与计吏的对话,加强了这首诗的刺世意义。诗人采用对比手法,用农民的淳朴与计吏的愚蠢形成鲜明对比,一方面,刻画了计吏厚颜无耻的嘴脸,一方面也写出了中唐社会腐败的社会政治,可以想见当时朝廷卖官鬻爵之滥。这段对话全用口语入诗,质朴无华,但表意清晰,惟妙惟肖地刻画出农夫与计吏这两个不同身份的人物的形象特征,体现了作者极具概括力的语言特色。

这首诗从现实生活出发,观民风,抒真情,充分表现了诗人关心民生,把反映社会问题作为自己不可推卸的责任。此外,在艺术手法上也深得汉乐府民歌体的精髓:巧妙叙事,细节刻画,使用对话等。同时该诗又不乏诗人幽默的风格。总之,这首《插田歌》是一首不可多得的优秀乐府民歌。

平蔡州(三首选一)

　　此诗作于元和十二年(817),时刘禹锡在连州刺史任上。元和九年(814),割据一方的淮西节度使吴少阳病逝,其子吴元济发动叛乱,自立为节度使,唐宪宗发兵讨伐,很长一段时间平叛战争没有进展。元和十二年(817),裴度被任为宰相,支持将军李愬雪夜出奇兵,攻克蔡州城,生擒吴元济,割据三十多年的淮西重镇又回归唐王朝。刘禹锡听到了这个消息,十分激动,满怀激情地写下了此诗,高度评价和赞颂了这一重大胜利。全诗用虚笔写战事,抒发了人民对和平生活的热切渴望。在这首描写战争的诗歌中,我们看不到战争的残酷,诗人赞颂了唐军平叛行动的正义性。蔡州,在今天的河南汝南,是唐代淮西节度使的驻地。平,平定叛乱。

　　　　汝南晨鸡喔喔鸣,城头鼓角音和平。
　　　　路旁老人忆旧事,相与感激皆涕零。
　　　　老人收泪前致辞:官军入城人不知。
　　　　忽惊元和十二载,重见天宝承平时。

　　汝南晨鸡喔喔鸣,城头鼓角音和平——汝南,即指蔡州城。这两句写的是:蔡州城的早晨,雄鸡喔喔啼叫,城头的阵阵鼓角声传达出和平的气息。这给我们描绘出一个战后和平、安静的蔡州城。诗人凭借的对象就是晨鸡和鼓角。晨鸡喔喔啼叫如往昔,声音凄怆的鼓角在满怀胜利喜悦的人们听来也是十分"和平"。利用人们对它们的主观感受,虚处传神。同时也从侧面表现了唐军这次平定叛乱的军事行动,因为符合广大人民意愿,所以具有了它的正义性。前人评论道:"倒从乱平后说入,章法句法,无不警拔。"(《网师园唐诗笺》)

路旁老人忆旧事,相与感激皆涕零——此二句借老人之口说出这次平蔡战争的重大意义:大路两旁的老人们看到这胜利的场景,不禁想起他们在藩镇割据时所受到的残酷剥削和无情迫害,如今重得安定和平,痛定思痛,怎能不喜极而泣。简短的诗句,深刻地揭示出人民对于国家统一的热烈向往。

老人收泪前致辞:官军入城人不知——收泪,指停止哭泣。这两句继续从老人的角度着笔。老人停止了哭泣,走上来一步说:"官军进城的时候我们都不知道。"这里面包含了双重含义,一方面是官军攻入蔡州是雪夜出奇兵,故"人不知";另一方面是城破之后,将军李愬号令严明,秋毫不犯,故"人不知"。既盛赞了李愬指挥得当、用兵如神,又表现了其体恤民众的崇高品质。

忽惊元和十二载,重见天宝承平时——元和十二载(817),即官军平蔡州的这一年,在这里写出,有强调之意。天宝,是唐玄宗李隆基的年号,这里指称安定和平的年代。这两句是写:"我"这把年纪了还能见到这样的快事,真好像又重新看到了天宝年间那兴盛的年代。诗人借老人之口,高度评价了这次平叛战争,并且对唐王朝的中兴充满了希望。一个"忽"字,一个"惊"字,点出老人见到这胜利的意外之喜,而一个"重"字,更是强调了这次战争的意义的确非同寻常,这里面包含了人民对未来盛世的无限憧憬。

这首诗反映了唐军平定淮西叛乱这样一个重大历史事件,但作者又不是单纯做具体的战争史实记录,而是着眼于塑造人物形象,从人民的眼中看战争,从人民的口中谈战争,把国家的治乱与人民的苦乐联结在一起,着重描写了平定叛乱与人民生活的关系,从而表现出人民的爱国热情。

诗作通篇采用侧面着笔法,如写唐军用兵之奇,诗人不去正面描写夜袭的艰险,也不去正面描写将军李愬的神勇,而是竭力渲染"晨鸡鸣"、"鼓角音和平"这样的场景,寓神奇于平凡之中,从侧面写出了唐军的这次平定叛乱没有给广大人民带来战争的创伤,带来的只是鸡犬不惊的安定与和平。又如作者歌颂这次平叛战争的重大历史意义,不正面描写战事胜利后给人民带来的直接结果,而是借"路旁老人"之口,说出了这次战争给人民的生活造成的影响之大。这样的写法更增加了它的真实可信度。这里正是衬托手法的巧妙运用,衬托的方法是辩证规律在艺术创造中的一种反映和应用。清代诗评家刘熙载说:"正面不写写反面,本面不写写对面、旁面,须知睹影知竿乃妙。"(《艺概》)我国古人又把这种方法称为"反面敷粉"法。这种回避正面实写,而从虚处去创造艺术实体,就最容易产生一种艺术的含蓄美,令人回味无穷。

整首诗写得通俗易懂,却又脱于流俗,既有对史实的追述、战事的描写,又有对人物形象的生动塑造,充满了艺术气息,而不会陷入空泛的记录中。对于此诗所具有的民歌的音乐美,清人翁方纲评价说:"以《竹枝》歌谣之调而造老杜诗史之地位。"(《石洲诗话》卷二)显然,翁氏看到了刘诗中乐府民歌手法的巧妙运用,他的评论确是一语中的。

重至衡阳伤柳仪曹并引

元和十四年(819),刘禹锡丁母忧,扶柩返洛阳守丧,十一月途经衡阳,突然接到柳宗元的死讯,刘"惊号大叫,如得狂病"(《祭柳员外文》)。在这种异常悲痛的心情下,刘禹锡写下了这篇诗作。柳仪曹,即柳宗元,唐代称礼部郎官为仪曹,柳宗元曾任礼部员外郎,故称他为柳仪曹。全诗写得感情真挚、沉痛哀婉,以一"忆"字总领全篇,在对老朋友柳宗元不尽的思念中寄托了绵绵的哀思。

元和乙未岁,与故人柳子厚临湘水为别。柳浮舟适柳州,余登陆赴连州。后五年,余从故道出桂岭,至前别处,而君没于南中,因赋诗以投吊。

忆昨与故人,湘江岸头别。
我马映林嘶,君帆转山灭。
马嘶循古道,帆灭如流电。
千里江蓠春,故人今不见。

序引云:元和十年(815),我和老朋友柳子厚在湘水边依依惜别。他坐上船去柳州赴任,而我则走陆路去连州就职。一晃五年,我又沿着旧路出桂岭,又回到了从前我们分别的地方,而柳君却已经不在人世。悲痛之馀,我写下了这首诗来表示悼念。序文解释了诗题中"重至衡阳"之义,因为五年前二人曾在衡阳分别,故云"重至"。桂岭,即香花岭,在今湖南临武,是桂水的发源地。

忆昨与故人,湘江岸头别——湘江,发源于广西,流入湖南。诗人说,回忆昨日,我和老友,湘江一别,已是数年。一个"忆"字,牵引着作者的思绪又回到了从前,五年前那湘江分别的一幕又呈现在眼前,仿佛就在昨天。

我马映林嘶,君帆转山灭——这二句仍是对当年分别场景的追述:那时那地,我的马隔着树林嘶鸣不已,而你的船也转过山头很快就不见了踪影。可能作者当时就有一种感觉,或许这次的生离就是死别,于是一直目送朋友的船消失在山后,还久久不愿离去。马是通人性的一种动物,或许它也感受到了诗人深深的哀愁,嘶鸣不已。宋代词人晏殊化用此二句写道:"居人匹马映林嘶,行人去棹依波转。"(《踏莎行》)想来这两句是极其传神地表现出两人的深厚情意。

马嘶循古道,帆灭如流电——流电,流星闪电,这里用以比喻极其迅速。诗人说,如今我的马嘶鸣着,又沿着旧路来到了我们先前分别的地方,而你的船却像流星闪电般转瞬即逝,再也看不见了。故道依旧,马循之;帆灭如电,人不见。此情此景如何能不让诗人伤怀。"流电"一词借指老朋友柳宗元的死太突然了。确实,这对诗人来说是一个沉重的打击。

千里江蓠春,故人今不见——江蓠,是一种生于南方水边的香草。诗人的眼前是千里江蓠,春色融融,但是昔日的老朋友却早已不见。这明媚春色中的千里江蓠是多么怡人,本该是自己和老友共同游赏的,但如今只剩下自己孤孤单单一个人,回忆起和老朋友一起度过的往日,更是让人痛彻心扉。

刘禹锡和柳宗元由于相似的仕途经历、人生际遇、共同的政治主张而结下了深厚的友谊。贞元九年二人同榜登进士第,成为"同年友",古人是很看重这层关系的。贞元二十一年,二人又同时参加了由王叔文领导的永贞政治革新运动,在运动中二人情意更加深厚。革新失败后二人同时被贬为远州司马,然而即使是身在贬所,二人仍是互通书信,以寄思念关怀之情,如刘禹锡的《答柳子厚书》中云"相思之苦怀,胶结赘聚",表现了二人的深情厚谊。元和九年,二人又一起奉召还京,次年三月又遭权贵摒弃。刘禹锡更由于写了《元和十年自朗州召至京,戏赠看花诸君子》一诗,被贬为最遥远、荒僻的播州(今贵州遵义)任刺史。而此时刘禹锡的母亲已是八十岁高龄,已经是不堪长途跋涉。在这种情况下,柳宗元上书自愿顶替刘禹锡去播州赴任,这是怎样的一种友情啊!这感情是那么深厚、那么炽烈、那么无私。后又经御史中丞裴度说情,刘禹锡这才被改贬连州。二人结伴同行,行至衡阳分手,可谁料这次的分离竟成死别。并肩战斗的老朋友就这样突然逝世了,诗人的悲伤当然是无法抑制了,全诗靠一"忆"字总领全篇,对二人的交往不作过多渲染,只是刻画了一个分别的场景。江淹在《别赋》中写道:"黯然消魂者,唯别而已矣。"尤其是在当时那种险恶的政治环境中,两人要去的地方又都是荒僻之所,这时的离别更具悲剧色彩。"人貌不应迁换,珍丛又睹芳菲。重把一尊寻旧径,所惜光阴去似飞。"(晏殊《破阵子》)旧景依然,友人已逝,当诗人再一次旧地重游时,那种对友人痛彻心扉的思念真是打动了每一位读者的心。

全诗借二人离别之际的恋恋不舍渲染出二人深厚的友情,同时也写出了作者失去这样一位挚友的沉痛心情。叙述平实,语淡情深,是其悼友人诗中的佳作。

松滋渡望峡中

此诗作于穆宗长庆二年(822)春,刘禹锡赴任夔州刺史途中。松滋渡,在今湖北松滋西北,是长江古渡之一,唐时属荆州江陵府。诗人满怀长期贬官的苦闷,途经松滋渡,望着高山峡谷中的滚滚江水,心潮不由激荡,于是写下了这首感慨之作。

渡头轻雨洒寒梅,云际溶溶雪水来。
梦渚草长迷楚望,夷陵土黑有秦灰。
巴人泪应猿声落,蜀客船从鸟道回。
十二碧峰何处所,永安宫外是荒台。

渡头轻雨洒寒梅,云际溶溶雪水来——松滋渡头,细雨斜织,飘洒在那寒梅之上,放眼望去,那江水好似从云的尽头滚滚而来。"轻雨"、"寒梅"、"雪水",点出春寒料峭的气氛。而"云际"一词则点出诗题中的"望"字。

梦渚草长迷楚望,夷陵土黑有秦灰——梦渚,即云梦泽,是春秋战国时期楚王游猎之所。楚望,泛指楚地的山川。夷陵,是楚先王的陵墓所在地,在今湖北宜昌东南。秦灰,指的是楚顷襄王二十一年(前278),秦将白起攻入郢都,烧毁楚先王陵墓,于是夷陵遂化为"秦灰"。这两句是抒发吊古之幽情:云梦泽这个地方的草长势多么茂盛啊,把整个楚地的山川都衬托得迷茫一片,如今夷陵的泥土黑黑的,似乎还残留着往日秦灰的遗迹。今昔形成鲜明对比,一个"迷"字显出楚国山河之壮丽、楚王游猎之盛;一个"黑"字,写出楚国身后之悲凉,不见了当年的"草迷楚望",只剩下了一地的秦灰,怎不让后人感慨万千。

巴人泪应猿声落,蜀客船从鸟道回——鸟道,只有飞鸟可以通过的道路,极言旅途之艰险。巴人泪应猿声落,语出《巴东三峡歌》:"巴东三峡巫峡长,猿啼三声泪沾裳。"这两句是抒发伤今之感慨,巴人听见山中那猿声的哀鸣而流下泪来,供来往蜀客乘坐的船只沿着艰险的道路去了又回。明人王世贞在评价"巴人泪"这句时说:"诗中泪字若'沾衣'、'沾裳',通用不为剽窃。多有出奇者……刘禹锡曰:'巴人泪应猿声落。'"(《四溟诗话》卷二)是对刘禹锡诗中用语的高度评价。这两句一写旅愁之深长,一写旅途之艰险,写出了羁旅之人的艰辛,同时也是作者情感的真实流露。

十二碧峰何处所,永安宫外是荒台——十二碧峰,指巫山十二峰。永安宫,是三国时蜀主刘备所建,在今重庆奉节。荒台,指云梦之台,据宋玉《高唐赋序》说,楚顷襄王曾在这里梦见与巫山神女欢会。这两句是写:郁郁青青的巫山十二峰在哪里呢?你看那永安宫外只剩下了一片荒台。诗人把云梦之台称荒台,足见其荒凉之至,同时也暗含讥讽楚王淫放之意。

刘禹锡的这首诗作历来受到各家的赞扬,冯舒评价它为"秀便工致",这是从其艺术特色角度出发的;何义门认为此诗是"量移夔州诗,妙在浑然不露……'秦灰'喻心变死灰,后四句触目险艰,求若宋玉遇襄王,亦不可再,所谓一生不得文章力耳。"是从其用典的深层含义角度出发的。此外,此诗的结构也极为合理。开头两句总写松滋渡的场景,再从"望"字大施笔墨,颔联是怀古,颈联是伤今,这两联将怀古、伤今、写景、抒情融为一体,创造出一种雄奇浑厚的艺术境界,引发读者丰富的联想。尾联主要是抒发诗人的无限怅惘之情。昔日的云梦台如今成为荒台,由楚王当年的荒淫,不由联想到当今统治者相似的荒淫失德,诗人面对眼前的景象,想到腐朽的国事,如何不忧虑,怎能不伤怀?清人王夫之评此诗云:"自然感慨,尽从景得,斯谓景中藏情。"(《唐诗评选》卷四)

清人纪昀对此诗末二句有这样的解释:"中唐本色,惟结二句不免窠臼。"这种认识不免片面,中唐诗人由于当时所处的历史环境,他们的政治热情也都开始渐渐消退,诗中多有讥讽朝政之语,这可能是纪昀认为的中唐本色。但本诗中的末二句用在这里,较好地表达了诗人的怅怅之感,不能与一般的窠臼之作相提并论。全诗以"荒台"作结,深诫当世而已。

伤愚溪三首并引

此诗作于长庆二年(822),时禹锡在夔州刺史任上。愚溪,柳宗元在其《愚溪诗序》中云:"灌水之阳有溪焉。东流入于潇水,或曰冉氏尝居也,故姓是溪为冉溪,或曰可以染也,名之以其能,故谓之染溪。余以愚得罪,谪潇水上,爱是溪,入二三里,得其尤绝者家焉。古有愚公谷,今予家是溪而名莫能定,士之居者犹龂龂然,不可以不更也。故更之为愚溪。"从诗题和诗引中可以知道,这是一首悼念亡友的诗。愚溪虽存,斯人已殁,此情此景如何不让人伤怀。诗中借景传情,表现了两人之间深厚的情谊。

　　故人柳子厚之谪永州,得胜地,结茅树蔬,为沼沚,为台榭,目曰愚溪。柳子没三年,有僧游零陵,告余曰:"愚溪无复曩时矣。"一闻僧言,悲不能自胜,遂以所闻为七言以寄恨。

　　　　溪水悠悠春自来,草堂无主燕飞回。
　　　　隔帘惟见中庭草,一树山榴依旧开。

　　序引说:我的老友柳宗元在谪居永州的时候,得到一块好地方,在那里盖房、种菜、开凿池塘、建造台榭,并给它取名为愚溪。柳子死了三年后,一位僧人云游至零陵(即永州),告诉我说:"愚溪不再像原来的样子了。"我听到僧人的这番话,心中的悲痛再也无法抑制,于是就把自己所听到的情况以七言诗的形式写了出来,来寄托我深深的哀思。

　　溪水悠悠春自来,草堂无主燕飞回——溪水悠闲,自在流淌,春色融融,自然到来。草堂依旧,主人不在,燕儿翩翩,仍旧归来。诗中通过燕子的视角来描写周围环境,使伤感的成分更加深厚。燕子尚且恋旧巢,人亦岂能不怀旧?接下来两句是紧承其上,抒发了物是人非之感。

　　隔帘惟见中庭草,一树山榴依旧开——中庭,犹言庭中。这两句仍然是景物描写:隔帘望去,惟有野草,一树山榴,依旧艳丽。借"中庭草"从侧面写出主人已去世多年,庭院早已无人清理打扫,到处都是野草丛生。一片荒凉之景跃然纸上。

　　　　草圣数行留坏壁,木奴千树属邻家。
　　　　唯见里门通德榜,残阳寂寞出樵车。

　　草圣数行留坏壁,木奴千树属邻家——草圣,古代对在草书艺术上有卓越成就者的称呼。东汉张芝,精熟草书,三国魏韦诞称他为"草圣"。又如唐代的张旭,杜甫《饮中八仙歌》中对他有所描写:"张旭三杯草圣传,脱帽露顶王公前。"木奴,三国时吴丹阳太守李衡于武陵龙阳汜洲上种橘千株,临死谓其子曰:"吾州里有千头木奴,不责汝衣食,岁上一匹绢,亦可足用耳。"后橘树长成,岁得绢数千匹,家道殷实。(事见《三国志·孙休传》裴松之注引《襄阳记》)后因称"柑橘树"为木奴。这两句写的是,就像草圣写的那样的草书仍然存留在断壁残垣上,主人当年种下的千株橘树却早已属于邻家了。事物本身是没有情感的,但却因为感染了人类的气息而格外引人怀念。诗人虽未亲眼目睹这一切,只是听那个云游的道士讲述,然而信笔写来却有如亲历其境,不禁深深牵动每一位读者的心弦。

唯见里门通德榜,残阳寂寞出樵车——里门,指乡里之门。古制,聚族列里而居,里有里门。后人亦以此代称家乡。通德,是东汉孔融敬重郑玄的典故。国相孔融因慕其博学,令高密县为其设立一乡,为"郑公乡",广开门衢,令容高车,号通德门。这里用此典故赞颂了好友柳宗元高尚的德行和出众的才学。樵车,砍柴的车。这两句写的是,如今那里门上仍然悬挂着旧日的匾额,然而却是人去楼空,只有那柴车依旧寂寞出入于落日的馀晖中。"夕阳残照旧亭台,物是人非万事休","寂寞"二字巧妙传神地刻画出诗人的心理感受。

> 柳门竹巷依依在,野草青苔日日多。
> 纵有邻人解吹笛,山阳旧侣更谁过。

柳门竹巷依依在,野草青苔日日多——此二句描绘了一个破败衰飒的场景:当年柳子生活过的柴门和竹篱依然存在,只有门前的野草和青苔却是日渐增多。此二句与第一首的"隔帘惟见中庭草,一树山榴依旧开"有异曲同工之妙。正所谓"望庐思其人,入室想所历"(《潘岳《悼亡诗》》)。

纵有邻人解吹笛,山阳旧侣更谁过——此二句是用典。西晋向秀在其《思旧赋序》中写道:"余与嵇康、吕安,居止接近,其人并有不羁之才……其后各以事见法……余逝将西迈,经其旧庐。于时日薄虞渊,寒冰凄然。邻人有吹笛者,发声嘹亮,追思曩昔游宴之好,感音而叹,故作赋云。"此处就是化用此意。这两句是写,即使现在邻居有人懂得吹笛的奥妙,可是我从前的那些老朋友还有谁会再从这里经过呢?一句凄怆的追问——"更谁过"——从诗人的心中迸发出来,然而悠悠天地间却没有一个人出来应答。诗人的落寞凄苦被表现得淋漓尽致。

刘禹锡与柳宗元的友谊人所共知,在文坛上流传有很多佳话。相近的年龄,相同的革新主张,相似的人生遭遇,使二人在政治上结成盟友,在文学上又是文友,在生活中还是挚友。这样的多重关系成就了二人坚贞不渝的友谊。元和十四年(819),柳宗元病死于贬所,刘禹锡得到消息后,"惊号大叫,如得狂病"(《祭柳员外文》)。事隔三年之后，失去友人的苦痛稍可宽解，但听到了云游僧人对愚溪的一番描述，不禁悲从中来。愚溪，是柳宗元生前生活过的地方，他在那里度过了一段"晓耕翻露草，夜榜响溪石"(《溪居》)的贬谪生活，那里的一草一木、一亭一台无不灌注着他的情感。到如今，"之子归穷泉，重壤永幽隔"(潘岳《悼亡诗》)，昔日的愚溪也改变了模样。诗人对愚溪今昔变化的慨叹，其实就是对友人深沉的追思和哀悼。情感真挚，用意颇深。

此为组诗，共有三首。三首诗分别从不同侧面描绘了柳宗元曾经生活过的场景，这里有溪水、草堂、野草、山榴、草书、柑橘、通德榜和柳门竹巷。这些景物在诗人的笔下犹如三幅图画，有机结合。并且三首诗呈递进关系，诗人的情感在其中流淌，并逐渐深入。结尾以"向秀闻笛思旧"的典故收束全篇，以一句"更谁过"的追问使全诗哀痛的情感达到极致。全诗景中含情，情由景出。描写景物，细致贴切；追念亡友，情意绵绵。二者互为映衬，相得益彰。

竹枝词并序(九首选六)

四方之歌，异音而同乐。岁正月，余来建平，里中儿联歌《竹枝》，吹短笛，击鼓以赴节。歌者扬袂睢舞，以曲多为贤。聆其音，中黄钟之羽。卒章激讦如吴声，虽伧伫不可分，而含思宛转，有《淇澳》之艳音。昔屈原居沅湘间，其民迎神，词多鄙陋，乃为作《九歌》，到于今荆楚鼓舞之。故余亦作《竹枝词》九篇，俾善歌者扬之，附于末。后之聆巴渝，知变风之自焉。

此组诗作于长庆二年(822)，刘禹锡任夔州刺史期间。对于竹枝词的起源，前人是这样解释的："《竹枝》本出于巴渝。唐贞元中，刘禹锡在沅湘，以俚歌鄙陋，乃依骚人《九歌》作《竹枝》新辞九章，教里中儿歌之，由是盛于贞元、元和之间。"(郭茂倩《乐府诗集》卷八一《近代曲辞三》)对于《竹枝词》的形式及体貌，胡震亨如是说："《竹枝》本出巴渝，其音协黄钟羽，未如吴声。有和声，七字为句。破四字，和云'竹枝'；破三字，又和云'女儿'。后元和中，刘禹锡谪其地，为新词。更盛行焉。"(《唐音癸签》)由上可知，这是一组民歌体诗。诗歌内容或描写山川景物、风土人情，或反映男女之间的爱情生活。此外也曲折地表达了诗人遭受贬谪之后的生活体验和特定心态。

序引说：每个地方的歌曲，虽然音调不同，但都属音乐这个系统。长庆二年正月，我来到建平这个地方，听到里巷中有孩子们齐声合唱《竹枝》歌，吹奏短笛，敲打皮鼓来应和节拍。唱歌的人们挥动衣袖翩翩起舞，以谁唱得多为最优秀。听他们的歌曲符合黄钟羽的乐调。歌曲结尾部分声情激越，宛若吴地的民歌，虽然我听不惯这些方言俚语，但其风格含蓄宛转，可与卫国的民歌相媲美。先前，屈原谪居沅湘之间的时候，那里百姓有迎神的习俗，他们所唱的歌词大多粗俗鄙陋，于是屈原就为他们创作了《九歌》，如今荆楚一带仍然是边唱《九歌》边击鼓跳舞。所以我也创作了九篇《竹枝词》，希望善歌的人能来传播它，就把它附于这个小序的后面。以后凡是听到巴地民歌的人们，就了解巴地民歌的变风是如何来的了。

其 一

此诗是《竹枝词九首》中的第一首，通过对蜀地特定的景物——白帝城、白盐山的描写，抒发了诗人深沉的思乡之情。

白帝城头春草生，白盐山下蜀江清。
南人上来歌一曲，北人莫上动乡情。

白帝城头春草生，白盐山下蜀江清——白帝城，城名，在今重庆奉节东白帝山上。东汉末年公孙述占据此处时，说是殿前井内曾有白龙跃出，于是自称为白帝，称山为白帝山，城为白帝城。白盐山，在今重庆奉节东长江南岸，岩壁高耸，色如白盐，故称。这两句是写白帝城头，青草丛生，白盐山下，碧水悠悠。诗的开头巧用色彩为我们营造了一种宁静清幽的气氛：草是青色的，山是雪白的，连水都清得那么透彻，整个画面清丽淡雅，让人于俯仰观察间徘徊徙倚，沉吟不已。

南人上来歌一曲，北人莫上动乡情——如此的山青水碧，不同的人身处其中，自然会有不同的感受：南方人来到这里，面对此情此景，料知渐近家乡，所以会情不自禁地唱上一曲山歌；可北方人却与之相反，他们越是上行，越容易引起乡关之思。"未老莫还乡，还乡须断肠。"（韦庄《菩萨蛮》）这种思乡之情真有如断肠之痛，能引发人的深切思念，让人感伤不尽。

刘禹锡的这首诗通过写景来抒发浓郁的乡情，景为情设，情由景生，表情达意真切而自然。首二句以地名入诗，构成整齐的一联诗句。在各地名之后辅以优美的景语，使徒具概念的地名转化为具有诗情画意的境界。如温庭筠的名句"鸡声茅店月,人迹板桥霜"(《商山早行》),在"茅店"、"板桥"之后辅以"月"、"霜",使整联诗句顺畅自然,这样的罗列就丝毫没有了枯燥之感,只有灵动之妙。从音调角度上考虑,上下两句平仄适当,音调和谐,一气呵成,读来自有悦耳之致。

很自然,景物的铺陈都是为了更好地表达诗人内心的情意。近人俞陛云说得好:"后二句言南人过此,近乡而喜;北人溯峡而上,则乡关愈远,乡思愈深矣。"(《诗境浅说续编》)这番评论道出了为何"南人"会"歌一曲",而"北人"却会"动乡情"的深意。刘禹锡生于江南,长于江南,见到这熟悉之景,理应"歌一曲",但他却心系长安,关心朝政。从长安来到贬所,又往往以北人自居,从"动乡情"一语,我们可以看出作者虽身处"江湖之远",却并未忘"庙堂之高"。诗人的这种复杂矛盾心情在南人与北人的两相对比中被表现得淋漓尽致。综观全诗,既通俗易懂,又糅合了文人的雅致于其中,在流丽顺畅的音调中表达出浓厚的乡情。

其 二

此诗是《竹枝词九首》中的第二首。描写了女子对心上人的思念,因担心"郎意衰",所以产生了"无限愁",比喻新颖,精巧别致。

> 山桃红花满上头,蜀江春水拍山流。
> 花红易衰似郎意,水流无限似侬愁。

山桃红花满上头,蜀江春水拍山流——蜀江,泛指四川境内的河流。李贺有诗云:"蜀江风澹水如罗,堕兰谁泛相经过。"(《神弦别曲》)三言两语为我们描绘出一幅多么美丽的春光图啊!桃花鲜红,开满山头,蜀江春水,拍山流走。映山的桃花红得让人炫目,多像一团燃烧的火;山下,一江春水拍山流过,一个"拍"字,不是撞击,而是那么轻柔,让人感觉到水对山的依恋、山对水的眷恋。花红满山,水绕山流,面对此情此景,怀春的少女怎会无动于衷呢?

花红易衰似郎意,水流无限似侬愁——红花虽好,终易凋谢,恰似郎君情意;春水长流,绵延不尽,正如我的忧愁。这两句写活了女儿家的心思:"心上人啊,你对我的爱意是否也会像这满山的红花容易凋谢呢?"且用水流无限比喻自己的忧愁无穷无尽。李煜的"问君能有几多愁,恰似一江春水向东流"(《虞美人》),同样是用流水来比喻忧愁,二者有异曲同工之妙。这样的描写使无尽的哀愁具体可感,表情达意也更加形象具体。

爱情是美好的,但欢乐之中往往会有痛苦。刘禹锡的这首情诗恰到好处地描写了处在爱情中少女微妙、细腻而又复杂的心理。

诗的前两句托物起兴,描写山桃红花,描写蜀江春水。这些景物虽然非常平常,但在一位正在热恋中的少女眼中就另有一番意味了,那热烈绽放的山桃花不正像心上人那颗火热的心,江水拍山而过的情景不正像自己对爱人的依恋吗?这两句虽是写景,却又不是单纯地写景,景物中蕴涵着女主人公复杂的情感。后两句为女主人公对景抒情,直接坦露自己不易被人察觉的心曲。人都说红颜易老,人都说"士也罔极,二三其德",那么"他"是否也会变心呢?一缕淡淡的哀愁,悄然涌上心头,就像这拍山而过的蜀江春水,无尽无休,"惟有楼前流水,应念我终日凝眸"(李清照《凤凰台上忆吹箫》),万般哀怨,一腔愁情,借着这一湾春水尽情吐露。全诗格调明朗、自然,表情达意含思宛转、清新活泼,是一首颇富情韵的诗歌。此外在诗歌体式上,"隔句作对偶相承,别成一格,《诗经》比而兼兴之体也。"(《诗境浅说续编》)这也恰是此诗的独到之处。

其　四

此诗是《竹枝词九首》中的第四首,借一位思妇的口吻,描写了一位妻子思念丈夫的情怀。

日出三竿春雾消,江头蜀客驻兰桡。
凭寄狂夫书一纸,住在成都万里桥。

日出三竿春雾消,江头蜀客驻兰桡——兰桡,对船桨的美称。这两句是写:日出三竿,春雾消散;江边泊船,蜀郡来客。诗中描述了一个码头的场景,春雾散去,来往的客人在此歇脚。可以想象或许有一位思念丈夫的妻子,正在人群中翘首企盼,看一看有没有自己丈夫的影子。为下文捎信作了铺垫。

凭寄狂夫书一纸,住在成都万里桥——万里桥,故址在今四川成都南门锦江上,是古代出成都乘舟启程处。三国时蜀费祎出使东吴,诸葛亮送费祎饯行于此,云:"万里之行,始于此桥。"由是得名。狂夫,即言丈夫。刘叉有诗云:"狂夫游冶归,端坐仍作色。"(《狂夫》)此两句意谓:远方的客人,请你给"我"的那个他捎一封信吧,他就住在成都的万里桥边。

这首诗所写的时间是一个春天的早晨,太阳刚出来,晨雾消散,地点是江边码头,主人公是怀念丈夫的妇人,内容是托来往的客商给远在成都的丈夫捎一封家书。春天早晨江边的码头人来人往好不热闹,一位思念丈夫的妇人也来到这里,遍寻丈夫未果,只好让行旅帮助自己捎封家书,以寄相思了。戴复古曾写道:"壶山好,也解忆狂夫。转首便成千里别,经年不寄一行书。"(《望江南》)即使是这样的丈夫,这位妇人也是为他牵肠挂肚,用"狂夫"一词,表现出了这位妇人对远行在外、久不归家的丈夫又气又爱,又是怨恨又是思念的矛盾心态。末句"住在成都万里桥",把妇人对蜀客的叮嘱呈于纸上,以口语入诗,极富生活气息。明代诗评家李梦阳在《弘德集》自序中这样写道:"今真诗乃在民间……真者,音之发而情之原也。"这恰是对刘禹锡民歌组诗的绝好注解。

其　六

这是刘禹锡所作《竹枝词九首》中的第六首。诗人借写滟滪堆之稳立江中多年,风浪也不能将其摧毁,慨叹与之相比人心的善变和险恶。比喻形象贴切,叙述手法直白平实。

城西门前滟滪堆,年年波浪不能摧。
懊恼人心不如石,少时东去复西来。

城西门前滟滪堆,年年波浪不能摧——滟滪堆,即英武石,是夔州城西面瞿塘峡口的一块大石,今已被炸毁。这两句是写城西门前江中的那个滟滪堆,经年累月,虽遭受波浪的冲击也未被摧毁。张谓有诗云:"峥嵘洲上飞黄蝶,滟滪堆边起白波。"(《别韦郎中》)人都说水滴石穿,尤其是这样成年累月地被水冲击,但滟滪堆依然兀立江中,岿然不动,从侧面进行铺垫,渲染其稳固。

懊恼人心不如石,少时东去复西来——诗人望着这稳固的滟滪堆,发出了人生的感慨:令人懊恼的是人之心还比不上这块石头,一会儿往东,一会儿又朝西,变化反复不定。在诗人的《竹枝词》第七首中,他也发出了类似的慨叹:"长恨人心不如水,等闲平地起波澜。"

这首诗借巨石来比喻人心，用巨石的固执存在来反衬人心的反复无常，两相对比，形象而又贴切，真是"石尚如此，人心却异"，实在让人感慨满怀。"少时东去复西来"，这一声慨叹中融入了诗人多少的无奈与辛酸。从永贞元年诗人被贬为连州刺史，后改授朗州司马开始，一直到写这组《竹枝词九首》在夔州任上为止，诗人已度过了十几年的贬谪生活，中间(元和十年)也曾经有过被召回长安的经历，但终因小人谗言、奸佞当道，又先后数番转贬。经受过这样痛苦不堪的人生经历，诗人深深体味到生活中的酸甜苦辣，因此他才能发出这样的慨叹，这确是他人生经验的总结啊！近人俞陛云评论此诗道："慨世情之云雨翻覆。"(俞陛云《诗境浅说续编》)全诗语言浅显生动，平滑流畅，如"懊恼"这样的口语词的使用，使诗作具有了浓郁的生活气息和地方特色。

其 七

这是《竹枝词九首》中的第七首。诗人借瞿塘峡的险滩恶水抒写情怀，引发了对世态人情的无限感慨。

瞿塘嘈嘈十二滩，人言道路古来难。
长恨人心不如水，等闲平地起波澜。

瞿塘嘈嘈十二滩，人言道路古来难——瞿塘，瞿塘峡，是长江三峡之一，西起奉节县白帝城，东迄巫山县大溪，以雄奇险峻著称。峡中尤多礁石险滩，水流湍急，峡口的"滟滪滩"，就是一个巨型的江中礁丛。十二滩，不是确指，乃言险滩之多。其险峻情况也就可以想见了。这两句是写瞿塘峡水势湍急，流过十二滩时发出巨大的嘈杂声，这里的道路自古以来就以艰险闻名。描写了瞿塘峡之凶险，真可谓是"历数西南险，瞿塘自古闻"(清·张衍懿《瞿塘》)啊！

长恨人心不如水，等闲平地起波澜——等闲，无端、轻易、随随便便。"我"长久以来怨恨的是人心还不如这江水，会无端地平地泛起波澜。这两句诗写出了刘禹锡在贬谪生活中的生活体验。"长恨"可谓诗人真实而切身的体会，表达了对那些惯会兴风作浪、无事生非之徒的无比忿恨，愤激之情溢于言表。

全诗以瞿塘之凶险起兴,引出自己对凶残冷酷的世态人情的感慨。首二句描写瞿塘之凶险,没有过多渲染。诗人从听觉角度入手,用"嘈嘈"二字一笔带过,很自然地使读者感到水流湍急险峻。"人言"一句,借他人之口反映出此段道路的确险绝。后人在此基础上也多有发挥。"浪花高飞暑路雪,滩石怒转晴天雷"(陆游《瞿塘行》);"人间险路此奇绝,客里惊心吾饱更"(范成大《瞿塘行》)。宋人诗句可用来佐证。

但作者的真正用意并不是侧重于对险境的刻画,而是抒发对人生的不尽感慨。瞿塘峡之所以凶险,那是因为峡谷区内多特别险隘的滩石地段,虽凶险,但毕竟也还是一种自然的存在物,人们可以提防它。但社会上的有些人却是知人知面不知心,他们放出的冷箭令人防不胜防,真是人心比瞿塘峡水还要凶险。正所谓"若人心则平地可起波澜,其险恶殆过于瞿塘千尺滩也"(俞陛云《诗境浅说续编》)。诗人生发出这样的感慨不是无来由的,刘禹锡参加永贞革新失败后,被贬为朗州司马,屡受小人诬陷、权贵打击,又不在"量移之列",所以是"播迁一生"。长期的贬谪生涯,使他饱尝人世的艰辛和世态的炎凉,也深知恶语谗言的厉害。拿人心和江水来比照,真是"人心不如水"呀!

其 九

这是刘禹锡《竹枝词九首》中的最末一首。表现了巴东山区人民的生活图景,抒发了作者对这种劳动生活的赞叹。

山上层层桃李花,云间烟火是人家。
银钏金钗来负水,长刀短笠去烧畲。

山上层层桃李花,云间烟火是人家——诗人不愧为取景的高手,寥寥数笔,就为我们画出了一幅巴东山区人民生活的风俗画:桃李花开,漫山遍野,远远望去,绚烂无比,层层叠叠,把这高山妆点得分外妖娆;白云深处,炊烟袅袅,原来这里还住着人家。于是以下即转为对山村居民生活图景的描画了。

银钏金钗来负水,长刀短笠去烧畲——此处使用借代手法,"银钏金钗"指代青年妇女,"长刀短笠"指代青壮年男子。烧畲,指放火烧掉野草,开垦荒地。岑参亦写道:"水种新插秧,山田正烧畲。"(《与鲜于庶子自梓州成都少尹自褒城同

《行至利州道中作》）这两句是写戴着银钏、金钗首饰的妇女们下山来背水准备做饭；佩带长刀、身披短笠的男人们前去开垦荒地，种植庄稼。一幅画有了人的出现才会显得有生气而灵动。正是对山村居民的形象刻画，这幅风俗画才算饱满充实。

全诗宛如一幅图画，既有对山区景物的细致描写，也有对山民生活场面的全景展示。场景安排适当，顺理成章。由"山上桃李花"、"云间烟火处"引出"山上人家"，再由山上人家引出男女辛勤劳作的图景，画面的转合与承接合情合理。

我们常说艺术和生活是相通的，艺术往往来源于生活，即是说生活中的好多素材可以成为诗人们创作的源泉。刘禹锡被贬谪巴山楚水之时，广泛与劳动人民接触，在人民当中看到了真、发现了美。与此同时，当地的风土民情也激荡着他的胸怀，点燃了他的诗情，丰富和提高了他的艺术情趣，于是诗人又创造了美，这何尝不是一种收获呢。诗人在劳动人民的生活中发现了诗歌、创作了诗歌，这对于他的审美鉴赏力和表现力方面也是一个新的突破。

后人评价刘禹锡的此类诗歌为"《竹枝词》俚而雅"（《唐诗镜》），或曰"《竹枝》绝唱，后人苦力不逮"（《唐诗绝句类选》）。此为确评。

竹枝词二首（其一）

刘禹锡在夔州时曾作民歌组诗《竹枝词》两组，一组为两首，一组为九首，此为前者。本诗是他《竹枝词》中最广为传诵的一首。诗中巧妙运用双关隐语的手法，以"晴"含"情"，生动地表现出一个少女在恋爱时的微妙心情。

杨柳青青江水平，闻郎江上唱歌声。
东边日出西边雨，道是无晴却有晴。

杨柳青青江水平，闻郎江上唱歌声——"杨柳枝青翠欲滴，江水平滑如明镜。我听见心上人悠扬的歌声，从那江上不远处传来。"以少女的口吻入诗，从声音入手，只闻其声，不见其人，初恋中的少女听到这熟悉的歌声，其心情是既惊喜又迟疑。

东边日出西边雨，道是无晴却有晴——东边还是艳阳高照，西边却下起雨。你说是有晴还是无晴呢？诗人这里妙笔生花，用天气的"晴"与"不晴"，来谐对方的"有情"与"无情"。这样的写法既写出了男青年的狡黠聪慧,又写出了少女的纯洁天真。

巴山地区的青年在恋爱的过程中,常用唱歌来表达情意,这首小诗就好比一支情歌,活泼清新,惹人喜爱。

诗的开头由景物起兴,江边杨柳,青青枝条;江中流水,平滑如镜。面对这拨动人情思的场景,又听到江上传来熟悉的歌声,怀春的少女怎能不思绪万千。俞陛云评论这两句为:"以风韵摇曳见长。"(《诗境浅说》)但人的感情也会像天气一样阴晴不定,少女一定在想:"我所爱的人对我是有情还是无情呢?"极言"郎踏歌之情费人猜想"(《诗境浅说续编》)。

情感的申诉不是靠直白的陈述,而是采用谐音,妙用双关语,手法独特,同时也刻画出恋爱中少女微妙的心理感受。对于这一点,前人亦论道:"双关语妙绝千古,宋元人作者极多似此,元音杳不可得。"(《唐贤小三昧集》)此为确论。

浪淘沙九首(选五)

其 一

《浪淘沙九首》这组民歌体诗作于长庆二年(822)春,刘禹锡在夔州任刺史期间。全诗以我国的主要河流黄河、长江、淮河等为背景,有浪淘风簸、涛声吼地、高浪触山、沙堆似雪的壮观奇景,也有碧流清浅、清淮晓色、春风吹浪的优美小景,还刻画了劳动人民濯锦、淘金的生活场面,抒发了诗人热爱祖国大好河山和积极向上的思想品格。

这是刘禹锡《浪淘沙》组诗中的第一首。诗人以飞动的笔触,描绘了一幅"黄河之水天上来,奔流到海不复还"(李白《将进酒》)的壮丽图景,并展开丰富的想象,为我们创造出极富美感的诗歌意象。

> 九曲黄河万里沙,浪淘风簸自天涯。
> 如今直上银河去,同到牵牛织女家。

九曲黄河万里沙,浪淘风簸自天涯——九曲,据《初学记》引《河图》载:"河水九曲,九九千里,入于渤海。"写出了黄河河道极其曲折。我国历来就有黄河九曲的说法。正所谓"一泻长江东流去,九曲黄河天上来"。元曲里也有"泪添九曲黄河溢,恨压三峰华岳低"的生动描写。这两句是写黄河之水挟带着大量黄沙,自天边滚滚而来,波涛汹涌,势不可挡;那些泥沙被狂风骤浪冲刷着、颠簸着,漂流到很远的天涯。首句起得极有气势,为我们展示了一幅壮阔的黄河万里图。河水奔腾,携卷万里黄沙,气势何等壮大,境界何其壮阔,给人以极大的视觉冲击力,让人如见其景。

如今直上银河去,同到牵牛织女家——银河,晴朗无月的夜晚可以看到的呈现在天空中的白云状光带,又叫作天河。许浑有诗云:"残萤栖玉露,早雁拂银河。"(《早秋》)诗人面对这壮阔奇景,展开丰富的想象:"我"真想乘着这银河,去到牛郎和织女的家中。这里是借用了汉代张骞寻找河源的故事(古人认为银河与黄河是相通的),传说汉武帝派遣张骞出使大夏寻找黄河的源头,经过了一个多月的时间,张骞乘筏直上银河,见到了织女在织布,牛郎在饮牛,回来后报告了此事。牵牛和织女,是两个星宿,古代神话把这两个星宿说成是牛郎织女。这样的描写使全诗带上了浪漫色彩,使整首诗显得灵动可爱。

诗人的这首诗紧紧抓住黄河的主要特征进行描述,写出了黄河奔腾而来的壮阔之景和恢弘的气势。"九曲"、"万里"、"天涯",这些词语的运用恰到好处。后人也多有描写黄河之作,如宋人欧阳修写黄河"河水激箭险,谁言航苇游"(《黄河》),写出了黄河的险恶凶猛;元代的贡师泰写"黄河水,水阔无边深无底,其来不知几万里",写出了黄河的壮阔。但综观这些诗作,终不及刘禹锡之诗气势宏大。白居易夸赞刘禹锡道:"彭城刘梦得,诗豪者也。其锋森然,少敢当者。"(《旧唐书·刘禹锡传》)

然全诗画龙点睛处还在于后两句的想象上。作者设想了一个富于浪漫色彩的故事,诗人的乐观情趣得到了进一步的表现。刘禹锡曾说过:"片言可以明百意,坐驰可以役万里,工于诗者能之。"(《董氏武陵集纪》)说的是作诗要精炼含蓄,同时也要展开丰富的想象。擅长作诗的人应力求做到这一点。诗人确实是做到了这两点,真是"坐地日行八万里,巡天遥看一千河",奇特的想象使诗境壮阔,雄奇瑰丽,加之语句流畅、合于自然,是一首难得的好诗。

其 五

这首诗是刘禹锡《浪淘沙》组诗中的第五首,作者描绘了一幅江南水乡的优美图景，塑造了濯锦女郎活泼可爱的形象。句法灵动，语言活泼，读来给人以美的享受。

　　濯锦江边两岸花，春风吹浪正淘沙。
　　女郎剪下鸳鸯锦，将向中流匹晚霞。

　　濯锦江边两岸花，春风吹浪正淘沙——濯锦江，河名，是岷江的支流，在今天的成都平原。传说蜀人织锦，在此河中濯洗，则色彩特别鲜艳，所以叫锦江。骆宾王有诗云："峨眉山上月如眉，濯锦江中霞似锦。"（《艳情代郭氏答卢照邻》）王维亦写道："大罗天上神仙客，濯锦江头花柳春。"（《送王尊师归蜀中拜扫》）这些诗句都为我们描绘出一条美丽的江水——濯锦江。此诗开头寥寥数笔就为我们勾画出一幅锦江春意图。濯锦江的两岸开满了鲜艳的花朵，春风吹过江面掀起层层细浪，翻卷着江底的泥沙。这样的描写与杜甫的"稠花乱蕊过江滨"（《江畔独步寻花七绝句》其二）相比，更加直白，更加清新，少了点文人的雅致，多了些歌者的洒脱。

　　女郎剪下鸳鸯锦，将向中流匹晚霞——匹，指整卷的绸或布。这里可用作动词，当媲美讲。这两句是写濯锦女郎剪下织就的鸳鸯锦，抛向河水的中央，要和那倒映在河中的晚霞比上一比，看看哪一个最美丽。女郎的活泼、顽皮跃然纸上。传说中天上的晚霞是心灵手巧的织女给天织的衣服，自然美丽无比，可濯锦女郎偏要拿自己的织锦和晚霞比赛，定要分出个输赢，引发了读者对这些女孩子们的喜爱。确实，塑造出鲜活的人物形象是作品成功的源泉。

　　这首诗的写作时间是傍晚，由诗尾的"晚霞"可看出，地点是濯锦江边，内容描写了女孩子们在江中濯锦的情事。诗歌的总体基调是清新活泼的，无论是描写景物还是刻画人物，都是鲜活灵动的。花，用如动词——两岸开满了鲜花；吹——吹动细浪；淘——淘漉泥沙；剪——剪下锦缎；向——抛入江中。一系列动词的恰当使用使全诗流动起来。后人丁仪评刘禹锡的这首作品说："其诗极似王维，清新流丽，格调自高。"（《诗学渊源》卷八）一首好的诗歌能给人带来美的享受，读好诗，如饮醇酒，越品越有滋味。读完刘禹锡的这首清新之作，确实让人馀香满口，回味无穷。

其 六

这首诗是《浪淘沙》组诗中的第六首,描写了淘金妇女们的活动,写出了人民的生活之美,并歌颂了劳动的创造力。

日照澄洲江雾开,淘金女伴满江隈。
美人首饰侯王印,尽是沙中浪底来。

日照澄洲江雾开,淘金女伴满江隈——澄洲,指江心的小洲。江隈,即河岸的弯曲部位。诗一开头,就为我们勾勒出一幅晨江淘金图:太阳升起来了,驱散了笼罩在江面上的晨雾,河中的沙洲渐渐显露出秀美的轮廓。成群结伴的淘金姑娘,早已布满整个江湾,开始了一天辛勤的淘金工作。"江雾"二字点出这是个早晨,为后面的"满"字作铺垫,也就是说天一大早,江湾中就满是淘金的姑娘,从侧面写出她们的勤劳。不正面描写其勤劳能干的品格,而是用曲笔写出,更让人回味无穷。

美人首饰侯王印,尽是沙中浪底来——这两句宕开一笔,诗人从眼前的情景引发出联想和感慨:那些贵妇人佩戴的光彩夺目的首饰,那些象征功名权势的金光闪闪的印章,都是用劳动者经过千辛万苦从江沙中、浪底里淘漉出来的黄金制成的。可是淘金的女孩子反而戴不起黄金首饰,岂不是"为他人做嫁衣裳"(秦韬玉《贫女》)。由眼前景联想到不合理的社会现实,这样的描写是诗人思想深刻性的表现。

诗的写作时间是清晨,地点是江隈,描写了妇女们的淘金的劳动生活,表现了作者对劳动人民勤劳品格的赞美和对不合理社会现实的揭露。全诗以写景入手,语言质朴浅近,精炼准确,刻画了一群鲜活的妇女形象。太阳初升,江面雾气刚刚散去,整个江湾却已满是淘金的姑娘们了。"满"字用得极好,突出了人数之多,也暗示了淘金劳动早已开始。这些极其通俗的字眼都是从生活中提炼出来的,化入诗中,使全诗充满动态美。后两句尤见功力,也体现了作者别具慧眼。淘金姑娘们辛勤的劳动创造了社会财富,没有他们的劳动,也就不会有美人首饰和侯王印。诗人在这里大声告诫那些"美人"和"侯王"们:"你们知道吗,你们所使用的黄金,都是劳动人民千辛万苦从沙中浪底淘漉而来。"这样的揭露是深刻的,整个封建社会的现实就是这样,劳动者创造了世间的一切财富,却难得温饱;不劳动者却在无限度地享用劳动者创造的果实。作者面对这样的劳动场景会产生这样的议论,也表现了他深切同情劳动人民的思想感情。

全诗不仅明快婉转,且表现了极其深邃的思想,确是一首发人深省的好诗。吴烶评论道:"触景含情,幽恨难写,人情只在口头。"(《唐诗选胜直解》)

其 七

这是刘禹锡所作《浪淘沙》组诗中的第七首,诗人描写了浙江钱塘潮来时的壮阔景观,借咏潮涌潮灭的瞬息变化,寄寓了诗人极其深刻的人生感慨。

八月涛声吼地来,头高数丈触山回。
须臾却入海门去,卷起沙堆似雪堆。

八月涛声吼地来,头高数丈触山回——八月涛声,指浙江钱塘江口的潮声。每年的八月十八日,钱塘江口的海潮特大,潮头壁立汹涌,声势如万马奔腾,极为壮观,所以素有"八月十八潮,壮观天下无"的美誉。这两句就是描写了海潮来时壮阔的景观:八月海涛,惊天动地,数丈潮头,碰壁又回。从声音入手,一个"吼"字,气势全出,真可谓"怒声汹汹势悠悠,罗刹江边地欲浮"(罗隐《钱塘江潮》)。"头高"一句则写出了潮来之大、之高,真正是"一日波涛两翻覆"(陶翰《看潮》)。

须臾却入海门去,卷起沙堆似雪堆——海门,指钱塘江口。这两句描述了海潮寂灭的景况:片刻之间,海潮退回,卷起沙堆,宛若雪堆。潮来时气势奔腾,煞是壮观;潮去时卷起沙堆,一望无垠。从侧面也补充说明了潮水来势之凶猛。

这是一首咏八月钱塘江海潮的诗作,写那涛声震天吼地,来如万马奔腾,有不可阻挡之势,真正是"才见银山动地来,已将赤岸浮天外"(黄景仁《观潮行》)。陶翰惊叹道:"钱塘郭里看潮人,直到白头看不足。"(《看潮》)这样的壮观能给人带来心灵的震撼,人们怎么能将它看够呢?

诗人看到这样奔腾汹涌的海潮,联系到自己的半生遭遇,不禁生发出无限的人生感慨:人生中难免会经历一些大风大浪,或许也会像那海潮一样"涛来势转雄,猎猎架长风"(陶翰《樟亭观潮》)。但这一切终会过去,"须臾却入海门去",当风平浪静后,在个人的生活中终会出现明媚的春天。这一切都表现出诗人虽遭贬谪，但在贬所仍然没有丧失前进的信心，诗人那顽强不屈的斗志和积极乐观的心态，借一场钱塘江大潮的生发和寂灭表现得透彻淋漓。

借自然景观抒发深刻的人生哲理，这是刘禹锡诗歌极为鲜明的艺术特色。

其 八

这首诗是《浪淘沙》组诗中的第八首，诗中借大浪淘沙终见黄金来比喻为谗言所害而遭到贬谪的人终会洗脱罪名，表现了诗人虽遭贬谪但仍保持一种极其乐观和积极奋进的心态。

莫道谗言如浪深，莫言迁客似沙沉。
千淘万漉虽辛苦，吹尽狂沙始到金。

莫道谗言如浪深，莫言迁客似沙沉——迁客，即遭到贬谪漂泊他乡的人。"寒山吹笛唤春归，迁客相看泪满衣"(李益《春夜闻笛》)，迁客的悲愁是痛楚的，是无望的。但梦得却不这样认为：不要说那些小人恶意制造的谗言像浪潮那样深得可怕，也不要说遭到贬谪的人会像泥沙那样永远沉在江底。首两句冠以"莫道"、"莫言"这样否定性的词语，一方面是为了加重语气，另一方面也充分说明了诗人面对"谗言如浪深"、"迁客似沙沉"的景况视若等闲，表现出诗人虽屡遭贬谪，但仍保持着豁达大度和坚定无畏的乐观精神。

千淘万漉虽辛苦，吹尽狂沙始到金——这两句是写沙里淘金，虽然历尽艰辛，但最终黄沙淘尽，还是会见到光彩夺目的真金的。这个比喻生动又贴切，表现出诗人坚定的自信。他坚信经过"千淘万漉"，狂沙散尽之后，自己真金的本质终会显露，表现出诗人蔑视挫折、正视苦难的大无畏精神。

这是刘禹锡用来寄托身世的诗，直抒胸臆，立意甚高，表现了诗人守正不阿的人格和对权佞小人的极度愤慨。

起句两个否定连用，十分强烈地表现出诗人不怕谗言打击，不怕贬谪投荒的凛然气概，"莫道"、"莫言"，两个"不要说"连用，更加强了这种坚定的气势，显得斩钉截铁，不可动摇。后两句借大浪淘沙来比喻自己的政治生涯。刘禹锡"播迁一生"，仕途多舛，早年因参加王叔文领导的"永贞革新"，横遭贬谪，一贬就是十年,后返京城,又因《玄都观》诗"语涉讥刺"而横遭外放,可谓受尽了"狂沙"的掩埋。这里的狂沙可理解为朝中的奸佞小人,但刘禹锡并没有因此而沉沦,而是坚信自己是一块经受得起锤炼的真金,真金的光芒是终究不能够被掩盖的。正如历史上的那些清白正直的人士虽一时被小人诬陷,但历尽辛苦之后,他们的价值还是会被世人发现。这两句既是诗人的自我安慰,又是自我勉励,在充满乐观的情绪中透露出不屈不挠的韧劲。整首诗成功地运用了比兴寄托手法,设语精警,发人深思,收到了言有尽而意无穷的艺术效果。

蜀先主庙

本诗作于长庆四年(824),刘禹锡任夔州刺史期间。蜀先主庙,是祭祀蜀主刘备的庙宇,在夔州,故址在今重庆奉节东的白帝山。此诗借咏史以怀古,根本目的在于慨今,慨叹当今掌权者的昏庸荒唐,阐发了"创业难,守成更难"这样的一个思想主题。

> 天下英雄气,千秋尚凛然。
> 势分三足鼎,业复五铢钱。
> 得相能开国,生儿不象贤。
> 凄凉蜀故妓,来舞魏宫前。

天下英雄气,千秋尚凛然——天下英雄,语出《三国志·蜀志·先主传》,曹操与刘备煮酒论英雄时,操对备语:"今天下英雄,惟使君与操耳。"这两句是写庙堂给作者的总体感受:整座庙宇之间充塞着先主勇武的英雄之气,时光虽过去了数百年,但当后人面对先主塑像时,仍会感到一丝凛然浸入整个心胸。起笔之高,用力之猛,既写出了先主庙的雄阔气象,也显示出了诗人宏伟宽广之胸襟。清人黄周星赞叹道:"五字有千钧之力。先主有知,亦当泪下。"(《唐诗快》)

势分三足鼎,业复五铢钱——势分三足鼎,语出孙楚《为石仲容与孙皓书》:"自谓三分鼎足之势,可与泰山共相终始。"业复五铢钱,诗题下原注云:"汉末谣:'黄牛白腹,五铢当复。'"五铢钱是汉武帝元狩五年(前118)铸行的一种钱币,王莽篡权后把它废弃,东汉初年,光武帝刘秀又恢复使用五铢钱。这两个用典都是为了刻画先主刘备这个英雄形象的。蜀主刘备幼时家贫,满怀振兴汉室的勃勃雄心,在汉末乱世之中转战南北,终于形成与曹操、孙权三分天下之势,这样的业绩真是来之不易。这样的用典成功概括了刘备一生的业绩,是贴切的。

得相能开国,生儿不象贤——象贤,学习先祖的贤才。语出《仪礼·士观礼》:"继世以立诸侯,象贤也。"骆宾王论述道:"声以动容,德以象贤。"(《在狱咏蝉并序》)得相能开国,指刘备三顾茅庐,请得诸葛亮出山来辅佐自己,终于建立了蜀国。生儿不象贤,是说后主刘禅不能效法前贤,继承父业,贪于玩乐,荒淫误国,终于葬送了蜀国的大好江山。此二句前后形成鲜明对比,借此来说明刘备虽善于择相,却短于教子,从而葬送了蜀国的千秋基业,这样的历史教训,真是让后人警醒啊!

凄凉蜀故妓,来舞魏宫前——据《三国志·蜀志·后主传》裴注引《汉晋春秋》中记载,后主刘禅降魏后,被迁到洛阳,封为安乐县公。一天,司马昭宴请刘禅"为之作故蜀伎",两旁站立之人都为之感慨凄怆,而刘禅却还是有说有笑,不为所动。这两句当化用此意。作者对后主刘禅不惜先业,荒淫误国,最后落了个国破家亡的下场而仍不知悔恨表示感慨,从字里行间,我们也读出了作者对先主刘备身后事业的消亡所表现出的无限感慨。

作者在夔州任刺史期间,游览了蜀先主庙,在感慨史事的同时,从侧面表达了对当时朝政的愤慨。作者在夔州期间治理此地非常认真,他希望能充分发挥自己的政治才能,但穆宗朝的现实又使他感到极其失望,当时穆宗昏庸无能,穷奢极侈,不问政事。试想这样的皇帝怎能关心民生,又如何听得进臣子的治国之策呢?于是作者写下了这首《蜀先主庙》来寄托他的这种复杂的心情。

诗人在诗中斥责后主刘禅,归根结底是因为现实的政治生活中有刘禹锡不便明言的感触。两相对比,历史真是有着惊人的相似:唐太宗李世民意气风发,治国有方,使唐王朝政治、经济全面繁荣,形成历史上有名的"贞观之治";三国时蜀主刘备起自微寒,转战南北,终于建立蜀国,为振兴汉室鞠躬尽瘁。先辈们打下江山是多么不容易,但后辈们却往往忽略这一点。后主刘禅昏庸无能,终至国破家亡,身俘人手,仍不知悔过,"乐不思蜀"之成语即来自于他。综观唐代时政,穆宗偏听偏信宦官之言,不纳忠信,摒弃贤臣,那么他的下场与整个唐王朝的后果也就可想而知了。刘禹锡作为一位有识之士,面对此情此景,却又无能为力,怎能不悲慨,怎能不痛心。这首诗的意义就在于它总结了治国平天下的经验教训,同时为唐王朝巩固政权提供了历史的借鉴。历史是一面镜子,能映照兴衰,让后人知得失。今天我们读到此诗仍能感觉到一股豪气冲天,教训让人警醒呀!王文濡慨叹道:"前写先主英雄,何等气概!后及后主昏闇,致堕先业,而蜀妓之舞,正其明证,足为后主之殷鉴。"(《历代诗评注读本》)

本诗的结语尤为精到,台湾学者林正三先生在其著作《诗学概要》中评论道:

"初看似与题目无关,却不脱其范围,乃就题之反面,发挥议论与感慨,故仍与题意相合。谢榛《四溟诗话》云:'律诗无好结句,谓之虎头鼠尾。'大凡诗词结语,须风流蕴藉,蕴藉则俱弦外之音,味外之味。"此评甚确。

观八阵图

此诗作于刘禹锡任夔州刺史期间。八阵图,遗址在今天的重庆奉节西南部,分为"天、地、风、云、龙、虎、鸟、蛇"八个阵势。据《水经注·江水注》载:"江水又东,径诸葛亮图垒,石碛平旷,望兼川陆,有亮所造八阵图,东跨故垒,皆累细石为之。自垒西去,聚石八行,行间相去二丈,今以水漂荡,岁月消损,高处可二三丈,下处磨灭殆尽。"这可谓是对八阵图最早的记载。刘禹锡在游览此地时因观赏八阵图而对蜀相诸葛亮产生了由衷的景仰之情,于是写下了这首诗。

轩皇传上略,蜀相运神机。
水落龙蛇出,沙平鹅鹳飞。
波涛无动势,鳞介避馀威。
会有知兵者,临流指是非。

轩皇传上略,蜀相运神机——轩皇,即传说中的黄帝轩辕氏。上略,即上等的谋略,这里指八阵图。据《太白阴经》载:"黄帝设八阵之形。"蜀相,即诸葛亮。神机,指神奇的计谋,这里指的是八阵图的变化功用。这两句是写:黄帝谋略,流传千古,蜀相神机,妙算无穷。开篇点出了八阵图的来历。

水落龙蛇出,沙平鹅鹳飞——水落,指水势的变化,这里比喻形势变化。龙蛇,即龙蛇阵,这里用来比喻非凡人物。鹅鹳,水禽名,亦为阵名。这两句写到了八阵图中的景物:水落之时,龙蛇跃出,平坦沙滩,鹅鹳不时飞起。诗人站在江边,看到眼前之景,不禁想起了当年诸葛亮大摆八阵图的场景,真乃时势造英雄啊,如今龙蛇不见,只有那鹅鹳仍在飞来飞去,不禁让人感慨万千。

波涛无动势,鳞介避馀威——鳞介,泛指鱼鳖等水中的动物。这里是诗人在设想八阵图施展起来所产生的威力:波涛并无动荡之势,可八阵图的馀威却仍使那鱼鳖退避三舍。借馀威写出了八阵图当年威力之大,从侧面烘托了诸葛亮非凡的谋略和超人的智慧。

会有知兵者,临流指是非——临流,面对江流。指是非,对某件事物进行褒贬评价。这两句是写:这个时候应当有知道用兵之道的人来面对着江流指点是非。这里暗用东晋桓温之事典。据《唐语林》载:"东晋桓温征蜀过此,勒铭曰:'望古识其真,临源爱往迹。恐君遗事节,聊下南山石。'"当然,不同的人对此会产生不同的理解,把这个"知兵术"的人认为是桓温,这可以;若把这视为是诗人自比,也未尝不可。试想,诗人此时面对大江,畅想诸葛亮当年羽扇纶巾、指点江山的风神情貌,景仰之馀不禁有慨然之志,这也是完全可以理解的。

这是刘禹锡的一首怀古诗,借咏八阵图而表达了对蜀相诸葛亮无限的仰慕之情。八阵图,相传为诸葛亮布石而成,曾称"八阵既成,自今行师而不复败"(盛弘之《荆州记》)。杜甫亦有诗云:"功盖三分国,名成八阵图。"(《八阵图》)由此可知此八阵图之威力无比,同时也曲笔写出"蜀相"真乃"运神机"者。

中间两联是叙写八阵图中的景物、阵势与威力,千百年后,"馀威"尚存。尾联则含蓄表达了作者冀盼贤臣之情。这种期盼是发自内心的真实情感的流露。当时的中唐社会,君主昏庸无能,奸臣当道,朝政腐败到甚至皇帝的废立生杀大权都由宦官掌握,而面对这样的社会现实,诗人多么想有一位智谋卓越的贤人来主持政局,这样中唐之中兴或许还有希望。因此发出了"会有知兵者,临流指是非"的慨叹。同时也可以理解成自己虽身处困境,但壮心未灭,自信必有机会指点江山,主宰世事浮沉,效命国家,拯救苍生和明断是非。从这个角度讲,这是对杜甫同类诗歌题材在思想上和艺术上的继承和发展。

巫山神女庙

此诗作于刘禹锡任夔州刺史期间。巫山神女庙,一种说法是在巫山县城东,后改名为凝真观,巫山神女相传为西王母的女儿,名叫瑶姬,曾帮助大禹治水,博得后人的尊敬和祭祀;一种说法是战国时的辞赋家宋玉在《高唐赋》中记载了楚襄王梦中与巫山神女相会之事,后人附会,便在这里塑像立庙。从诗中看,作者是据后一种说法立意设语的,诗人在这首诗中把眼前之景和神女传说结合起来,展开天马行空的想象,描写细腻,给人以美的享受。

巫山十二郁苍苍,片石亭亭号女郎。
晓雾乍开疑卷幔,山花欲谢似残妆。
星河好夜闻清佩,云雨归时带异香。

何事神仙九天上，人间来就楚襄王。

巫山十二郁苍苍，片石亭亭号女郎——巫山十二，即巫山十二峰，其中以北岸望霞峰最为著名，因其峰顶兀然耸立一块人形状的石柱，宛若少女，故又名神女峰。亭亭，高耸挺立的样子。这两句是总写神女峰的美景：郁郁苍苍的巫山十二峰，其中有一片山石亭亭玉立，人们把其称为女郎。"亭亭"写出神女峰秀美挺拔的一面。

晓雾乍开疑卷幔，山花欲谢似残妆——幔，指帐幕。这两句顺承第二句把神女峰比作"女郎"之意写之：清晨雾气散去，让人疑心是她卷起了帐幕；山中花朵凋零，又仿佛是她在卸去残妆。美丽的事物总是能带给人以美丽的联想，且设喻恰切，想象丰富，以"纱幔"来比喻晓霞，突出了山中雾气之轻微、缥缈、迷蒙，给人造成一种恍恍惚惚的感觉；用美人残妆比喻欲谢的山花，写出了山花虽已凋零，但仍残留美态之情致。

星河好夜闻清佩，云雨归时带异香——清佩，指古代妇女在走路时，身上的佩饰相撞击时发出清亮的声音。云雨，暗指男女欢会之事。这两句化用宋玉《高唐赋》中神女与楚襄王欢会的故事：星河灿烂之夜，云雨归来之时，神女身上环佩清亮的响声依稀传来，迷蒙之间，仿佛闻到了她身上的阵阵异香。寥寥数笔，勾画出一位美丽而含情的女子，深夜赴约，情人相会，这是多么惹人情思的一幅画面啊！

何事神仙九天上，人间来就楚襄王——你这位天上的神仙女子，为什么要下到凡间来亲近楚襄王呢？反问句式带有调侃的语气，为全诗抹上一笔清新的色调。

巫山神女峰，因其秀丽如画的景色和引人入胜的神奇传说，引得历代无数文人骚客吟咏和歌唱。柳永有词云："望断处，杳杳巫峰十二，千古暮云深。"（《离别难》）赵令畤亦唱道："梦觉高唐云雨散，十二巫峰，隔断相思眼。"（《蝶恋花》）和他们诗中流露出来的千古幽怨相比，刘禹锡的这首写景诗，绾合眼前景与历史传说，借助丰富想象，为我们画出了一幅美丽的巫山神女图，写景细致，情趣盎然。

诗篇的开头两句是总写，采用拟人手法，把神女峰比作亭亭玉立的女郎，接着从女性的容貌、饰物、动作等角度对神女峰进行人性化的处理，尤其是五、六两句，从声音和嗅觉两方面来进行描写，使人们如闻其声，如见其人，这样的神来之笔，使整个诗境都变得鲜活起来。阎立本在其《巫山高》中也有对神女的描述："仙女盈盈仙骨飞，清容出没有光辉。"太过直观的叙述反倒不如刘禹锡这样曲笔写来显得意蕴深长。结尾两句出人意表，且不落俗套，以反问的方式写成，使全诗骤显活泼、灵动。

全诗描写细致入微,拟人化手法运用得恰到好处,且以丰富的想象贯穿全文始终,其境令人神往。

踏歌词四首(选二)

其 一

此诗作于刘禹锡任夔州刺史期间。踏歌,是我国古代长江流域民间流行的一种歌调,边走边唱,唱歌时以脚踏地为节拍,故称。《踏歌词四首》是刘禹锡学习民歌体写作的一组小诗。此为四首中的第一首,写的是女孩子们在春天在大堤上边走边唱,呼唤情郎的事情,表现了巴渝一带的民间风气习俗。

春江月出大堤平,堤上女郎连袂行。
唱尽新词欢不见,红霞映树鹧鸪鸣。

春江月出大堤平,堤上女郎连袂行——连袂,指携手同行,古时袖子宽大,彼此牵手时,袖子便连在一起。这两句是写一弯春江水在明月的映照下,清澈无比,似与岸边的沙土融为了一体,因而显得整个大地也格外宽平。你看,堤上有一群女郎,她们正手挽手向这边走来。第一句是静态描写,第二句是动态描写,动静结合,使画面不再沉寂,变得顿时活泼起来。

唱尽新词欢不见,红霞映树鹧鸪鸣——欢,是古代女子对自己爱人的昵称。这两句是写,女郎们把新词都唱完了,她们的爱人们仍然没有出现,举目那满天的红霞映满树枝,只听见鹧鸪一声又一声地鸣叫。"红霞"二字点明了时间,说明女孩子们唱了一夜,已是红霞满天,转眼已是清晨。"鹧鸪鸣"则衬托了女孩子心中的隐隐寂寞:为何唱了一夜,爱人却仍没有出现,是在与"我"捉迷藏,还是对"我"无意呢?当"新词唱尽",四周悄然,代之而起的是树丛中的"鹧鸪和鸣",女孩子心中的滋味也就可想而知了。

这是刘禹锡用民歌体写成的一首情诗,描写了一个"妹妹欢歌觅情郎,情郎一夜未来到"的场景,表现了女孩子似愁似怨,有些失望又有些期待的复杂感情。

诗中首两句写女郎在宽阔的大堤上边走边唱,使我们感受到这是少女的情思在胸中涌动,不能自抑的表现,反映了封建社会妇女敢于突破传统礼教的束缚,写出了她们对爱情的大胆表露和追求。作者对这种对爱情的表露和追求是持赞美和歌颂态度的,同时诗人又把女子炽热而深沉的情感同美丽的自然景色融合在一起,写出了她们的忧愁却又不流于伤感。如写下面的"唱尽新词欢不见",是多么让人恼恨呀,这么欢乐的季节,这么动人的夜晚,女孩子们欢歌了整整一个晚上,却没有得到小伙子们一丝一毫的响应。一个"唱尽"的"尽"字,凸显了女孩子们停歌罢唱的怨恼神态。但仅仅是一夜未能觅到情郎,这种失望也还是有限的。可能小伙子是藏起来有意戏弄这群可爱的姑娘吧,谁又能说得清呢?所以在女孩子们深深的失望中又夹杂了某种期待的成分。细细品味,这首诗的基调可谓"惘然若失,悠然不尽"(《唐人万首绝句选评》)。

刘禹锡的这类民歌体诗作,不是为写景而写景,往往是景中寓情,且善用环境的转变来暗示时间的推移、情感的变化,这样的表达看似平易,却能传达出丰富而复杂的深意。

其 三

这是刘禹锡《踏歌词四首》中的第三首。诗歌记述了四川当地特有的风土民俗。每当春季,青年男女都要聚会。欢会之时,他们深情对歌,联翩起舞,抒发他们真挚、浓烈的情感。

> 新词宛转递相传,振袖倾鬟风露前。
> 月落乌啼云雨散,游童陌上拾花钿。

新词宛转递相传,振袖倾鬟风露前——宛转,犹言变化。这两句是从声音和动作两个层面写出了青年男女在欢会中的表现:他们口中唱着新曲,婉转悠扬,变化多端,大家一个接一个地传唱着,男男女女都在风露前兴高采烈地翩翩起舞。用"振袖倾鬟"来刻画他们的舞态,生动地表现出青年男女们热烈奔放的感情,从中我们也似乎可以看到当时那种狂欢的场景,感受到歌者、舞者热烈的情绪。

月落乌啼云雨散,游童陌上拾花钿——花钿,指古代妇女插在发髻上的一种装饰品。当天亮了,狂欢之夜结束,游童们纷纷沿路去拾取女郎们遗留的花钿。用"拾花钿"表现出当时歌舞中的女子沉浸在狂欢中,以至于花钿遗落满地竟然毫不察觉。这种从侧面启人想象的写作手法,其含意的丰富和情味的深长,远胜于直白的正面描写。

这首小诗主要是为我们勾勒出了一种狂欢的场面和热烈的气氛。

全诗共四句,第一句写男男女女尽情放歌,"递相传"即指歌声一递一句,接连不歇,暗含了诗人对民间男女的艺术才能的欣赏和赞颂;第二句描写青年们的热舞场面,"振"、"倾"这类动词的使用,极好地刻画出他们的舞姿情态;第三句是写歌停舞散;第四句又从侧面含蓄地补充说明了当时歌舞场面的热烈。

整篇诗作情节安排紧凑,既有正面描写,又有侧面烘托,二者相得益彰。

武昌老人说笛歌

此诗作于长庆四年(824),刘禹锡由夔州赴任和州刺史途中。诗中以一位武昌老人为主人公,写老人年轻时有高超的吹笛技艺,但随着年纪老迈而技不如昔,只能"时时一曲梦中吹"了。诗人通过描写这位老艺人抒发今不如昔之感受,也同样包含了他本人内心的感慨。发出了"同是天涯沦落人,相逢何必曾相识"的感叹。

武昌老人七十餘,手把庾令相问书。
自言少小学吹笛,早事曹王曾赏激。
往年镇戍到蕲州,楚山萧萧笛竹秋。
当时买材恣搜索,典却身上乌貂裘。
古苔苍苍封老节,石上孤生饱风雪。
商声五音随指发,水中龙应行云绝。
曾将黄鹤楼上吹,一声占尽秋江月。
如今老去语犹迟,音韵高低耳不知。
气力已微心尚在,时时一曲梦中吹。

武昌老人七十餘,手把庾令相问书——把,拿着。庾令,指东晋时的庾亮,他曾做过中书令,后镇守武昌,这里用庾令来借指当时的鄂州(今湖北武汉)刺史。书,信。这两句是写有一位七十多岁的武昌老人,手里拿着鄂州刺史来的询问其近况的书信。曲笔写出这位武昌老人在当时的知名度。用鄂州刺史也来信问候他,侧面点出这位老人的吹笛技艺在当时是受到推崇的,为后面极写老人技艺之高超埋下伏笔。

自言少小学吹笛,早事曹王曾赏激——曹王,指的是曹王李皋。据《新唐书·太宗诸子传》记载,唐德宗建中二年(781),李希烈谋反,李皋率兵平叛,曾攻取蕲州。赏激,犹言激赏。老人说自己年少时曾学过吹笛,早些年侍奉曹王李皋,曾经得到他的大加赞赏。采用对面着笔法,这是刘禹锡写诗的一贯手法,借他人之口说出老人吹笛技艺之高超。

往年镇戍到蕲州,楚山萧萧笛竹秋——蕲州,旧州名,治所在今湖北蕲春南。楚山,泛指楚地之山。这两句写老人往年曾随从曹王到蕲州镇守戍卫,那时正值楚山金秋,山风吹过成片的笛竹,发出萧萧的声音。蕲州出笛,据《群芳谱》载:"蕲竹出蕲州,以色匀者为簟,节疏者为笛。"唐代大诗人韩愈在《郑群赠簟》诗中也有"蕲州笛竹天下知"之语。

当时买材恣搜索,典却身上乌貂裘——材,指上文提到的笛竹。恣,恣意、尽情。典,典当、抵押。乌貂裘,指用黑貂的皮制成的皮衣,十分名贵。这位老人自述当年为了买到优质的笛竹到处凑钱,不惜典当了自己身上穿的这件黑貂裘。又是对面着笔法,借自己倾其所有要得到这根笛竹来说明此笛质地的精良。《论语》上讲"工欲善其事,必先利其器",确实,工具的好坏也是成败的关键因素。

古苔苍苍封老节,石上孤生饱风雪——封,封闭、遮盖。这两句是从正面着笔,极力渲染这笛竹确实不同凡响:苍苍古苔爬遍笛竹全身,遮盖了它的老节,这支笛竹在石头上孤独地生长着,不知已饱受了多少年的风霜。

商声五音随指发,水中龙应行云绝——商声,犹言秋声。商为五音之一,于四时为秋,其声凄厉,与秋天的肃杀气氛相符,故称秋为商。五音,指"宫、商、角、徵、羽"五声。龙应,龙鸣与之应和。汉代马融在《长笛赋》中写道:"龙鸣水中不见己,截竹吹之正相似。"这里说明了笛声像龙鸣之声。李白有诗云:"笛奏龙鸣水,箫吟凤下空。"(《宫中行乐词八首》其三)行云绝,流云静止不动。《列子·汤问》中有言:"(秦青)抚节悲歌,声震林木,响遏行云。"这里极写笛声之响亮,能遏止行云。这两句是写吹笛老人技艺之高超:"我"吹起这笛子,商声五音随指而发,水中之龙与"我"应和,天上行云也受阻不前。技艺如此高超,无怪乎当年会得到曹王"赏激"。

曾将黄鹤楼上吹,一声占尽秋江月——黄鹤楼,建于三国吴黄武二年(223),故址在今湖北武汉蛇山的黄鹤矶头。濒临万里长江,雄踞蛇山之巅,挺拔独秀,辉煌瑰丽,有"天下绝景"之称。历代名士崔颢、李白、白居易、贾岛、陆游等人都先后到这里游乐,吟诗作赋。将,拿着。当年"我"曾拿着这支笛子到黄鹤楼上演奏,美妙的笛音一响,便传遍了整个月光笼罩的秋江。一个"曾"字勾起老人不知多少美好的回忆。如今秋江依旧,可是却再不闻笛声,老人也只有在追忆那似水流年中重温自己当年的美好时光了。

如今老去语犹迟,音韵高低耳不知——如今"我"也年老了,说话也已经十分缓慢,耳朵都已听不清那音调的高与低。这里叙述了一个年老的事实,这对于一个高超的乐人来说是残酷的,因为这意味着他将再也不能吹起他心爱的笛子了,这样的现实是多么令人悲哀啊!

气力已微心尚在,时时一曲梦中吹——老人语锋一转,从自述其老中宕开一笔。虽然"我"现在是气力全无,却依然有吹笛之心,"我"常常是在梦中还要吹上一曲。真是"老骥伏枥,志在千里",虽已无行千里之力,却常怀千里之志。可叹,可佩。

清人贺裳在他的《载酒园诗话又编》中评价刘禹锡时写道:"七言古大致多可观,其《武昌老人说笛歌》,娓娓不休,极肖过时人之追忆盛年,不禁技痒之态。至曰'气力已微心尚在,时时一曲梦中吹',不意笔舌之妙,一至于此!"这段话高度评价了刘禹锡七言古诗的创作。然而诗论家在评价刘禹锡古诗创作成就时是有分歧的,如清代著名诗评家沈德潜在其《唐诗别裁集·凡例》中说:"刘宾客不工古诗,韩吏部不专近体,其大校也。"此外,如许学夷等人也认为刘禹锡五七言古诗尚未精妙。对于这些说法,应该看到,前人所评的刘禹锡"不工古诗"只是与他的近体律诗相比较而言的,并不是说他的古诗一无可取之处。如这首《武昌老人说笛歌》,诗人以十分铿锵悦耳、刚劲有力而又流利畅达的语言,通过层层铺叙,为我们塑造了一位历经坎坷、贫穷落拓而又才艺高超的老艺人形象,表现出诗人出色的写人技巧。同时在这样的老艺人形象中也投射了诗人的影子。时刘禹锡已年过半百,但是少有大志而老无所成,诗人何尝不想"时时一曲梦中吹"呢?一首七言古诗把自己的切实感受寄托在对老艺人的刻画中,于婉曲中见深情。清人曾季貍说:"刘梦得《武昌老人说笛歌》宛转有思致。"(《艇斋诗话》)曾氏之论,颇有见地。

这样的艺术成就能说刘禹锡不工古诗吗?清人管世铭在他的《读雪山房唐诗序例》中对妄评者批驳道:"世乃谓其不工古诗,何其武断!"

西塞山怀古

此诗作于穆宗长庆四年(824),刘禹锡由夔州刺史赴和州任刺史的途中。西塞山,在今天的湖北黄石长江边,临江的一面高174米,山岩耸峭,地势险要。三国时,这一带曾是吴国的江防要塞。诗题标明"怀古",所怀的是东吴被西晋灭亡的古事,抒发的是人世屡经兴亡盛衰而江山依旧之幽情。此诗可谓梦得"一生杰作"(清诗评家薛雪语)。

> 王濬楼船下益州,金陵王气黯然收。
> 千寻铁锁沉江底,一片降幡出石头。
> 人世几回伤往事,山形依旧枕寒流。
> 今逢四海为家日,故垒萧萧芦荻秋。

  王濬楼船下益州,金陵王气黯然收——王濬(206—286),字士治,西晋的大将,为益州(治今四川成都)刺史。楼船,即战船。据《晋书·王濬传》载:"武帝谋伐吴,诏濬修舟舰。濬乃作大船连舫,方百二十步,受二千馀人,以木为城,起楼橹,开四出门,其上皆得驰马往来,舟楫之盛,自古未有。"由此可知,这在当时是一种装备极其完善的水上作战工具。金陵,又名建业,即今江苏南京,当时为东吴的都城。金陵王气的典故出自《建康实录》:"秦始皇东巡,望气云,'五百年后,金陵有天子气',因凿钟阜,断金陵长陇以流。"在这里,诗人是以"金陵王气"来象征东吴政权。这两句写的是:公元279年,西晋大将王濬率领他的楼船大军,从成都出发,浩浩荡荡,次年,顺流直下,向吴都建康进发,金陵的东吴政权悄然覆亡了。既写出了战事进展之迅速,又突现出了东吴政权不堪一击的虚弱本质。

  千寻铁锁沉江底,一片降幡出石头——寻,古代的长度单位,一寻为八尺。铁锁,据《晋书·王濬传》载:"吴人于江险碛要害之处,并以铁锁横截之。又作铁锥,长丈馀,暗置江中,以逆距船。"石头,即石头城,故址在今江苏南京清凉山。这两句是写:东吴政权以千寻铁链横锁江面,想阻挡西晋的进攻,然而却被晋人一把大火将其熔沉于江底。东吴灭亡了,一片投降的旗帜插在了石头城上。此两句与开头两句构成了一个整体,形象地描绘了东吴政权覆亡的最后场景。

  人世几回伤往事,山形依旧枕寒流——人世间有多少回以往兴亡之事而感伤,而这座西塞山依然故我,安静地倚靠江边。这里的往事特指六朝相继败亡之事。此两句借一"伤"字入笔,承上启下,很自然地切入到对历史陈迹的深沉感怀,表达出借怀古以伤今的主旨。

  今逢四海为家日,故垒萧萧芦荻秋——四海为家,语出《史记·高祖本纪》:"天子以四海为家。"这里指国家统一。故垒,指过去战争中留下来的废弃的营垒。芦荻,芦苇和荻草。此两句是写:当今正值天下一统的时代,昔日战争中留下来的废弃的营垒,如今已荒废在秋风萧瑟的芦苇和荻草丛中了。清人方世举在《兰丛诗话》中评议此两句云:"'今逢'二字有居安思危之遥深。八句'芦荻'是即时景,仍用'故垒',终不脱题。此抟结一片之法也。"此论殊为精到。

西塞山曾是三国时东吴西部的要塞,危峰突兀,十分险峻,韦应物在其诗作中曾这样描写:"势从千里奔,直入江中断。岚横秋塞雄,地束惊流满。"(《西塞山》)诗中写尽了西塞山惊险的山形水势。作者途经此地,望着这状如关塞的奇异景象,回溯历史,联想现实,感慨万千。

全诗的前四句描写了一场惊心动魄的战斗,气势宏大。诗评家沈德潜云:"起手如黄鹄高举,见天地方员。"(《唐诗别裁集》)此评甚惬意。后四句以议论入诗,但又不是纯粹的说理。诗人从现实需要出发,站在时代的高度,以一个政治家和思想家的独特视角,绾合现实感受和历史沉思,借历史题材(西晋灭吴的史事)反映现实内容(安史之乱后,藩镇多割据一方,对抗朝廷,成为国家统一的隐患),寓深刻的哲理于怀古之中。这是刘禹锡这类题材诗作的独到之处。前人论道:"前半隐括史事,千里形势在目,健笔雄才,诚难匹敌。"(《唐律偶评》)

《西塞山怀古》历来被视为刘禹锡咏史怀古诗中的代表作,文学史上所指的"探骊珠"之作(语出宋人计有功《唐诗纪事》)指的即是此篇。全诗立意高远,气魄宏大而又情致深浓,具有独特的艺术价值。

望洞庭

此诗作于穆宗长庆四年(824),刘禹锡由夔州刺史调任和州刺史的途中。洞庭,即洞庭湖,在湖南省境内,为湖南众水之汇。湖中小山甚多,君山最为著名。从诗题看,作者采取遥望的角度,把千里洞庭尽收眼底,又借助丰富的想象,恰切的比喻,描述出一幅引人入胜的洞庭月景图。

湖光秋月两相和,潭面无风镜未磨。
遥望洞庭山水翠,白银盘里一青螺。

湖光秋月两相和,潭面无风镜未磨——和,和谐。秋天的夜晚,月亮升起,皎洁的月光投射在洞庭湖上,一派空灵,一派和谐。"和"字可谓诗眼,凸现出水天一色的浑融境界。紧接着作者又继续描绘月夜下的洞庭湖。在没有风的时候,迷迷蒙蒙的湖面就好像一面未经磨拭的铜镜。用"镜未磨"三字来形容此时的湖面极为恰当。此时此地月色是朦胧的,湖水因了月光的笼罩也是朦胧的,于是作者的视线也因之朦胧起来,仿佛认为面对着的是一面未磨的铜镜,一片安宁,一片温柔。

遥望洞庭山水翠,白银盘里一青螺——山,指洞庭湖中的君山。青螺,是螺的一种,壳形椭圆,表面稍暗,杂有斑纹。这里比喻青山。明代张四维《双烈记·计定》中有这样的诗句:"妙高台上望诸峰,点点青螺天际小。"梦得两句诗意谓:我远远地看到那洞庭湖和君山,它们在皓月银辉的映照下,山更显其翠,水更显其清,且二者浑然一体,给人的感觉就好像一只通体透明的白银盘中放入了一颗青螺。此两句想象丰富,比喻奇特,白银盘和青螺彼此映衬,相得益彰。白色和青色是冷色调,恰好符合了秋天这个特定的季节环境,淡雅的色调,美丽的景物确实给人味之不尽的审美感受。雍陶亦有诗云:"疑是水仙梳洗处,一螺青黛镜中心。"(《咏君山》)两者语意暗合。

诗的写作时间是秋天的月夜,内容是描写洞庭湖和君山的美丽风光。历来描写洞庭美景的诗文已有不少,意境高远者要论张说的"平湖一望上连天,林景千寻下洞泉"(《和尹从事懋泛洞庭》);气魄宏大者当推孟浩然的"八月湖水平,涵虚混太清,气蒸云梦泽,波撼岳阳城"(《望洞庭湖赠张丞相》);想象奇特者非李白莫属,"划却君山好,平铺湘水流"(《陪侍郎叔游洞庭醉后三首(其一)》)。可见,要想写得别开生面,独树一帜,委实不易。刘禹锡的这首《望洞庭》虽为旧题材,选取的却是新角度。他选择了月夜遥望这个视角,抓住最具代表性的山光和水色,轻施笔墨,显出其深厚的艺术功力。全诗设譬精警,然而难能可贵的却是诗中传递出来的高雅清奇之致,读来齿颊留香,令人回味无穷。尤其是末两句"遥望洞庭山水色,白银盘里一青螺",更是历来为人所称道,宋人黄庭坚《雨中登岳阳楼望君山》中之"可惜不当湖水面,银山堆里看青山"即是由此化来。

一首描写山水的写景小诗,能见出诗人富有浪漫色彩的奇思壮彩,委实难得。

晚泊牛渚

此诗作于长庆四年(824),刘禹锡自夔州赴和州刺史任途中。牛渚,山名,即著名的采石矶,在今天的安徽当涂西北,紧临大江。此处是沟通大江南北的重要津渡。晋代袁宏咏史,为谢尚所重的典故就发生在这里。斯人已殁,此景尚存,当诗人游览此地时,又恰值初秋之季,凄清的季节让诗人的目光也因此变得凝重起来,不禁触发其思古之幽情。

芦苇晚风起,秋江鳞甲生。
残霞忽变色,游雁有馀声。
戍鼓音响绝,渔家灯火明。
无人能咏史,独自月中行。

芦苇晚风起,秋江鳞甲生——寥寥数语就为全诗定下了一个凄清衰飒的基调。晚风吹动芦苇丛,左右摇摆,秋天的江水在微风的轻抚下泛起鳞甲般的阵阵涟漪。一个"晚"字,一个"秋"字,使全诗冷气袭人,同时也恰是诗人心境的投射。

残霞忽变色,游雁有馀声——这两句继续写眼前之景,满天的晚霞忽然变了颜色,远处天边征行的大雁隐约传来声响。"残霞"点出一个"晚"字,"游雁"烘托出秋的气氛。看似不经意地随意点染,却处处紧扣诗题。纪昀评论道:"三、四写晚景有神。"(《瀛奎律髓汇评》)

戍鼓音响绝,渔家灯火明——这两句显示了时间的推移,军营里的鼓声已慢慢没有了声响,江面上的渔家已是万家灯火。虽然没有使用具体的时间词,但"鼓响绝"、"灯火明"都已说明夜已深了,这种写法使诗句顺承而又自然,诗人在小处用心的功夫可见一斑。

无人能咏史,独自月中行——咏史,此典出自《晋书·文苑传》:"袁宏少时孤贫,以运租为业。谢尚时镇牛渚,秋夜乘月,率尔与左右微服泛江。会宏在舫中讽咏,遂驻听久之,遣问焉。答曰:'是袁临汝郎诵诗。即其《咏史》之作也。'尚即迎升舟,与之谈论,申旦不寐。"尾句是诗人抒发感慨之语,如今再没有人能像袁宏那样咏史,"我"只有独自在月下寂寞地徘徊。当年咏史的人已不在,只有那一轮明月仍高悬在空中。"江畔何年初见月,江月何年初照人"(张若虚《春江花月夜》),历史的兴亡,人事的更替,诗人触景生情,一时间万千思绪涌上心头。元代诗评家方回评道:"意尽晚景,尾句用袁宏咏史事,尤切于牛渚也。"(《瀛奎律髓》)

牛渚山,又名采石矶,这一历史古迹历来都受到文人墨客的凭吊和吟诵。在此处,袁宏咏史得到谢尚赏识重用的事例感召着后世无数身负贤才却被弃置不用的有志之士。李白有诗云:"余亦能高咏,斯人不可闻。"(《夜泊牛渚怀古》)如果说李白的忧愤是有人咏史,却难觅知音的苦闷,那刘禹锡的感慨则是无人咏史、贤人不再有的无助,这种无助内藏着深深的失望在其中,对现实处境的失望,对整个唐王朝的失望。"独自月中行","独自"一语既是诗人独身一人的生动写照,又是其寂寞心境的真实流露。正所谓"云中君不见,竟夕自悲秋"(马戴《楚江怀古》),俯仰古今,追慕前贤之情在这一声感叹中自然地流露了出来。

全诗文字简约,风格流畅,以写景见长。风吹芦苇,水波荡漾,残霞变色,游雁哀鸣,戍鼓音绝,渔家灯明,明丽中自有凄清之致,清新中暗含萧瑟之感。借景抒情,情随境生,情与景的有机结合使其成为一篇佳作。

对于此诗体式方面的特点,前人也多有褒美之词,瞿蜕园说:"此诗首联'芦苇晚风'与'秋江鳞甲'互文为对,此是律体中之别一格,可征禹锡诗之多变化而不拘于常规也。"(《刘禹锡集笺证》中册)

望夫石

此诗作于宝历二年(826),刘禹锡任和州刺史期间(诗题下原注"正对和州郡楼",故知)。望夫石,在今天的安徽当涂西北,唐时属和州。刘禹锡借咏望夫石,表达了他思念京城的心情,同时也含蓄地传达出他坚贞不渝的志行。

> 终日望夫夫不归,化为孤石苦相思。
> 望来已是几千载,只似当时初望时。

终日望夫夫不归,化为孤石苦相思——传说中有一位女子,她因思念远行的丈夫,终日立在山头守望不回,天长日久竟化成了石头。诗的开头两句就是描写了这个故事:那位女子终日守望她丈夫,可她的丈夫迟迟没有回来,于是她因为相思竟化成了一块石头,孤单地站立在山头。真是"有恨同湘女,无言类楚妃"(李白《望夫石》)。"终日"一词写出瞭望者的一往情深,"苦相思"则表现了那位女子对爱情的忠贞。王建《望夫石》诗云:"化为石,不回头。"这恰是对"苦相思"一词的绝妙注解。

望来已是几千载,只似当时初望时——这两句是写这石人已在山头守望了几千年,但那心情还像当年登上山头望夫一般,没有丝毫的改变。这大大突出了女子苦恋的执著,"寂然芳霭内,犹若待夫归"(李白《望夫石》)。她固执地守候在山头,风雨不动,几千年如一日,她守望的心情也并没有随着岁月的流逝而消逝,一句"只似当时初望时"有力地传达出那女子相思之情的真挚和深切。

这首诗不单是一首写景诗,而是含有很深的寓意。"望夫处,江悠悠,化为石,不回头。"(王建《望夫石》)刘禹锡借用众所周知的望夫石的传说来表达自己的思归之情,但与望夫石所望的不同的是,诗人望的是千里之外的京城。

"望"字在诗篇中共出现了三次,每出现一次都使诗意得到了深化。第一个"望"是终日盼望,有时间久远之意;第二个"望"却是千年之望,比第一层的含义程度上加深了一层;第三个"望"又加入了情感因素,写久望只如初望,把诗情引向新的高度。这层层"望"字的深化,十分恰切地表现了诗人当时的心情。他的同期诗作有《历阳书事十二韵》,其中有"望夫人化石,梦帝日环营"两句,两相对照,诗人思念京城之情可见一斑。

此外,整首诗含义深浓,用语却质朴无华,行文通俗易懂,风格单纯明快。宋人陈师道评价说:"望夫石在处有之。古今诗人惟用一律,惟刘梦得云:'望来已是几千载,只似当年初望时',语虽拙而意工。"前人赞叹道:"一味简淡,十分精到,化工之笔。"(《唐诗真趣编》)由诗评家们的高度评价,亦可见这首《望夫石》脍炙人口,乃刘禹锡短诗中的精品。

金陵五题并引

余少为江南客,而未游秣陵,尝有遗恨。后为历阳守,跂而望之。适有客以《金陵五题》相示,逌尔生思,歘然有得。他日,友人白乐天掉头苦吟,叹赏良久,且曰:"《石头》诗云:'潮打空城寂寞回',吾知后之诗人不复措辞矣。"余四咏虽不及此,亦不孤乐天之言尔。

这组诗作于刘禹锡任和州刺史期间。这是一组怀古诗,诗中分别吟咏了金陵五处有代表性的古迹。序引说:我年少的时候客居江南,却从未游览过秣陵(今江苏南京),总是感到遗憾。后来我担任历阳郡守(即和州刺史),也只是抬起脚来远远眺望。恰好有一位访客拿来他所写的《金陵五题》给我看,于是,高兴之中便有了一些想法,顿然写下了这组诗。后来我的朋友白乐天摇头吟罢,叹赏多时,并且说:"你的《石头城》这首诗写出'潮打空城寂寞回'这样的诗句,我知道以后的诗人再也无法落笔了。"我其馀的四首诗虽然赶不上这一首,但也没有辜负乐天的此番话。

石头城

此篇为五题之首。石头城,在江苏南京清凉山一带。公元211年,孙权在楚金陵邑旧址建石头城,依清凉山为城,地势险要,被诸葛亮称为"石城虎踞",此城后经六代豪奢,至唐武德九年废弃。复经二百年,则久已成为一座"空城"。诗人描写月夜中的石头城,与南唐后主李煜的"故国不堪回首月明中"(《虞美人》)颇有异曲同工之妙。明人王鏊称,此诗颇"得风人之旨"(《震泽长语》)。

山围故国周遭在,潮打空城寂寞回。
淮水东边旧时月,夜深还过女墙来。

山围故国周遭在,潮打空城寂寞回——故国,指石头城。群山环绕,旧墙仍在,潮水一次次奔涌上来拍打着这座空城,又带着深深的叹息寂寞退回。国仍在,已是故国;城虽在,却为空城。就连潮水也仿佛感觉到了它的荒凉。拟人手法用在此处恰到好处,作者把自己感受到的沉重的历史失落感赋予到江潮身上,既写尽了故国的没落荒凉,也凸显了个人内心的深沉感伤。景不虚设,乃"寓炎凉之情在景中"(《增订唐诗摘钞》)。

淮水东边旧时月,夜深还过女墙来——淮水,指秦淮河,发源于今天的江苏溧水和句容,合流后经南京市入长江,因为是秦时所开凿,故称秦淮。王士禛有诗云:"千载秦淮呜咽水,不应仍恨孔都官。"(《秦淮杂诗》)秦淮旧地,因为它特有的历史原因,引得后人生发无尽的感慨。女墙,指城墙上的城垛。这两句是写,夜已很深了,只见那当年从秦淮河东边升起的明月,如今仍旧从城墙上的城垛后面升起,照见这久已破败不堪的古城。作者写月是"旧时月",用语颇耐人寻味。正所谓"烟月不知人事改,夜阑还照深宫"(鹿虔扆《临江仙》)。这月仿佛幻化成一位历史的见证人,见惯了秦淮河两岸的六朝王公贵族纸醉金迷的生活;听惯了彻夜不休的丝竹音乐,如今繁华已逝,欢乐不再,月光照耀下只剩了一地的凄凉。前人以为此诗"三、四句语转而意不转,只愈添一倍寂寞景象,笔妙绝伦"(《唐绝诗钞注略》)。这首诗并无直接议论,纯出以景语,颇有韵短意长、语淡情浓的艺术效果。

此诗通篇是写景:群山、故国(或谓空城)、江潮、淮水、旧时月、女墙,然而,无一景不融合着诗人的主观感情。江潮是"寂寞"的,月亮是"旧时的"。王国维在《人间词话》中说:"有有我之境,有无我之境……有我之境,以我观物,故物皆著我之色彩。"指出了这首诗的写作特点,诗人把个人的主观感情移植于客观事物身上,使全篇的自然景观都投射上作者极为浓厚的主观色彩。这样的写法,使诗境更加浑厚,更加深远。清代诗评家沈德潜认为此诗"可接武王维之'渭城',李白之'白帝',王昌龄之'奉帚平明',王之涣之'黄河远上'"(《说诗晬语》)。这足以说明此诗的艺术成就,已达到了与千古不朽的盛唐杰作并列而媲美的地步。白居易读罢此诗便赞不绝口:"吾知后之诗人不复措辞矣。"反复推敲梦得之作,颇以为白氏之赞叹绝无夸张。这首诗也为后世诗家开启无限法门。如宋朝大诗人苏轼有诗云"山围故国城空在,潮打两陵意未平"(《次韵秦少章和钱蒙仲》);又如,北宋词人周邦彦的《西河》词,更是通篇化用《石头城》之诗意,"山围故国,绕清江,髻鬟对起,怒涛寂寞打孤城"。又如,元诗四大家之一的萨都剌在《念奴娇·登石头城》中写道:"伤心千古,秦淮一片明月。"都几乎是照搬刘的诗句,可见影响之一斑。

乌衣巷

此篇乃是怀古组诗《金陵五题》中的第二首,由于构思精巧,语言凝练而广为流传。乌衣巷,在秦淮河南岸,即今江苏南京白鹭洲公园南侧,孙吴时戍守都城(石头城)的军士建兵营于此,因卫戍部队的士兵穿黑衣而得名。六朝时,这里变成了烜赫一时的豪门住宅,东晋的开国元勋王导和指挥过淝水之战的谢安都曾居住在这里。然而到了唐代,时过境迁,乌衣巷不复昔日的繁华。诗人身临其境,感慨万千,于是写下了这首千古绝唱。

朱雀桥边野草花,乌衣巷口夕阳斜。
旧时王谢堂前燕,飞入寻常百姓家。

朱雀桥边野草花,乌衣巷口夕阳斜——朱雀桥,是东晋时建在秦淮河上的一座浮桥,因在城南门(朱雀门)附近,故名。它是从金陵城中心通往乌衣巷的必由之地,在那时也是繁华之所,终日行旅繁忙,好不热闹。这两句说,昔日繁华的朱雀桥边,野草野花自生自灭,往日烜赫的乌衣巷口斜阳残照,无限荒凉。"朱雀桥"对"乌衣巷","野草"对"夕阳",从字面上看,对仗极为工整,向深处挖掘,我们能够体会到诗人这样的设景是颇费匠心的。繁华已成为过眼云烟,盛世已不可能让它重新回来。当一切都已成为历史的陈迹,只有那桥边的野草,巷口的夕阳仍然固执地存在。而它们的存在,只不过徒增了冷落凄清、荒凉萧条。这样的设景烘托出桥边、巷口在时代变迁后的破败面貌。

旧时王谢堂前燕，飞入寻常百姓家——王谢，即上文提到的王导、谢安。你看那过去栖息在王、谢等豪门贵族厅堂的檐檩之上的燕子，如今已飞进了普通的老百姓家。"旧时"的燕子如同诗人另一首诗《石头城》中的"旧时月"一样都充当了历史的见证人，它看到且证实了这里曾经居住过的豪门贵族都如过眼云烟般消逝。前人评论道："借燕为言，妙甚。"(《增订唐诗摘钞》)宋词人贺铸在他的词《水调歌头·台城游》中曾写道："旧时王谢，堂前双燕过谁家。"就是直接化用此句。

此首七言绝句，诗人借朱雀桥、乌衣巷的今昔沧桑变化，发出了世事无常的慨叹。全诗通篇写景，以景传情，含蓄婉转。刘禹锡可谓"役景""造境"的能手。巧妙的艺术构思为我们描摹出一幅黄昏小景图：天色将晚，落日的馀晖斜照在桥边零零杂杂的野草野花上，也映照在寂静冷清的乌衣巷口；只有那晚归的燕子，穿过深沉的暮色，飞回到自己的巢穴中。暗淡的色彩，凄清的景致，几许萧索，几许孤寂。在这萧索荒凉中只剩下了诗人不尽的慨叹。全诗不从正面落墨，只是选取两个地名，用野草、斜阳、旧燕渲染，而王朝兴替、人世变迁的深沉慨叹，已见于言外。唐汝询说："不言王谢堂为百姓家，而借言于燕，正诗人托兴玄妙处。"(《唐诗解》)辛弃疾也写道："朱雀桥边，何人会道，野草、斜阳、飞燕？"(《沁园春》)正是看到了此诗景物描写的巧妙处。从艺术特色的角度看，刘禹锡的这首《乌衣巷》是自然中有曲折，浅近中含深蕴。清人沈德潜在《唐诗别裁集·凡例》中对"七绝"有这样的定义："七言绝句，贵言微旨远，语浅情深，如清庙之瑟，一倡而三叹，有遗音者矣。……后李庶子、刘宾客(即刘禹锡，诗人晚年官至太子宾客)……诸家，托兴幽微，克称嗣响。"高步瀛在《唐宋诗举要·各体引言》中也谈到"绝句当以神味为主"。刘禹锡的这首小诗虽然所取景物寻常，语言浅显，却能以小见大，将社会一隅的变化，加以引申，别有一番含蓄蕴藉之美，即"神味"，令人品而愈觉馀味无穷。这首诗据说还博得了白居易"掉头苦吟，叹赏良久"的赞叹，看来自有它的深意所在。

台　城

此诗为刘禹锡怀古组诗《金陵五题》中的第三首。这首怀古诗，以台城这一六朝帝王起居临政的地方为题，抒发了诗人借凭吊古迹，以伤今世世情的无限感慨。台城，故址在今江苏南京北京东路南、珠江路以北，始建于东晋，宋、齐、梁、陈亦相沿不废。

台城六代竞豪华,结绮临春事最奢。
万户千门成野草,只缘一曲后庭花。

台城六代竞豪华,结绮临春事最奢——六代,指孙吴、东晋、宋、齐、梁、陈六朝。结绮、临春,指的是结绮阁和临春阁。南朝最末一个皇帝陈后主曾在台城内景阳宫中修建结绮、临春、望仙三座高达数十丈的楼阁,与张丽华、孔贵嫔分别居住,门窗皆用檀木、沉香木制成,并辅以金玉为装饰,极尽奢华。王安石有诗云:"结绮临春草一丘,尚残宫井戒千秋。"(《辱井》)这两句是写,在台城临政的六朝帝王争先比赛着谁最奢华,结果是陈后主以奢侈荒淫最为著名,他所营造的结绮、临春阁无人能及。诗中一个"竞"字,凸显出六朝三百多年历史中的执政者们生活的腐朽,他们考虑的不是百姓的疾苦,而关注的是如何过更奢华的生活,一个"最"字紧接"竞"字,其奢为六朝之"最",真可谓登峰造极。这样的荒淫腐朽,那他们的下场也就可想而知了。

万户千门成野草,只缘一曲后庭花——万户千门,指六朝的宫殿。史书上记载,隋文帝灭陈后,下令拆毁建康城的所有建筑,将城邑平为耕田,六朝古都就这样被毁于一旦,所以诗中有"成野草"之叹。后庭花,曲调名,是《玉树后庭花》的简称。陈后主在位期间,整日倚翠偎红,不理朝政,曾自谱新曲《玉树后庭花》,命歌女们来演唱,并随之起舞。怎料隋兵已在一片笙歌艳舞中逼近城门,金粉南朝就这样在这一片靡靡之音中走到了它的尽头,于是,这首《玉树后庭花》也就被用来作为陈后主荒淫误国的标志。李商隐在其著名的诗歌《隋宫》中感叹道:"地下若逢陈后主,岂宜重问后庭花。"此两句意为:昔日富丽堂皇的六朝宫殿,如今已是野草丛生,满目疮痍,在这凄清冷景的历史陈迹中,还仿佛依稀可以听见《玉树后庭花》的乐曲在空际回荡。一个"成"字,给人转瞬即逝之感,数百年的繁华景象毁于一旦,不见了千门万户,只有那一望无际的野草仍孤寂地生长着。作者把陈后主失国的原因归于一曲《玉树后庭花》,更能唤起人们对昔日后主宫廷中舞影翩翩、轻歌阵阵的场面的联想,不禁会对这一幕历史悲剧发出深深的哀叹。

"无情最是台城柳,依旧烟笼十里堤",韦庄的一首《台城》诗引得后世不知多少的文人墨客面对这座衰败的古城感慨良久,在诗人们的抚今追昔中我们又真切地感受到六朝如梦的切肤之痛。众所周知,怀古是为了鉴今,刘禹锡的怀古诗中总是充满了深诫后世的味道。这首怀古诗通篇采用对比手法,用"六代豪华"与遍地"野草"形成强烈的今昔对比,给人带来触目惊心的感受。真是"结绮临春无处觅,年年芳草向人愁"啊!刘禹锡在这首怀古诗中还以议论入诗,但却不失空泛。这在于他很善于为这议论创造一个良好的氛围,通过对景物的描绘来渲染一种气氛,为下面的议论打下良好的基础,于是议论不再显得空洞和枯燥,反而显得极其富有情致,作者在用强烈的思想感情感染读者的同时,也使人们从中领悟到了极为深刻的哲理。这是刘禹锡怀古诗在艺术表现上的主要特色。前人评论他的怀古诗为"神来无际"(薛雪《一瓢诗话》),指的就是这一特色。

优秀的怀古诗要写得有情韵,能够做到发人深思,引人遐想,这样,我们才会在读这类诗作时不会感到诗人是在枯燥地评议古人古事,相反只会在读诗的过程中,获得美的享受。刘禹锡的这首诗恰是做到了这一点。

生公讲堂

这是组诗《金陵五题》中的第四首。生公讲堂,据《方舆胜览》载:"在虎丘寺。生公,异僧竺道生也。讲经于此,无人信者,乃聚石为徒,与讲至理,石皆点头。"这就是著名的"生公说法,顽石点头"之传说。唐人诗作中多有对生公的描写,如李郢有诗云:"龙潭直下一百尺,谁见生公独坐时。"(《重游天台》)本诗中描写了生公生前讲法时信徒众多,连鬼神都来旁听的盛况,与如今这里的讲堂早已变成了一座积满尘土的空堂形成鲜明的对比,给我们描绘出一幅"鸦噪松廊,鼠翻经匣,僧与孤云远"(郑板桥《高座寺》)的衰败景象,在今昔盛衰变化中,流露出诗人的无限感慨。

生公说法鬼神听,身后空堂夜不扃。
高坐寂寥尘漠漠,一方明月可中庭。

生公说法鬼神听,身后空堂夜不扃——扃(jiōng),指从外面关门。这两句是说:遥想当年,生公说法,鬼神来听,盛况空前。如今生公已逝,身后空堂,夜不闭户,寂寞无边。用"鬼神听"说明了生公之精通佛法,讲法之高妙,同时也更加渲染了他身后的凄凉。当年济济一堂的场景不再,如今只剩下了"空堂夜不扃"。一个"空"字,既是对这座讲堂真实场景的描写——空无一人,同时也突出了诗人面对此种场景内心空荡荡的感受,一语双关。

高坐寂寥尘漠漠,一方明月可中庭——漠漠,密布的样子。一方,犹一片。可,当,对。生公当年讲经的高座如今已是满布灰尘,极为冷落,只有那一片月光还映照着这寂寞的庭院。"尘漠漠"说明了这个地方少有人来,突出了寂寥之感。而"明月",这个穿越了岁月时空的历史见证者,仍然像往常一样升起,清冷的月辉洒下来,给全诗抹上了一层悲寂寥落的情调。

诗人借生公生前和身后的盛衰变化抒发了对世事无常的感慨,同时也暗含讽刺意味,把讥刺的矛头指向了当政者。前人游潜在他的《梦蕉诗话》中评论此诗云:"梦得盖以生公比当时执政者。言其在日假恩宠以令百僚,莫敢有违,鬼神亦听之。次句言身后子孙不守,门墙已非。三、四句则声消势尽,殊非前日华盛景象,无复及其门者,惟明月夜深可中庭耳。与《石头城》'夜深还过女墙来'意同。"这个评论反映了刘禹锡作诗言在此而意在彼的写作特点,这是一种说法。另一种说法是用此诗来告诫当政者:佛法虚妄,沉溺于其中必招致祸祟。唐穆宗笃信佛法,一次就舍僧钱百万,自然成为诗人暗讽的对象。这两种看法出发的角度不同,自然评论的侧重点也就不一样,我们可以把二者结合起来加以考虑。

游潜还在其诗论中提到"可字有味",可谓明眼。历来各家也都是对禹锡诗中的这个"可"字推崇备至。如据《丹铅总录》载:"刘禹锡《生公讲堂》诗'高坐寂寥尘漠漠,一方明月可中庭',山谷、须溪皆称其'可'字之妙。"这个"可"字多被解释为"当",但若被替换为"当",则诗味全无。因为这个"可"字还有"恰好"的意味,言其无论世事如何变迁,还有那一轮明月恰好映照着这寂静的庭院。这轮明月不仅见惯了这里的繁盛,也正目睹着如今的寂寥,用明月来映照兴衰,可见出时空的苍茫感和历史的虚无感。这个"可"字可谓诗眼。

江令宅

这是刘禹锡怀古组诗《金陵五题》中的最后一首。江令宅,据《六朝事迹》载:"江令宅,陈尚书令江总宅也。"江总(519—594),字总持,济阳考城(今河南兰考)人,是南朝陈时的文学家,仕梁、陈、隋三朝。陈时官至尚书令,世称"江令",不理政务,日与孔范等陪侍陈后主游宴后宫,制作艳诗,荒嬉无度,时号"狎客"。后人曾以"可怜江令负君恩,白头仍作北朝臣"(《题三品石》)的诗句对其进行批判。

南朝词臣北朝客,归来唯见秦淮碧。
池台竹树三亩馀,至今人道江家宅。

南朝词臣北朝客，归来唯见秦淮碧——词臣，指文学侍从之臣。秦淮，河名，发源于今天的江苏溧水和句容，合流后经南京市入长江，六朝时是著名的游览胜地。这两句是写：南朝的词臣，北朝的过客，重访旧地，都只见那秦淮河水依旧青碧。一个"唯"字突出了秦淮河虽经历了岁月的洗礼仍不改其青碧，它就像一位历史见证人，见惯了繁华奢靡的秦淮两岸，也目睹过南朝衰亡的历史悲剧。

池台竹树三亩馀，至今人道江家宅——这两句是写：至今还有那三亩有馀的池台竹树，人人都说那就是显赫一时的江家宅地。用"三亩馀"这样的数量词刻画出了江总生前生活的奢侈，但如今已是人不在，此地空馀一片宅地。诗人在凭吊此处时，暗含了讽刺于其中。

"不奈更耐江总宅，寒烟已失段侯家。"（王士禛《秦淮杂诗》）昔日盛极一时的江令宅如今已是人去楼空，往日的一湾"秦淮碧水"、三亩"池台竹树"依然执着地见证了这一切。这首怀古诗借咏江令宅的衰落来暗讽当权者：自古道"生于忧患，死于安乐"，穷奢极欲必遭亡国灭家的厄运，荒淫极乐就是祸根。这样的教训是深刻的，是发人警醒的，唐人的诗作中也多吟咏之，许浑有诗云："身没南朝宅已荒，邑人犹赏旧风光。"（《游江令旧宅》）诗中暗用江总终日陪侍陈后主游宴后宫，不理朝政，最后导致亡国灭家之典故，讽刺了中唐时皇帝终日沉溺于宦佞小人制造的声色淫欲中，进一步指出这群小人甚至还控制着皇帝的生杀废立大权。诗人希望当朝皇帝能以古为鉴，脱离羁绊，以免落得个身死人手的可悲下场，为他人所耻笑。整首诗写得含义深曲，讽刺意味全在不经意间流露，读来让人感慨不已。

经檀道济故垒

此诗作于宝历二年（826）刘禹锡罢和州刺史，往游金陵时期。檀道济，南朝刘宋时名将，曾随武帝刘裕多次北伐后秦，抵抗北魏进攻，屡立战功，官征南大将军、开府仪同三司、江州刺史。文帝刘义隆忌惮他威望太高，彭城王刘义康也疑忌他，后檀道济终被杀害。诗人游览金陵时，途经檀道济当年营垒的遗址，有感而作此诗。

万里长城坏，荒营野草秋。
秣陵多士女，犹唱白符鸠。

万里长城坏,荒营野草秋——万里长城,据《南史·檀道济传》载,道济被杀时,脱帻掷地说:"乃复坏汝万里长城!"目光如炬,悲愤异常。这里是说加害镇守江防的大臣,就等于是自毁万里长城。南朝据长江偏安一隅,所以江防的重要如同秦筑万里长城。道济被杀后,北魏闻之高兴万分:"吴子辈不足复惮矣!"这两句是写:刘宋王朝时期所修建的万里长城早已倒塌,檀道济当年修筑的营垒如今也早已荒废在那一片秋天的野草之中。借"野草"和秋天这样特定的环境衬托出这处遗址的荒凉。

秣陵多士女,犹唱白符鸠——秣陵,即指南京。士女,指有识的男女们。白符鸠,是舞曲名,出自江南。据《宋书·乐志》记载:"晋杨泓《舞序》云:'自到江南,见《白符舞》,或言《白凫鸠舞》,云有此来数十年矣。察其辞旨,乃是吴人患孙皓虐政,思属晋也。'"当年檀道济被杀后,时人曾作歌哀悼他说:"可怜白符鸠,枉杀檀江州。"这实际上是谴责刘义康与孙皓一样残暴。这两句是说,秣陵城里的多少有识男女啊,他们至今仍在传唱着《白符鸠》,表示他们的深沉哀悼之情。诗人借歌声来传情,一曲《白符鸠》表现了人民对残暴统治者的痛恨和对贤臣无辜被杀的同情。

这是一首咏史怀古诗,借南朝刘宋大将檀道济无辜被杀害之事,影射了当时中唐时期的政治生活。参加永贞革新的"二王八司马"虽说与檀道济生活的时代不同,但他们的遭遇却极其相似:忠于君主却不被理解,反遭到谗嫉猜疑、打击迫害,零落蛮瘴之地;特别是革新运动的领袖人物,王叔文和王伾更是直接被迫害致死,这与檀道济的命运不是很相同吗?于是诗人进而联想到自己的遭际,自己是"少年负志气,信道不从时",从少年时起就怀有远大的政治抱负,然而成年之后却是仕途多舛,"巴山楚水凄凉地,二十三年弃置身"。自己的政治主张不为君主所采纳,参加革新运动又受到权臣奸佞的打击、镇压,因此诗人得出了这样的结论:忠信见疑,奸佞得宠,古往今来,历史有着惊人的相似。那一曲《白符鸠》既唱出了有识之士的心声,也是诗人内心悲愤之情的真实流露。前人评此诗"盖伤痛之深,虽历三百年而犹不泯也"(《历代诗话》)。在刘禹锡的这首咏史怀古诗中,诗人既哀古人,又叹己悲,寄无可奈何于慨叹暗讽之中,让读者在吟咏俯仰之间叹息良久。

金陵怀古

此诗作于宝历二年(826)。时刘禹锡由和州返洛阳,途经金陵,有感而发,写下此诗。金陵,即今江苏南京,西周时属句吴,春秋末年吴王夫差在今天的朝天宫一带修筑冶城。越国灭掉吴国后,范蠡曾在今天的中华门外长干里修筑越城,楚威王熊商于石头山(今清凉山)置金陵邑。自三国时吴王孙权于此建都,此后东晋、宋、齐、梁、陈及五代时的南唐,皆以此作为都城。金陵北倚长江天险,周围群山环绕,素有"龙盘虎踞"之称。这首怀古诗从写景入手,力图渲染一种古今盛衰变化的气氛,作者的议论也是结合具体形象而阐发,显得自然巧妙而又深刻精练。

　　　潮满冶城渚,日斜征虏亭。
　　　蔡洲新草绿,幕府旧烟青。
　　　兴废由人事,山川空地形。
　　　后庭花一曲,幽怨不堪听。

　　潮满冶城渚,日斜征虏亭——冶城,是春秋时吴国设立冶炼作坊、铸造兵器的地方,故址在今南京城内朝天宫一带。李白有诗云:"冶城访古迹,犹有谢安墩。"(《登金陵冶城西北谢安墩》)征虏亭,故址在今南京市方山之南,为东晋征虏将军谢安所建,故名。李白亦有诗云:"船下广陵去,月明征虏亭。"(《夜下征虏亭》)这两句是写:江潮涨起,小洲沉落,斜晖映照,征虏亭孤。诗人想寻找东吴当年的冶城遗迹而来到江边,然而除了满眼的江潮,一无他物。傍晚时分,昔日的征虏亭孤独地矗立在脉脉斜晖之中,不见了当年热闹的饯行场面(东晋征虏将军谢安的哥哥谢万曾送客于此亭),物是人非,一片凄凉。开头二句巧妙地把盛衰对比从写景中表现出来。

　　蔡洲新草绿,幕府旧烟青——蔡洲,在今南京市西南江中,东晋时大将桓玄等曾在此屯兵。幕府,又称石灰山,该山地处上元门至燕子矶沿长江南岸一带,东晋初年,王导为丞相时,曾建幕府于此,故名。这两句是写蔡洲已长出了新草,嫩绿嫩绿的,那么惹人喜爱;幕府山上,仍然青烟缭绕,风光依旧。蔡洲、幕府这些历史上的军事要地经历过岁月的冲刷,依然是芳草年年绿,旧烟岁岁青。冯舒在评价此诗时说:"'新草','旧烟',只四字逼出'怀古'。"(《瀛奎律髓汇评》)诗人正是把古事今景融为一体,不由得让人感慨万千。

　　兴废由人事,山川空地形——兴废,指国家的盛衰兴亡。人事,人的所作所为。

这两句是写：国家的盛衰兴亡取决于人们的所作所为，山川只是徒然具有险要的形势，是不足恃的。真是"六朝繁华今安在，昔时权贵何处寻"。自认为"龙盘虎踞"的山川形势并没有为他们的长治久安提供保障，从而进一步说明人事的重要性。作者由眼前之景引发议论，深刻概括出"兴废由人事，山川空地形"这一极富有哲理的结论。

后庭花一曲，幽怨不堪听——后庭花，注释见《金陵五题·台城》诗。那一曲《玉树后庭花》啊，幽婉哀怨，实在让人不忍卒听呀！《玉树后庭花》曲被视为亡国之音，中晚唐的统治者仍迷恋此乐，诗人不禁忧从中来。六朝帝王凭恃天险，不重人事而亡国灭家的教训是血淋淋的事实，却不能让世人警醒，若是追随六朝后尘，那后果是可想而知的了。"后庭花"语亦开后世无限法门，如晚唐诗人杜牧云"商女不知亡国恨，隔江犹唱后庭花"（《泊秦淮》）；宋大诗人王安石曰"至今商女，时时犹唱，后庭遗曲"（《桂枝香·金陵怀古》）。小中显大，手法高妙，意义深远。

对于刘禹锡的这首五律，自宋元至明清，是一片赞叹，人无异词。何义门赞叹道："此等诗何必老杜？才识俱空千古。'潮落'、'日斜'、'烟青'、'草绿'，画出'废'字。落日即陈亡，具五国之意。前五起后二句，第六收前四句，变化不测；前四句借地形点化人事。"（《瀛奎律髓汇评》，下引同）纪昀也津津有味地评析道："叠用四地名，妙在安于前四句，如四峰相矗，特有奇气。若安于中二联，即重逢碍格。五、六筋结，施于金陵尤宜，是龙盘虎踞，帝王之都。末《后庭》一曲，乃推江南亡国之由，申明五、六。虚谷以为但寓悲怆，未尽其意。起四句似乎平对，实则以三句'新草'剔出四句'旧烟'，即从四句转出下半首。运法最密，毫无起承转合之痕。"元人方回亦论道："每读刘宾客诗，似乎百十选一以传诸世者，言言精确。前四句用四地名，而以'潮'、'日'、'草'、'烟'附之。第五句乃一篇之断案也。然后应之曰：'山川空地形'，而末句乃寓悲怆，其妙如此。"

归纳之，看来众诗评家眼光独到，众口一词，都认为前四句写景，后四句述怀，且前后照应，写景述怀，一意直下，密不可分。本诗寓意悲怆，也是公认之特色。确实，《金陵怀古》是刘禹锡的一首题完意足而又经得起推敲和令后人传诵的五言律诗。

韩信庙

此诗作于宝历二年(826)，刘禹锡罢和州刺史后北归路经楚州途中。韩信庙，在楚州(治今江苏淮安)境内。韩信,汉初的诸侯王,淮阴(今江苏淮安西南)人,初随项羽,不被重用,继归刘邦,被任命为大将。他善于用兵,屡立战功,后与刘邦合力击灭项羽于垓下(在今安徽灵璧南)。汉朝建立,封为楚王。后有人告他谋反,降为淮阴侯,又被告与陈豨勾结谋反,为吕后所杀。其行事俱见《史记·淮阴侯列传》。此诗为借史咏怀之作,借忠臣功高反遭嫉被杀的普遍事实来感怀时事,抒发了诗人对这种现象的愤懑和不满。

> 将略兵机命世雄,苍黄钟室叹良弓。
> 遂令后代登坛者,每一寻思怕立功。

将略兵机命世雄,苍黄钟室叹良弓——略,谋略。兵机,指用兵之法。这里泛指高超的作战指挥方法。苍黄,本指青色和黄色,见《墨子·所染》:"见染丝者而叹曰:'染于苍则苍,染于黄则黄,所入者变,其色亦变。'"后以苍黄比喻事物变化不定,反复无常。南朝孔稚珪《北山移文》:"终始参差,仓皇翻覆。"钟室,汉宫名,据《史记·淮阴侯列传》载:"信入,吕后使武士缚信,斩之长乐钟室。"张守节《史记正义》曰:"长乐宫悬钟之室。"良弓,语出《史记·淮阴侯列传》:"信曰:'果若人言:"狡兔死,良狗烹;高鸟尽,良弓藏;敌国破,谋士亡。"天下已定,我固当烹!'"这两句写的是,韩信具有高超的军事才能而成为一代豪雄之士,怎料功高遭嫉,被杀于长乐钟室,于是历代文人遂生发出良弓之叹。陶渊明有诗云:"觉悟当念还,鸟尽废良弓。"(《饮酒》)苏拯亦感叹道:"可嗟猎犬壮复壮,不堪兔绝良弓丧。"(《猎犬行》)

遂令后代登坛者,每一寻思怕立功——登坛,古代会盟或祭祀,帝王即位或拜将,多设坛场,举行隆重的仪式。据《史记·淮阴侯列传》记载,汉高祖刘邦接受谋臣萧何的建议,拜韩信为大将,为之斋戒,设立坛场,举行了隆重的拜将典礼。后因以"登坛"借指任命将帅或委以重任。这两句是说,这就让后代那些被封帅拜将之人一想到此事就总是害怕建立功勋。上层统治者们希望有得力的助手辅佐自己成就霸业,但功成之后又总是担心帮助自己打下天下的文臣武将推翻自己现有的政权,于是就有了许多韩信这样的悲剧。历史就是在这样的错位中延续着、发展着,血淋淋的事实警醒着每一个人,然而唐代的统治者们继续猜忌功臣,怎能不让忠心于唐王朝的大臣们寒心啊!

遍数历史上的风云人物,不管曾经多么叱咤一时,功高盖世,多数都难逃被君王赐死的厄运。从帮助越王勾践卧薪尝胆的文种,到辅佐吴王夫差建立功勋的伍子胥,无一不死在国君的利剑之下。正所谓"鸟兽尽,良弓藏",历史总是有着惊人的相似。汉代的开国功臣韩信又被假以谋反的罪名,被击杀于长乐宫室。

诗作开篇两句极写韩信的名高一世,既表现出韩信英雄末路的悲愤,又流露出对上层统治者诛杀功臣的极大愤慨。后面两句是据此展开议论,指出杀害功臣的无穷后患。无功者颐养天年,有功者却命丧黄泉,这样的事实即使在千百年之后仍会让为大将者魂惊胆战、心灰意冷,每念及此,还有谁敢立功呢?联系到诗人当时的生活处境,可见这样的感慨绝不是空穴来风。诗人一生致力于革新事业,却反遭打击、贬谪,众多的革新志士也是贬的贬、杀的杀,唐王朝中后期仅有的一次振兴图强的机会也就这样被扼杀了。历史教训不能使唐王朝的最高统治者们引以为戒,有良知的诗人面对此情此景,如何不痛心疾首呢?面对前贤的不幸遭遇,念及自身的辛酸历程,真是忧从中来,不能自抑。

清人纪昀说:"中唐之诗,不难于新巧,而难于朴老;不难于情韵,而难于气骨。"(《李义山诗话》卷下)刘禹锡的这首《韩信庙》,沉郁却不失豪壮,恰是一篇风格朴老、气骨森然的佳作。

酬乐天扬州初逢席上见赠

此诗作于宝历二年(826)。时刘禹锡从和州返洛阳,路过扬州,与白居易相遇。白居易在宴席上写下《醉赠刘二十八使君》,抒发了对刘禹锡长期遭贬之不幸的同情,刘即写下此诗作为应答。诗开头两句紧承白诗叙述了自己的不幸遭遇,紧接着悼念曾并肩战斗的已故友人,结尾处委婉表达了个人对人生的看法,体现了诗人独有的宽广襟怀和恢弘气度。

> 巴山楚水凄凉地,二十三年弃置身。
> 怀旧空吟闻笛赋,到乡翻似烂柯人。
> 沉舟侧畔千帆过,病树前头万木春。
> 今日听君歌一曲,暂凭杯酒长精神。

巴山楚水凄凉地,二十三年弃置身——巴山楚水,指今四川东部及湖南、湖北、安徽一带。诗人屡遭贬谪,播迁一生,历任朗州(今湖南常德一带)司马,连州(今广东连州)、夔州(今重庆奉节)、和州(今安徽和县)等地的刺史。夔州在秦汉时属巴郡,朗州在战国时属楚地。巴山楚水概指自己曾被贬谪过的地方。二十三年,诗人自顺宗永贞元年(805)贬为连州刺史,至宝历二年(826)岁暮应召回京,前后约近二十三年。这两句是写自己被贬谪,居于巴山楚水这样荒凉的地区,屈指算来已有二十三个春秋。"凄凉"一词语带双关,既点明了贬地荒凉,又流露出诗人自身内心无以言表的凄苦辛酸。"弃置身"是说自己,点明了自己作为贬谪之人的特殊身份,几分凄苦,几分失落,尽在这二十三年的岁月里了。

怀旧空吟闻笛赋,到乡翻似烂柯人——闻笛赋,指晋人向秀的《思旧赋》。据《晋书·向秀传》记载,向秀与嵇康是好友,后嵇康为司马氏所杀,向秀经过亡友嵇康的故居,听到邻人吹笛,不胜悲凄慨叹,于是写下了《思旧赋》。烂柯人,指王质。据《述异记》记载,晋人王质进山砍柴,见两个童子在下棋,便停下来观看,终局时忽然发现手里的柯(斧柄)早已烂掉,回到村里才知道已过去一百年了,而与他同时代的人也都早已不在人世了。元人黄庚有诗云:"烂柯人去收残局,寂寂空亭石几寒。"(《棋声》)这两句意谓,怀念逝去的老朋友,只能徒然地吟诵"闻笛赋"以寄哀思,此番回来,恍如隔世,只觉得人事全非,不复旧时光景了。刘禹锡离开京城时正值壮年,这次回来,却已是两鬓斑白,所有的宏愿都在这二十三年中灰飞烟灭,所有的期待也都在这二十三年中化成泡影。友人们相继逝去,世态迅速变迁,面对此情此景,诗人思绪万千,于是发出这样的慨叹。

沉舟侧畔千帆过,病树前头万木春——紧承上句,于失落中奋起。"沉舟"和"病树"都是诗人自喻。正所谓沉舟之侧,千帆竞发;病树之前,万木逢春。从诗中,我们仿佛看到了一位超脱的智者,一位旷达的老人。这两句诗是针对白居易的"举眼风光长寂寞,满朝官职独蹉跎"而发。白诗颇有为刘禹锡鸣不平之意,但刘禹锡却能跳出个人际遇这个小圈子,从社会大形势与积极人生观这样的宏观角度立意,思想境界超越了白居易,意义也更加深刻。

今日听君歌一曲,暂凭杯酒长精神——尾联照应诗题,点明酬答白居易之意。这两句是说,今天我听了您给我的赠唱,就暂且凭借着这酒力来振奋精神吧!诗句表现了刘禹锡在接到朋友的赠诗后,受到莫大的鼓舞和激励,表示要振奋精神,重新投入到新的生活中去。从这两句诗中,我们又看到了一位坚忍不拔的强者形象。

这是一首极有特色的赠答诗。诗的首联接过白诗的话头,用极为精炼的语言总括了自己被贬的这二十三年的不幸遭遇,直白的陈述显示出诗人内心的酸楚。颔联用典来抒发怀念故友和恍如隔世之感。刘禹锡回到朝中,昔日并肩战斗的王叔文、韦执谊被杀,同时被贬八司马中的柳宗元、凌准及八司马之外的吕温也都先后辞世。阴阳两界,不能相见。欲诉心曲,复有何人!"空吟"二字,把诗人内心的痛惜和寂寞渲染得淋漓尽致。诗人此时此刻定在慨叹:"老朋友们啊,如今我回来了,可是你们却都到哪里去了呢?"一声悲叹,把诗人的茫然之感表露无遗。

但全诗出彩之处在于诗人并没有执着于自己痛苦感情的继续陈述,而是笔锋一转,从对过去个人不幸的追忆中掉转头来向前看。通过恰切的比喻和鲜明的对照,表现了他豁达的襟怀和卓越的识见。这两句也成为了名言警句,历来受到人们的交口称赞。白居易曾评论道:"梦得梦得,文之神妙,莫先于诗。若妙与神,则吾岂敢?如梦得……'沉舟侧畔千帆过,病树前头万木春'之句之类,真谓神妙矣。在在处处,应有灵物护持,岂止两家子弟秘藏而已。"(《太平御览》卷五百八十六)同时,这样的表述也揭示出新事物和旧事物的对立,客观上阐明了新陈代谢的普遍规律,所以至今仍常常被后人所征引。由于颈联的奋起,尾联也就顺势而下,一个"暂"字,既传达出对友人白居易的深深谢意,又自然流露出自己坚忍不拔的斗争意志。整首诗也由于后面几句的渲染而变得豪放起来。正因如此,白居易乃有极高之评价:"彭城刘禹锡,诗豪者也。"(《旧唐书·刘禹锡传》)

淮阴行五首并引(选二)

古有《长干行》,言三江之事悉矣。余尝阻风淮阴,作《淮阴行》,以裨乐府。

这组诗作于文宗大和元年(827)。序引云:古代有《长干行》这样的曲子,把三江等地的事情说得很详细。我曾经被风阻挡不得前行,停留在淮阴一带,就写下组诗《淮阴行》,希望有补于乐府。

其　三

这是《淮阴行》组诗中的第三首。诗中借铜环来寄离情,语言浅近却情致深浓,表现出女主人公的款款深情,对丈夫依恋的绵绵不绝之意。淮阴,在今天的江苏淮安。

船头大铜环,摩挲光阵阵。
早晚使风来,沙头一眼认。

船头大铜环,摩挲光阵阵——船头上的大铜环,因为总是被人们摩挲,所以变得光闪闪、亮晶晶。写铜环的"光阵阵"流露出女主人公羡慕铜环之意,铜环犹能得到丈夫的"摩挲",时时陪伴丈夫远行,而自己却要和丈夫分别,这如何不让女主人公嗔怪。文中的"环"是隐语,与"还"谐音,其中寓含归意。

早晚使风来,沙头一眼认——早晚,相当于"何时"。沙头,指江畔、岸边。什么时候让风把船送回来,"我"在江滩岸边一眼就能把你认出来。这是对二人离别后场景的设想,写出了女主人公日夜企盼丈夫归来之情景。"一眼认"写出妻子对丈夫思念的那种热切的感情。

以往的离别之诗往往写得愁苦哀怨,无论是"多情自古伤离别,更哪堪冷落清秋节",还是"剪不断,理还乱,是离愁",这样的作品总是能带给人凄苦的感觉。然而刘禹锡的这首民歌体的小诗同样也是写离别,却能自出机杼,写得活泼清新。如在这首诗中,诗人借铜环寓情,尤其是末两句,设想分别后场景,全无柳永词中"此去经年,应是良辰好景虚设,今宵酒醒何处,杨柳岸晓风残月"的凄楚,有的只是充满希望的等待。

明人陆时雍说:"善言情者,吞吐深浅,欲露还藏,便觉此衷无限。善道景者,绝去形容,略加点缀,即真相显然,生韵亦流动矣。"(《诗镜总论》)这首小诗语言流畅,格调清新,写物妙绝,传情婉约。情意绵绵,饶有民歌特色。

其 四

这是《淮阴行》组诗中的第四首,描写了一位少妇在码头给自己丈夫送行的场面。诗中略去送别场面的具体刻画,紧紧围绕女主人公的心理活动,通过她的内心独白写出了她对丈夫的依依不舍之情。

何物令侬羡,羡郎船尾燕。
衔泥趁樯竿,宿食长相见。

何物令侬羡,羡郎船尾燕——是什么东西让"我"羡慕呢?"我"羡慕丈夫那船尾的燕子。这个问题问得好生奇怪,回答则更是出人意外,在这依依惜别的场景下,似乎显得十分不得体,但下面的两句却给了这个问题一个圆满的解释,也使整首诗的情感画面顿时鲜活起来。

衔泥趁樯竿,宿食长相见——因为女主人公想:那衔泥的燕子尚且能随船飞行,在船杆上休息,自己的丈夫无论是在睡觉还是在吃饭,它也都能天天看见。于是这位少妇发出了人不如燕的感叹,曲笔写出她对丈夫的深情厚爱和恋恋不舍之情,出语温柔体贴,女主人公的缠绵、深情跃然纸上。

刘禹锡在诗前小序称:"余尝阻风淮阴,作《淮阴行》,以裨乐府。"说明了诗人一直在向南朝乐府民歌学习。而这首诗正是用比兴体来托物抒怀,体现了乐府本色。在我国的乐府诗中有许多描写怀妻思夫之作,如《乐府诗集》中描写思念丈夫的句子"黄蘗万里路,道苦真无极",表现出女子的相思之苦。与之相比,刘禹锡的这首小诗更多欢快的成分,以燕喻人,生动而又贴切。

全诗通过女主人公羡慕燕子的话语,不写离别之景,却处处流露出惜别之深情,曲折达意,婉约有致,使诗风显得风流蕴藉,情韵深长。北宋诗人黄庭坚说:"《淮阴行》情调殊丽,语气尤稳切。白乐天、元微之为之,皆不入律也。"(《苕溪渔隐丛话》引)这一评价很好地概括了此诗的艺术特色。

罢郡归洛阳闲居

此诗作于大和元年(827),刘禹锡从和州刺史任上罢归洛阳闲居期间。郡,此处指和州。这一年六月,刘禹锡为主客郎中,分司东都。闲居期间,他并未忘怀朝廷,仍关心着国事。虽然年事已高,却仍然保有一颗斗士的心。

　　　　十年江外守,旦夕有归心。
　　　　及此西还日,空成东武吟。
　　　　花间数杯酒,月下一张琴。
　　　　闻说功名事,依前惜寸阴。

十年江外守,旦夕有归心——江外守,《全唐诗》作"江海守"。瞿蜕园曰:"禹锡以元和十年(815)授连州刺史,后历刺夔、和二州,至宝历二年(826)罢和州,正与'十年江外守'之语相合。"(《刘禹锡集笺证》)这两句写的是:在临江近海的地区作了约有十年的太守,没有一天"我"不想着回来。"十年"言其贬谪时间之久,"旦夕"表达了诗人希望回来的迫切决心。若说宋代大诗人苏轼遭贬归来仍然是"万里归来颜愈少,微笑,笑时犹带岭梅香"(《定风波·南海归赠王定国侍人寓娘》)的自信和诙谐,那么刘禹锡这漫长的十年等待却增添了几许辛酸的味道。

及此西还日,空成东武吟——西还日,因洛阳在和州之西,故称西还。《东武吟》,《乐府解题》中说:"鲍照云'主人且勿喧',沈约云'天德深且旷',伤时移事异,荣华徂谢也。"内容多是咏叹时事变迁、荣华易逝,后因以寄托诗人的伤感之情。李白有诗云:"闲来东武吟,曲尽情未终。"(《还山别金门知己诗》)鲍照、沈约的诗集里都有《东武吟行》。鲍照慨叹"徒结千载恨,空负百年怨",沈约叹息"霄辔一永矣,俗累从此休",表现了诗人对时事的冷眼观照和无限感慨。梦得诗说,待到返回东都洛阳之时,"我"只能徒然地吟诵《东武吟》。一个"空"字,表现出了诗人壮志未酬的深切失望。

花间数杯酒,月下一张琴——这是诗人在东都闲居时生活状态的真实写照:"我"有时会独自在花丛中喝上几杯酒,有时又会在月光下弹奏一会儿瑶琴。据《旧唐书》记载:"(裴)度视事之隙,与诗人白居易、刘禹锡酣宴终日,高歌放言,以诗酒琴书自乐,当时名士,皆从之游。"刘禹锡终日过着"好客交珠履,华筵舞玉颜"(《奉和裴令公新成绿野堂即书》)的生活。这种生活是悠闲自在的、无忧无虑的,但却不是诗人想要的生活。虽然诗人如今已年近六十,但革新的理想仍然激励着他,于是诗人不由生发出以下的感慨。

闻说功名事,依前惜寸阴——闲暇之时听人们谈论着建功立业的事情,"我"仍然像以前那样珍惜着每寸光阴。岁月的流逝并没有消磨掉诗人的斗志,东晋大诗人陶渊明尚且知道:"前途当几许,未知止泊处。古人惜寸阴,念此使人惧。"(《杂诗八首》)刘禹锡更是坚定了自己前进的勇气。唐代诗人杜荀鹤亦写道:"少年辛苦终身事,莫向光阴惰寸功。"(《题弟侄书堂》)梦得诗中的"依前"二字,表现出诗人仍然对生活充满信心,对未来憧憬不已。

宝历二年,刘禹锡在和州卸任,大和元年夏,开始在东都洛阳担任主客郎中,分司东都。诗作开头两句表达了诗人的恋阙之情。虽然诗人长期流放在外地做郡守,也曾有过"昔听东武吟,壮年心已悲"(《和董庶中古散调词赠尹果毅》)的无奈慨叹,但他却从来没有放弃过自己的理想,当他重返京都时,仍想再有一番作为。然而严峻的社会现实却使他的壮志再一次落空。诗人再也无法压抑内心的失望,却又对自己的现实处境无能为力,只有空发一阵感慨,寄情于诗酒之间,聊以排遣内心深切的忧愁和落寞。

但可贵的是，诗人并未一味沉浸于苦闷之中，末两句笔锋一转，继而唱出了高昂的调子："闻说功名事，依前惜寸阴。"虽然自己仍有建功立业之心，却由于时势所限不能一展抱负，然而诗人依旧珍惜每一寸光阴，正所谓"念过眼、光阴难再得，想前欢、尽成陈迹"（曹组《忆少年》），真是"百年能几日，忍不惜光阴"（杜荀鹤《赠李蒙叟》）啊！此诗既流露出婉约悱恻之情感，又不失豪迈奋进之斗志，发人深思，是刘禹锡晚年的又一篇力作。

洛中送韩七中丞之吴兴口号（五首选三）

此诗作于大和元年（827），刘禹锡在洛阳任主客郎中、分司东都期间。洛中，即洛阳。韩七中丞，即韩泰，排行第七，于大和元年秋，由长安赴吴兴出任湖州刺史兼御史中丞，故称韩七中丞，他与刘禹锡同为"永贞革新"的骨干。吴兴，在今天的浙江湖州。口号，也叫口占，指随口吟成。刘禹锡和韩泰在洛阳重逢，百感交集，即席赋诗五首赠给韩泰，叙述了自"永贞革新"失败后他们彼此的共同遭遇，诗歌的总体基调是悲凉而又慷慨的。

> 昔年意气结群英，几度朝回一字行。
> 海北天南零落尽，两人相见洛阳城。

昔年意气结群英，几度朝回一字行——群英，这里指参加"永贞革新"的友人们。回首往昔，峥嵘岁月，意气相投，群英汇集，上朝归来，并肩前行。诗中用"一字行"形象而又鲜明地说明了群英之间的意气相投，正所谓"人生感意气，功名谁复论"（魏征《述怀》）。寥寥数笔就写出了革新党人锐意改革、意气风发的精神状态。

海北天南零落尽，两人相见洛阳城——零落尽，写出了当年一起参加革新的友人们死的死，贬的贬，处境都很凄凉。这两句是写：友人们流离在天南海北，真是零落殆尽，如今，只有你我二人还能在这洛阳城中相见。"零落尽"概括了"永贞革新"失败后，革新派人士受到的打击和迫害，王叔文被赐死，王伾死于贬所，其余的八人也都相继被贬到远州为官，史称"八司马"。世事变幻，人生无常，作者和韩泰如今能在洛阳重逢，难道不值得庆幸吗？这庆幸之中暗含的悲凉与无奈只有两人的心中最为清楚。

> 自从云散各东西，每日欢娱却惨凄。

离别苦多相见少,一生心事在书题。

自从云散各东西,每日欢娱却惨凄——这两句是写自从大家风云离散,各奔东西后,每日虽有欢乐,其实却是说不出的凄惨。从侧面写出了友人间的深厚情谊。人生得一知己足矣,如今知己都如云般离散,再多的欢娱若无人分享,只会让人徒增惨痛凄苦的感觉。

离别苦多相见少,一生心事在书题——心事,犹言抱负理想。书题,这里指作诗写文章。这两句是写由于朋友之间离别太多而相见太少,一生的心事无以排遣,只好寄托在作文题诗上面。友人间的分别总是令人痛苦的,正所谓"别离滋味浓于酒,著人瘦"(张耒《秋蕊香》)。当诗人无法排遣这种思念的痛苦时,只好把心事寄寓在写作中,也算是一抒心中忧闷吧。

今朝无意诉离杯,何况清弦急管催。
本欲醉中轻远别,不知翻引酒悲来。

今朝无意诉离杯,何况清弦急管催——清弦,指乐曲清亮异常。急管,指节奏急促的乐曲。这两句描写了两人在宴席上的场景:今日"我"与你端起酒杯,本无意在这分别的宴席上诉说忧愁,更何况这清弦急管已在声声催促。"无意"说并不意味着不想说,诗人只是不想再增加两人离别的痛苦罢了,更何况离别的笙歌——"清弦急管"——已经奏起,叙述那些离愁只会让人徒增烦恼。都说一醉解千愁,所以诗人劝慰老朋友:"让我们还是今朝有酒今朝醉吧!"但世事岂能如人所愿,于是就有了下面的慨叹。

本欲醉中轻远别,不知翻引酒悲来——翻,反而。诗人本想借酒醉化解离别的苦痛,却不料反而又因醉酒引来了无限悲愁。诗人本意是"今日送君须尽醉"(贾至《送李侍郎赴常州》),却怎料是"举杯浇愁愁更愁"(李白《宣州谢朓楼饯别校书叔云》)。为什么会这样呢?自然是缘于二人共同不幸的人生经历。试想二人已是愁肠满腹,又怎么会不"翻引酒悲"呢?

文宗大和元年,时刘禹锡在洛阳。是年,韩泰去湖州赴任,途经洛阳,正如诗中所提到的"两人相见洛阳城",分别了二十馀年的老朋友再次相遇。在经历了那么多的苦难之后,昔日一群群英姿勃发的少年郎们如今都已变成了霜染两鬓的年迈老者,这其中的辛酸苦楚又怎么能是三言两语可以道尽?

这里选录的是前三首,分别叙述了三个场景,极富代表性。第一首诗是追忆昔日两人共同奋斗的点滴历程:想当年,大家都是胸怀壮志、意气风发、勇于斗争、锐意革新,然而怎料政治风云变幻,一场轰轰烈烈的革新运动就这样悄然覆灭了。"群英"们死的死,贬的贬,从此"海北天南",不再相见。但世事难料,谁又会想到二十年后的今天,两人还能再次相会,把酒言欢呢?字里行间流露出了诗人不尽的感慨。第二首诗是叙述别后场景:用"云散"一词来形容革新人士们"各东西"的现实场景可谓精确。是的,二十年前的那场政治风暴不仅吹熄了中唐复兴的希望,也吹散了致力于革新的有识之士。作者在贬所虽然表面上强颜欢笑,但在夜深人静之时,那种惨痛,那种凄凉又向何人去诉说呢?友人分别,不能再相见,种种不能明言的心事只好付诸"书题"了。孤苦、无奈溢于言表,令人不忍卒读。第三首诗是抒发在此宴席上的真实感受:友人分别多年,让人伤怀,匆匆一聚,又要离别,不禁又令人神伤。那就醉了吧,或许酒醉可以消除这种难言的痛苦,却怎料适得其反,忧愁不但没有减少,反而越积越多,真是让人不堪重负啊!三首诗从三个不同的侧面抒发了诗人的真情实感,既有往昔的辉煌,昨日的惨凄,又有今天的悲愁,明日的伤感。组诗取境巧妙,情随景生,描写真实,亦为梦得集中的成功之作。

再游玄都观并引

题解

本诗作于文宗大和二年(828)春,从诗序中我们得知,这是刘禹锡十四年前所作《元和十年自朗州召至京,戏赠看花诸君子》诗的续篇。诗人并没有因为二十多年的贬谪生涯而消磨了斗志,所以写作此诗,是有意旧事重提,向打击他的权贵挑战,表达了自己绝不屈服的斗争精神。

余贞元二十一年为屯田员外郎,时此观未有花。是岁出牧连州,寻贬朗州司马。居十年,召至京师。人人皆言,有道士手植仙桃,满观如红霞,遂有前篇,以志一时之事。旋又出牧,今十有四年,复为主客郎中。重游玄都观,荡然无复一树,唯兔葵燕麦动摇于春风耳。因再题二十八字,以俟后游。时大和二年三月。

百亩庭中半是苔,桃花净尽菜花开。
种桃道士归何处,前度刘郎今又来。

诗序说：我于贞元二十一年(805)担任屯田员外郎，那时玄都观中没有桃花。这一年我由于"永贞革新"失败，被贬为连州刺史，不久又被贬为朗州司马。在贬所一呆就是十年。元和十年(815)我奉召回到了京师长安。听人们说玄都观里有位道士种了许多仙桃树，开花时节灿烂如美丽的朝霞，所以写下了前一篇诗，即《元和十年自朗州召至京，戏赠看花诸君子》，来记载当时的情景。但很快我又遭到贬谪，继续被外放，到如今已有十四年了，我又回到京城担任主客郎中。旧地重游，然而昔日的玄都观里已是一棵桃树也没有了，春风吹过，只有一些野草在风中摇摆。于是我又有了些感触，再写下一首诗，以待后来的游人。写作此诗的时间是大和二年三月。

百亩庭中半是苔，桃花净尽菜花开——这两句描绘了玄都观里的荒凉景象：道观中的百亩田地已半是青苔，满观桃花早已荡然无存，剩下的只有那不知名的菜花。青苔多，说明罕有人迹，与当年"无人不道看花回"的热闹场景形成鲜明对比。桃花和菜花又形成对照，当年开出有如红霞般的"桃花"，不知吸引了多少游人。"玄都观里桃千树"以致造成"红尘拂面来"的盛况，如今同样的地方却呈现出不同的场景，面对这些菜花，作者感慨满怀。

种桃道士归何处，前度刘郎今又来——刘禹锡俨然一位胜利者的姿态，他说："原来这里的种桃道士去哪儿了呢？先前的那位写作桃花诗的刘郎今天又回来了。"诗人感慨无穷，言外之意乃谓：真是世事难料啊，人世间的浮浮沉沉是任何人都难料想得到的。

从序引中可以看出，这是刘前诗《元和十年自朗州召至京，戏赠看花诸君子》的续篇。诗人因前诗再度被贬远州，十四年后归来，旧地重游，心生感慨，写下了此诗，这颇令人折服于诗人的胆略和斗争精神。

和上一首一样，此诗仍用比体，用对比的手法写出如今的荒凉。让人触目惊心的是，这是一种繁华过后的荒凉，不见了"紫陌红尘"，听不到人们交口谈论的"看花回"，一切都沉寂了，消失了，这种落寞的景象才更能引发诗人的感触。后两句与前首命意类似，都是由花事的变迁，联想到个人的荣辱进退，继而想到不仅桃花已是"净尽"，玄都观里也罕有人迹，连那位种桃道士也不知"归何处"了，而"我"——前次看花题诗的刘郎——虽被贬谪十四年，如今又回到了京城长安，且旧地重游，这一切，当初又有谁能料想得到呢？

此诗所暗含的深层含义也与前首类似，以桃花寓新贵，种桃道士也有所指，暗指唐宪宗。史书上记载，宪宗重用宦官，迫害参与"永贞革新"的官员，但他最后还是死于宦官之手。如今桃花不见，种桃花的道士也不知所终，昔日的场景中只留下了诗人一人的踪影，这一切又都是谁可以预料到的呢？该诗所用讽刺手法给后世以很多启迪，如苏轼就主张学习刘诗的讽刺艺术，因此他的诗多"怨刺"（陈师道《后山诗话》）。的确，刘禹锡此诗，以对比之手法，暗寓褒贬，颇有耐人寻味的讽刺效果。

听旧宫人穆氏唱歌

此诗约作于大和元年(827)，于洛阳任主客郎中，分司东都期间。诗中描写了自己的一次听歌的经历，抒发了对人生无常的感慨。诗中所寓深意略与其另一首《与歌者何戡》同，但本诗是从歌者穆氏的角度着笔，借穆氏之口唱出一己之悲愁。

　　曾随织女渡天河，记得云间第一歌。
　　休唱贞元供奉曲，当时朝士已无多。

曾随织女渡天河，记得云间第一歌——织女，是古代传说中玉皇大帝的孙女，在诗中借某位郡主。天河、云间，在这里都是指代帝王宫禁。这两句是写：一位姓穆的宫人年轻的时候曾经跟随自己的主人进入宫中，所以至今仍记得宫中一些最动人心弦的歌曲。用"第一歌"说明了此歌由于旁人不易听到，从而渲染了它的名贵，那它的好听程度也就可想而知了。为下文的劝女"休唱"埋下伏笔。

休唱贞元供奉曲，当时朝士已无多——贞元，是唐德宗的年号。作者于贞元九年(793)和柳宗元等三十二人同登进士第，从此登上政治舞台。事隔二十多年，作者又听到了这位旧宫人穆氏唱起了贞元年间用来供奉德宗皇帝的美妙歌声。而眼前的场景却是，自德宗朝后，已历经顺、宪、穆、敬、文宗等好几代皇帝，朝廷政局屡经变迁，当年与自己并肩作战的贞元朝士已所剩不多。诗人心潮澎湃，于是劝这位歌者：不要唱了吧。读到此处，完全可以想见作者那激动的心情，今与昔的对比，生者与逝者的对照，多么让人痛彻心扉啊。

诗人以听歌入手，以"休唱"结束，个中原因发人深省。

作者以一位旧宫人穆氏作为描写对象，写出了她当年的生活经历。这位宫人的一曲"云间第一歌",唤起了诗人的许多回忆。这样美妙的歌曲,只有在"随织女渡天河"时才学得到,侧面写出此歌的美妙动听。按照常理来推测,当人们听到如此美妙的歌曲时,总是希望歌手继续唱下去,但诗人却是让宫人"休唱"。"休唱"的原因,颇耐人寻味:美好的东西总是伴随着美好的过去,让人们在今后的日子里也会回味无穷,但当现实不再美好,当一个人的回忆只会徒增痛苦时,昔日美好的东西又会令人不堪回首。那么,对于诗人来说,美好的东西是什么呢?诗中提到"贞元朝士"。自唐以来,诗人们多以"贞元一朝"来代指中唐的中兴时代。《容斋随笔》中有《贞元朝士》一则论此,曰:"刘禹锡《听旧宫人穆氏唱歌》一诗云:'曾随织女渡天河,记得云间第一歌。休唱贞元供奉曲,当时朝士已无多。'刘在贞元任郎官、御史,后二纪方再入朝,故有是语。"宋代汪藻始用"贞元朝士"之典。其《宣州谢上表》云:"新建武之官仪,不图重见;数贞元之朝士,今已无多。"汪在宣和间为官馆职符宝郎,上表时乃在绍兴十三四年中,其用事可谓精切。(参《容斋四笔》卷十四)洪氏解释仅取刘诗中时间久远、人事变迁之意,而刘诗中的"贞元朝士"正代表了他们这一政治集团,其中充满了他对政治失意的感叹。尤其是唤起回忆中的故人已大都不在人世,物是人非,苍凉凄怆之感,一时涌上作者心头。这首诗含蓄隽永,尤其是末两句,把诗人的凄楚无奈刻画得淋漓尽致。

与歌者何戡

此诗约作于文宗大和二年(828),作者在长安任主客郎中期间。何戡,元和、长庆年间的一位著名歌手。全诗借与何戡的重逢,引发了作者对世事无常的感慨,设境幽渺,情韵悠然。

　　二十馀年别帝京,重闻天乐不胜情。
　　旧人唯有何戡在,更与殷勤唱渭城。

二十馀年别帝京,重闻天乐不胜情——帝京,指都城长安。天乐,宫中演奏的音乐。这两句诗是写:"我"离开长安到如今已经二十多年了,今天重回到这里,又听到了当年宫中演奏的音乐,感慨万千。"二十馀年"可谓片语表深情,这二十馀年的贬谪生活,其中的酸甜苦辣,多少的悲欢离合,一时间怎能一一说清。刘永济先生说:"禹锡诗多感慨,亦由其身世多故使然也。"(《唐人绝句精华》)诗人又听到了当年那熟悉的音乐,可这一晃就是二十年,一句"不胜情",包含了极其丰富深刻而又难以言表的情感内涵,的确是"往事只堪哀,对景难排"(李煜《浪淘沙》)。

旧人唯有何戡在,更与殷勤唱渭城——渭城,指当时的流行歌曲《阳关三叠》。唐代诗人王维有诗《送元二使安西》云:"渭城朝雨浥轻尘,客舍青青柳色新。劝君更尽一杯酒,西出阳关无故人。"时人将此诗谱入乐府,遂以诗中"渭城"二字名此曲。这两句诗抚今追昔,言简意丰,情溢于词。作者感慨道:"当年的老朋友们如今只剩下了何戡一人,他又为我唱起了当年送别的离人之歌《渭城曲》。"歌者何戡的一曲《渭城曲》勾起了作者的许多回忆和伤感,他感觉到了人生无常,世事难料,尤其是昔日友人零落殆尽,千愁万绪一起涌上心头,正所谓"抚今思昔,可泣可歌"(范大士《历代诗发》)也。

诗的写作时间、地点是作者大和二年回到长安,内容是听歌者何戡演唱《渭城曲》。诗的一开头就点明了时间,这时间有双重作用,既点明了此诗的写作时间,又概括了作者二十余年的贬谪生涯。"别帝京"的"别"字用得巧妙,写出了作者对长安的眷顾和依恋之情。一别多年,帝京重返,且又听到熟悉的"天乐","重"字让人读来唏嘘不已。这个"重闻"真是来之不易,一晃就是二十年。人生短暂,匆匆易逝,一个人的一生中有几个二十年呢?当个人的壮志,少年的激情都在二十年的贬谪生涯中消磨殆尽,以这样的心态再来重闻当年年少时所听到的乐曲,岂不感慨万千?后两句与诗题相应,同时也使作者的感慨更深一层。老朋友只剩下了何戡,他又为我唱起了昔日的离歌。以今天的"何戡在"衬托出"旧人"的不在,此情此景,"在"亦悲,"不在"亦悲,无限悲痛,自然会使诗人"不胜情"。联系当时的史实来看,永贞革新失败后,保守势力对革新派残酷迫害,昔日与刘禹锡一起并肩战斗的友人如柳宗元、吕温等都相继过世,旧地重游,而故友不在,我们也就更能深刻地体会到诗人的感情了。明代诗评家瞿佑曾说过:"梦得多感慨。"(《归田诗话》)而《与歌者何戡》正堪称一首感伤诗。

全诗虽只是平铺直叙,然而却是意在言外,寄寓了无限的慨叹,让人读之不禁扼腕叹息。所以明人陆时雍说:"刘禹锡一往深情,寄言无限,随物感兴,往往调笑而成。……'旧人唯有何戡在,更与殷勤唱渭城。'更有何意索得?此所以有水到渠成之说也。"(《诗镜总论》)

杏园花下酬乐天见赠

此诗作于刘禹锡于长安任集贤殿学士期间。其时刘禹锡与白居易、裴度等人经常在一起饮酒赏花,相互酬唱。这是其中的一首,表现了诗人老居闲官时的无奈苦涩心境。杏园,园名,每年三月杏花怒放时,新科进士都要在此举行著名的曲江宴,亦称杏园宴,故址在今陕西西安郊大雁塔南。刘沧有诗云:"及第新春选胜游,杏园初宴曲江头。"(《及第后游曲江》)亦描写这一胜景。

二十馀年作逐臣,归来还见曲江春。
游人莫笑白头醉,老醉花间有几人。

二十馀年作逐臣,归来还见曲江春——二十馀年,刘禹锡于永贞元年(805)被贬,到大和元年(827)奉召还京,共经历了二十三年。逐臣,指被朝廷贬谪放逐的官员,这里是诗人自谓。曲江,即曲江池,为著名游赏之地。据《剧谈录》中载:"曲江池……开元中疏凿,遂为胜境。其东有紫云楼、芙蓉苑,其南有杏园、慈恩寺。花卉环周,烟水明媚。都人游玩,盛于中和、上巳之节,采幄翠帱,匝于堤岸,鲜车健车,比肩击毂。"从这样的描述中,足见当时游览之盛。这两句是说,"我"被朝廷放逐了二十多年,回来后还能看见曲江的春天。颇有《再游玄都观》绝句中"前度刘郎今又来"的味道。

游人莫笑白头醉,老醉花间有几人——这两句是抒发感慨之语:你们这些游人不要笑我满头白发了还要喝醉酒,能够像我这样做到老醉花间的又有几人呢?人们都说酒能解忧,亦能消愁,而诗人老醉花间,内心自别有一番苦涩与无奈。

这是刘禹锡酬答白居易的一篇诗作。白居易《杏园花下赠刘郎中》写道:"怪君把酒偏惆怅,曾是贞元花下人。自别花来多少事,东风二十四回春。"从白居易诗作的字里行间,可以读到诗人对逝去年华的追忆,一反刘禹锡把酒惆怅的态度,乃以乐观的心态来面对长期的贬谪生涯。而刘禹锡的这篇诗作与白居易的相比,表现得更多的是酸楚、苦涩的感情。诗人经过多年的贬谪生活终于又被召回到京师,仍是"烈士暮年,壮心不已"。但现实往往是不能尽如人意,刘禹锡仍是被统治者闲置,一腔政治宏愿转瞬又是灰飞烟灭,审视一下自己已是年过半百,老无所成,怎能不忧,如何不愁?一日日在园中与相似境遇的友人把酒吟诗,想借酒浇愁,把世事看淡,就这样超脱了吧,然而又是谈何容易。一句"莫笑"饱含了诗人的多少无奈,一句"老醉花间有几人",又不知包含了作者多少的深意啊!当然,这其中的无奈和感慨也只有诗人一人能深深体味了。

曲江春望

此诗作于刘禹锡在长安任礼部郎中、集贤殿学士期间,时间约为大和二年(828)至大和五年(831)。曲江,即曲江池,为当时的游览胜地。作者在结束长期的贬谪生活后重返京城,满怀一腔政治热情,想有一番作为,然而却未能如愿。此诗借游曲江、望春日来反衬自己内心的郁郁不得志之情。

> 凤城烟雨歇,万象含佳气。
> 酒后人倒狂,花时天似醉。
> 三春车马客,一代繁华地。
> 何事独伤怀,少年曾得意。

凤城烟雨歇,万象含佳气——凤城,唐人多以长安为丹凤城,遂简称为凤城。万象,宇宙间的一切景象。佳气,指美好的云气,古人认为这是吉祥的象征。这两句是总写长安城美丽的春景:京城里雾气散去,雨也停歇,自然界的一切景象都好像笼上了一层吉祥之气。一场春雨把整个长安城洗刷得分外明净,万物经过春雨的滋润,也好像饱含佳气似的,一派盎然春意。

酒后人倒狂,花时天似醉——饮酒之后,整个人都变得疯狂;花开之时,天也好像喝醉了一样。这里写出了人们在明媚的春天,百花盛开的时节纵情游乐的场景。在那样的氛围中,不仅人是疯狂的,连天都醉了。一个"狂"字点出了人们恣意享受的神态。

三春车马客,一代繁华地——三春,旧历正月为孟春,二月为仲春,三月为季春,三者合称为"三春",这里泛指春季。车马客,指乘车骑马的人,这里泛指富贵者。这两句是写:三春时节,达官贵人来曲江池游览观赏,他们的车马络绎不绝,确实,这原本就是一代繁华之地。此借写游人之盛以表现曲江池景观之优美。

何事独伤怀,少年曾得意——面对如此繁华之景,是什么事情让"我"独自感到伤心呢?那是因为"我"年轻时也曾经在这里得意过。一个"曾"字点出了"伤怀"的原因,以少年时的"得意"衬托出如今政治上的不如意,所以这繁华的场景也不能感染作者,反而勾起了忧愁的心绪。"欲付心事与瑶琴,弦断有谁听",政治抱负不为当政者所知,难道不令人"伤怀"吗?这种不被人理解的苦闷,让诗人不能融入那如狂人一般的氛围中。

这是一首写景抒情诗,诗题标明"春望",句句是"春",语语是"望",写了春烟、春雨、春气、春花;望凤城、望人迹、望曲江,极尽铺陈之能事。但望的结果是什么呢?"何事独伤怀?少年曾得意"。这就是作者的回答,同时也点出了全诗的主旨。这样的美景只会增添作者痛苦的回忆。据《旧唐书·刘禹锡传》载:"转屯田员外郎,判度支盐铁案,兼崇陵使判官。"时禹锡方三十三岁,即有腾达之望,当然可谓"少年得意"。然而革新失败,开始了禹锡长达二十三年的贬谪生涯。诗人并没有在贬谪中泯灭了斗志,所以在后来的奉召还京时犹想有一番作为,但现实政局的险恶又使作者的愿望一落千丈。少有凌云之志,而又生不逢时。诗人在这种心绪笼罩下,虽说春光明媚,游人如织,但一旦回忆起当年的意气风发,想到如今的老无所成,便难免伤怀,悲愁不已了。

刘熙载在《艺概·诗概》中写道:"五言无闲字易,有馀味难。"细细品味刘禹锡的这首《曲江春望》,倒真的不仅无闲字,而且含蓄隽永,韵味无穷。

和令狐相公别牡丹

此诗作于大和三年(829),刘禹锡在长安任礼部郎中、集贤殿学士期间。令狐相公,即令狐楚(766—831),自号白云孺子,太原(今属山西)人。五岁能为辞章,二十六岁进士及第,曾任太原府从事、太常博士、礼部员外郎、翰林学士、宰相等职。令狐楚能文善诗,奉诏选编有《御览诗》,文集《漆奁集》一百三十卷,史谓"一代文宗"。楚晚年与刘禹锡有《彭阳唱和集》。相公,即谓丞相。大和三年二月,令狐楚由长安赴洛阳,离京前写了一首《别牡丹》诗,刘禹锡与令狐楚相唱和,写下此诗。这首诗虽题为"别牡丹",却毫无惜花之意,而是表现了对令狐楚调任外职的不平之情,可谓寓意深婉,感慨良深。

平章宅里一栏花,临到开时不在家。
莫道两京非远别,春明门外即天涯。

平章宅里一栏花,临到开时不在家——平章,官名,唐中叶以后,凡实际任宰相之职者,都必须要在本官外加同平章事的衔称。平章宅即指令狐宰相的家。据《酉阳杂俎》载:"楚宅在开化坊,牡丹最盛。"这两句是写宰相家里有一栏牡丹花,可是临到盛开之时主人却不在家。令狐楚于大和二年(828)被召入为户部尚书,原本有望再入中书省,不料未及半年,再次出为东都留守。所以诗中说"不在家"。东都留守虽为重臣所居,但实为闲职,所以令狐楚本人很是怏怏,而刘禹锡也为他感到不平。

莫道两京非远别,春明门外即天涯——两京,指长安和洛阳。春明门,据《唐六典》载:"京师东面三门,中曰春明。"令狐楚自长安东出赴洛阳,故有此言。这两句是写不要说洛阳离京城长安不远,一走出春明门就是天涯。唐人素以京官为重,出京一步总是自谓有沦谪之憾。所以诗人在这首送别诗中发出了这样的慨叹。

这是刘禹锡应和令狐楚的诗作。令狐楚原唱为:"十年不见小庭花,紫萼临开又别家。上马出门回首望,何时更得到天涯?"把将要赴任之所比喻为天涯,令狐楚心中的怨愤之情可见一斑。前人如宋长白在《柳亭诗话》中评论这首诗时说:"元微之《西归》诗云:'春明门外谁相待,不梦闲人梦酒卮。'刘梦得《别牡丹》诗云:'莫道两京非远别,春明门外即天涯。'元句愤,有仰天大笑之概;刘句惨,有眷怀故国之思。"确实如此,刘禹锡诗末两句尤可玩味,宋人谢枋得在分析"春明门"句时说道:"春明门即长安东城门也……大臣位尊名盛,朝承恩,暮岭海,祸福不可必。一出东城门,去君侧渐远,万一有奸邪柔佞欺负之人,造谣诽谤,荧惑上听,宠辱转移,特顷刻间,欲入朝辩明不可得矣!"(《唐诗绝句注解》)读了这样的解释,我们就不难理解诗人在写这首诗时的心境了。对于诗中所流露出来的同病相怜之感,我们也有了更深一层的体会。瞿蜕园在《刘禹锡集笺证》中说:"禹锡诗末二句盖兼有'二十三年弃置身'之感耳。"此评乃抓住了诗人创作时的切实感受。清人宋顾乐亦赞赏说:"从无意味处说出情味,又绝不从题外起意,此等诗真不厌百回读也。"(《唐人万首绝句选评》)

月夜忆乐天,兼寄微之

此诗作于大和三年(829),刘禹锡在长安任礼部郎中、集贤殿学士期间。微之,是元稹的字。其时,刘禹锡在长安,白居易(乐天)在洛阳,元稹(微之)在越州(治所在今浙江绍兴)。诗人在月夜中怀念老朋友,抒发了对友人的相思之情。

今宵帝城月,一望雪相似。
遥想洛阳城,清光正如此。

知君当此夕,亦望镜湖水。

展转相忆心,月明千万里。

今宵帝城月,一望雪相似——帝城,犹言京城长安。这两句是说,今夜京城,月色明亮,放眼望去,皎洁如雪。把月色比喻成白雪,用雪之洁来映衬月之清,写出了月色的洁净透彻。"花光人不会,月色须君醉。"(吕本中《菩萨蛮》)在这如雪的月色中,整个人也仿佛陶醉其中,给人以美的享受。

遥想洛阳城,清光正如此——清光,指月光。在这样的月夜里,"我"想起了遥远的洛阳城,那里的月光想必也和这里的一样吧!这里点出思念老友乐天,设想是否他也像自己一样在举头望月,洛阳城的月光想必同长安城的没有什么差别吧。这与张九龄的诗句"清迥江城月,流光万里同"(《秋夕望月》)有异曲同工之妙。

知君当此夕,亦望镜湖水——镜湖,是越州境内的一个湖泊。这两句是写,"我"知道您在这一夜里,也必会和"我"一样,在月下遥望着镜湖,思念着远在越州的元微之。不言自己思念元微之,而设想乐天在忆微之,曲笔写出对微之的思念,表达更含蓄。

展转相忆心,月明千万里——展转,犹言辗转,形容忧思缠绕的样子。这两句是说,我们三人这彼此思念的心情是相通的,正如这月光能照遍千万里一样。"三五夜中新月色,二千里外故人心。"(白居易《八月十五夜禁中独直对月寄元九》)月明千万里,亦相思千万里。

这是刘禹锡的一首借月怀人诗,写得韵味深浓,表现了友人之间的浓厚情谊。望月怀人是古往今来亘古不变的主题,清寒的月色总是能勾起友人间彼此互相思念的情怀。刘禹锡这首月夜咏怀诗的独到之处就在于他能够从对面着笔,写自己思念友人,同时叙写友人也在思念着对方,在浅俗直白的语言中透露出怀人的意味,正如白居易诗句所说,"眇然三处心,相去各千里"(《酬集贤刘郎中对月见寄兼怀元浙东》)。

一首好的诗歌重要的不是仅靠语句华美取胜,而要凭借浓厚深婉的情致打动读者,从而勾起读者的阅读欲望,并进一步和读者产生共鸣。刘禹锡的这首诗恰好做到了这一点,因此才会被后人传唱不歇。

叹水别白二十二

此诗作于大和三年(829),时刘禹锡在长安任礼部郎中、集贤殿学士。这是一首赠友咏物诗,借水的明洁清净特性来比喻人的品格,表现了二人像水一样"至清尽美"、"利人利物"的人生追求,以及如"流波"般绵延不绝的友情。白二十二,即白居易。他排行第二十二,故称。这首诗体式特殊,叫"一字至七字诗",属于古体诗中的一种体式,指一首诗从第一句第一个字开始,或逐句成韵,或两句成韵,每句增加一字,增至每句七字,形如宝塔,故亦称"宝塔诗"。

　　　　　　水。
　　　　　至清,尽美。
　　　　从一勺,至千里。
　　　利人利物,时行时止。
　　道性净皆然,交情淡如此。
　君游金谷堤上,我在石渠署里。
两心相忆似流波,潺湲日夜无穷已。

水。至清,尽美——水,是极其清澈,极其美好的。

从一勺,至千里——小至一勺,大至绵延千里。写水势流播,滔滔不绝之状。

利人利物,时行时止——水不仅对人有利,而且对物也是有益处的。它有时流动,有时又是静止的。这两句概括出了水的特性及作用。

道性净皆然,交情淡如此——道,指事物的规律。这两句是写水的本性是那样明净,淡淡的犹如君子之间的友情。《庄子·山木》上说"君子之交淡如水"。此处是化用此典,妙在不露痕迹,丝毫无斧凿之功。

君游金谷堤上,我在石渠署里——金谷堤,即金谷园,是西晋大官僚石崇的别墅,在洛阳。李益有《洛桥》诗咏其景:"金谷园中柳,春来似舞腰。那堪好风景,独上洛阳桥。"石渠,指图书之府,汉代未央宫中有天禄、石渠等藏书阁。这里借指刘禹锡任集贤院学士。因为二人各居一所,于是诗人只有借流水来寄托自己对友人的思念之情。

两心相忆似流波,潺湲日夜无穷已——潺湲,水流不断的样子。以流水来比喻二人之间的深厚友情,化无形为有形。这两句是说,我们两人之间彼此思念就像那流动的河水,日夜流淌而没有停止的那一天。

孔子云:水常流不息,沾溉众生,乃有德;流必向下,方长循理,乃有义;浩大不竭,乃有道;流深山而不惧,乃有勇;安放无不平,乃守法;量见多少,毋庸刮削,乃正直;无孔不入,乃明察;发源必西,乃有志;取出取入,万物以净,乃能变。水具诸德,故君子遇水必观。老子曰:"上善若水,水利万物而不争。"(《道德经·第八章》)

水有如许好处,因此以水喻人便有了更深的含义。元代黄晋卿曾有过"持涓滴以相波澜"的精到譬喻。在本诗中,诗人借水来比喻二人的品质,形象贴切,用意深婉。同时,这种宝塔形的诗体也有利于表达诗人的感情,随着每一句增加一字,诗人的情感也就更加深一层。瞿蜕园说:"唐人送别赋诗,往往分咏一物,限作一字至七字诗,于咏物中寓惜别之意。"显然,这种诗歌体式的特点,很适合于表达友人之间的离情别绪,"黯然销魂者,唯别而已矣"(江淹《别赋》)。

这首诗清新雅致,不脱流俗,语意不深,却含真情。

与歌者米嘉荣

此诗作于大和四年(830),刘禹锡在长安任礼部郎中、集贤殿学士期间。米嘉荣,是中唐时期著名的歌者,曾为朝廷供奉。此诗借一位身怀绝技的老艺人为世所轻的遭遇来讽刺当时的朝中年轻新贵排斥前辈之现象,表达了作者的不满。

唱得凉州意外声,旧人唯数米嘉荣。
近来时世轻先辈,好染髭须事后生。

唱得凉州意外声,旧人唯数米嘉荣——凉州,乐曲名。据《容斋随笔》记载:"今乐府所传大曲皆出于唐,而以州名者五,伊、凉、熙、石、渭也。……凡此诸曲,唯伊、凉最著,唐诗词称之极多。"李颀在《听安万善吹觱篥歌》中写道:"流传汉地曲转奇,凉州胡人为我吹。"意外声,指该曲子的曲调奇特,借此曲的不同寻常来衬托出米嘉荣出类拔萃的演唱技术。这两句是说,能唱出《凉州曲》这样奇特曲调的歌者现在已经所剩不多了,算来算去就只有米嘉荣了。用"旧人唯数",以正面着笔来突出米嘉荣,因为米嘉荣越是技艺高超,就越是能获得人们对他现在遭到冷落的同情。

近来时世轻先辈,好染髭须事后生——写出了当时社会上流行的一种风气:轻视老辈的人,看重年轻人。诗人不无愤慨地劝说米嘉荣道:"你还是将就点儿,将白了的胡子染黑去伺候那些年轻人吧。"劝慰之中暗含了作者的许多辛酸。

这首诗从反面落笔,更能达到刺世的效果,更能表达出诗人的愤世之情。

诗的开头就借《凉州曲》之难——"意外声"——渲染了米嘉荣技艺之高超,且能演唱这种曲调的人在当时更是少之又少。照常理说,米嘉荣的演唱技艺该是被人看重的,但当时的社会风气又是怎样呢?"近来时世轻先辈",这样的世风让有才华的老一辈人难施展手脚,且这样的世风也压制了老辈人的个性。对此,作者是极其愤怒的,但又无能为力,只好忍着一腔辛酸劝慰米嘉荣"好染髭须事后生",这正是含泪的笑,隐藏着讽刺的锋芒。这样的感慨不是空穴来风,结合当时的史实来看,刘禹锡的这首赠诗是有所指的,它所抨击的"轻先辈"之人,正是指排斥裴度和自己的李宗闵、牛僧孺。李、牛二人都是在贞元二十一年才登进士第,无论是论资历还是排年龄,二人都是裴、刘的后辈。且据《旧唐书·李德裕传》载:"裴度于宗闵有恩。度征淮西时,请宗闵为彰义观察判官,自后名位日进。"这对李宗闵的仕途是一个关键。牛僧孺曾向刘禹锡投赠过诗文,刘对牛有奖掖之举。然而大和四年(830)九月,裴度被李宗闵排挤出朝,充山南东道节度使。刘禹锡也因与当权者政见不同而遭闲置不用。如果要争取仕进,就要自己放弃个人政见,不就像身怀绝技的老艺人"染髭须"去"事后生"吗?

诗人从当时的社会现实引发了这许多悲慨,正话反说,更加深了讽刺的力度,让读者在体会到心灵震撼的同时,感受到了诗人那无以言表的愤怒和辛酸。

姑苏台

此诗作于刘禹锡任苏州刺史期间。姑苏台,在今江苏吴中西南之灵岩山上,相传是春秋时吴王阖闾所筑,夫差为西施在这里建立春宵宫,为长夜之饮。罗隐有诗云:"未会子孙因底事,解崇台榭为西施。"(《姑苏台》)然而到了唐代,此地已成为一片荒台。刘禹锡游览此处,联想到它昔日的繁华,不禁抒发了国家兴亡之感慨。

故国荒台在,前临震泽波。

绮罗随世尽,麋鹿占时多。
筑用金椎力,摧因石鼠窠。
昔年雕辇路,唯有采樵歌。

故国荒台在,前临震泽波——荒台,指的是姑苏台。震泽,即今江苏南部的太湖。这两句是说,故国荒台,依稀尚在,前临太湖,浩森烟波。但如今"波是旧时波,台非昨日台",起笔直奔主题,荒凉之感油然而生。

绮罗随世尽,麋鹿占时多——绮罗,带有花纹或图案的丝织品,这里指的是身穿绮罗的美女。麋鹿,兽名,俗称四不像,据《史记·淮南衡山列传》载:"臣闻子胥谏吴王,吴王不用,乃曰:'臣今见麋鹿游姑苏之台也。'"此用其意,说明夫差不纳忠言,终招来亡国之祸。这两句写的是:身穿绮罗的美女随着时世的推移而荡然无存,山林中的麋鹿却占有天时而不断往来其间。李白诗中有"棘生石虎殿,鹿走姑苏台"(《对酒》)这样的诗句,二者有异曲同工之妙。本诗中的"尽"与"多"相对,写出今昔盛衰之状,同时也暗讽了吴王夫差耽于淫乐,不纳忠谏之言,所以破国灭家、身死人手也是历史的必然。

筑用金椎力,摧因石鼠窠——金椎,指用金属制成的供敲打用的棒,大多一头较大或呈球形,椎,同"槌"。金椎力,指建筑姑苏台所需的人力物力。石鼠,石通"硕",即硕鼠。窠,指兽住的窝。这两句是说,当年建筑这座姑苏台不知动用了多少人力物力,如今它被摧毁了,都是由于大老鼠在其中作怪啊。写建此台的不容易,是为了引发人们对如今此台的破败不堪表示同情。

昔年雕辇路,唯有采樵歌——雕,指用彩画装饰。辇路,指帝王车驾所经之路。这两句写了现实的场景:先前华丽的辇路,如今只有樵夫在那里往来歌唱。辇路犹在,但已不见了昔日那盛大的出游场面,昨日的繁华已成为过眼云烟,当年皇室所经的路上徒留下樵夫的歌声。世事的变幻就是这般无常,直令后人嗟叹不已。

这是刘禹锡在游历过姑苏台后写成的一首感慨兴亡的怀古之作。

"三吴风景,姑苏台榭,牢落暮霭初收。夫差旧国,香径没,徒有荒丘。繁华处,悄无睹,惟闻麋鹿呦呦。"(《双声子》)柳永在词中已经把荒台旧国的残破场景表现得淋漓尽致。与之类似,诗人在诗作开篇点题,写过去繁华的姑苏台如今已成为一座荒台,为全诗定下了荒凉凄冷的伤今基调。中间两句采用今、昔对比,用昔日的"绮罗"、"金椎力"与如今的"麋鹿多"、"石鼠窠"形成鲜明的对照,从中透视出逸豫足以亡身的历史道理。其中的"石鼠窠"一词可谓一语双关,一方面指出姑苏台的摧毁是由于其中有很多的老鼠窝,同时也兼用《诗经·魏风·硕鼠》之典,指出国家的衰败是由于那些贪官污吏在干着祸国殃民的勾当。这样的讽刺,犀利且不露痕迹。末句是诗人的慨叹之语:国已不国,台成荒台,昔日的辇路也早已废弃,这样的历史事实难道不该成为当今统治者极好的借鉴对象吗?面对日益衰颓的国势、朝政的腐败、君主的昏聩,心系时政的诗人在游历荒芜的姑苏台后发出这样的慨叹是不足为奇的。

全诗采用对比手法组织篇章结构,阐发历史道理形象生动,是一首发人深省的怀古之作。

八月十五夜玩月

此诗作于刘禹锡任苏州刺史期间,记述了自己在中秋节晚上赏月的情景。诗中吟咏中秋月色,却终篇不见"中秋"二字,全从侧面着笔,而中秋明月之清光万里的然可见,确为一篇吟咏月色的佳作。诗题中的"玩月"犹言赏月。

> 天将今夜月,一遍洗寰瀛。
> 暑退九霄净,秋澄万景清。
> 星辰让光彩,风露发晶英。
> 能变人间世,翛然是玉京。

天将今夜月,一遍洗寰瀛——寰瀛,即寰海,指整个天下,全世界。这两句是总写月光之清,朗照天地:今晚的月光清澈无比,把整个天下洗刷了一遍。用一个"洗"字突出了今夜月亮的清、亮之特点,洗刷后的天地也变得异常净爽。

暑退九霄净,秋澄万景清——九霄,指高空。这两句是具体描写秋夜的景象:暑气散去,整个天空显得分外明净;秋夜清朗,天地间的一切景物被映衬得格外澄鲜。"净"和"清"鲜明地概括出秋天这个季节的特点,也呼应了诗题中"八月十五"这个特定的时间。

星辰让光彩,风露发晶英——晶英,谓光辉明亮。这两句是写月光之明亮:星辰的光彩也因此而退让,月光投射在露珠上,反射出晶莹的亮光。借星辰和风露曲笔写出月光之朗照,言在此而意在彼,委婉含蓄。

能变人间世,翛然是玉京——翛(xiāo)然,指自由自在,无拘无束。玉京,道家说元始天尊在天中心之上,名玉京山,这里泛指仙都。李白写道:"遥见仙人彩云里,手把芙蓉朝玉京。"(《庐山谣寄卢侍御虚舟》)诗人望着这明亮的圆月不禁发出感叹:今夜这明月能够使人间世界焕然一新,自由自在的就好像成了天上的神仙宫殿一般。诗人将眼前的现实和主观想象相结合,更突出了这月色的美好,正是这撩人的月色才引发了诗人的无限诗情和联想。

前人吟咏明月的诗作已有不少,要想写得别出心裁,给人耳目一新的感受绝非易事。写月色而涉及的相关题材简直是太多了。如借秋月写离情:"万里清光不可思,添愁足恨绕天涯。"(白居易《秋月》)更多的是借明月写思乡:"举头望明月,低头思故乡"(李白《静夜思》);"月是故乡明,露从今夜白"(杜甫《月夜忆舍弟》)。又有借明月怀人之作,如:"三五夜中新月色,二千里外故人心。"(白居易《八月十五夜禁中独直对月寄元九》)刘禹锡的这首诗亦能自出机杼,紧紧抓住秋景和月夜这两个特点,写中秋之月,却不点出"中秋"一词,写月光之清寒,也不是从正面铺叙,而是从侧面烘托,借星辰、风露反衬出今夜月是"照耀超诸夜,光芒掩众星"(无可《中秋月》)。元代诗评家方回称赞这首诗是"绝妙无敌"(《瀛奎律髓》),即是从这首诗的立意、造语等角度来评价的。清人查慎行也高度评价此诗:"与少陵别是一调,亦见精彩。"

杨柳枝词(九首选二)

其 一

组诗作于刘禹锡在任苏州刺史时期。《杨柳枝词》又称《杨柳枝》,是乐府"近代曲辞",旧名《折杨柳》或《折柳枝》。《折杨柳》原本是乐府旧曲,汉魏六朝时配有不少歌词,用五言古体来抒写,宋代郭茂倩《乐府诗集》将唐人此作编为"近代曲辞",说明它们已经是隋唐时代的新曲调。在唐人的歌唱中,白居易、刘禹锡、李商隐、温庭筠、薛能等文人创作《杨柳枝词》,都是七言绝句的形式。其内容仍是咏杨柳或与杨柳相关的事物,形式上却已是改旧翻新了。刘禹锡这组富有民歌风味的《杨柳枝词》是与白居易的唱和之作,共九首。这是其中的第一首,可以说是这一组诗的序曲。

塞北梅花羌笛吹,淮南桂树小山词。
请君莫奏前朝曲,听唱新翻杨柳枝。

塞北梅花羌笛吹,淮南桂树小山词——梅花,乐曲名,指汉乐府旧曲《梅花落》,它是用羌笛演奏的,起源于塞北少数民族,其曲调流行后世。淮南桂树小山词,指的是《招隐士》。相传西汉淮南王刘安的门客小山曾作《招隐士》来哀悼屈原,其云:"桂树丛生兮山之幽,偃蹇连蜷兮枝相缭。"情辞婉转动人,为后代文人所喜爱。唐诗中多有咏及桂树的佳句:"请问山中桂,王孙几度游"(韩翃《送寿州陈录事》);"明朝南岸去,言折桂枝花"(刘方平《秋夜思》)。刘禹锡诗乃以桂树来指代《招隐士》。这两句是写,源于塞北的用笛子吹奏的《梅花落》与淮南小山的歌辞《招隐士》都是汉乐府中的旧曲,到如今仍为人们传唱不歇。

请君莫奏前朝曲,听唱新翻杨柳枝——这两句紧承上文而下,写道:"请你们不要再演奏《梅花落》《招隐士》这样的前朝旧曲了,还是来听我唱一曲改旧翻新的《杨柳枝词》吧。"诗人的大胆创新精神溢于言表。确实是这样,时代变了,那些老调子也不应该再唱了,应该多唱一些反映当代人们思想感情的篇章,应该做到随时代的发展而变革。

此为和白居易之作。白氏原唱为:"六幺水调家家唱,白雪梅花处处吹。古歌旧曲君休听,听取新翻杨柳枝。"作为唱和之作,用韵取意等方面的共同之处往往很多,但相较起来,梦得和诗比乐天原唱更为精警,亦更多感发人的力量。

首两句以汉乐府旧曲为例,为下文的"新翻杨柳枝"作铺垫。诗句中以"桂树"对"梅花",对仗可谓工整。二者皆花木类,于此可见刘禹锡作诗看似不经意,却处处见用心。所以宋人胡仔认为,"刘梦得诗典则既高,滋味亦厚","正若巧匠矜能,不见少拙"(《苕溪渔隐丛话》后集)。

后两句更是历来被人们所称道。"请君莫奏"句纯以口语入诗,直白而通俗,既是诗人对自己提出的创作上的要求规范,也起到了启发读者的作用,因而赢得更多读者的喜爱。更由于这两句诗鲜明地表现了诗人在文学创作上的革新精神,使那些致力于推陈出新的人们也都可以借用这一诗句来抒发一己之怀抱,所以说是含蓄深厚、饶富启发意义。

好诗往往是在不断创新的过程中产生的。刘禹锡总是用创新的成果,验证着自己文学创作的新理念。

其 六

这是刘禹锡《杨柳枝词》中的第六首,抒发了诗人在游历了隋宫之后产生的黍离麦秀之悲。诗人在感叹：繁华美景不再，徒留一片空城！

> 炀帝行宫汴水滨，数株残柳不胜春。
> 晚来风起花如雪，飞入宫墙不见人。

炀帝行宫汴水滨，数株残柳不胜春——行宫，供帝王出京后居住之用而建筑的宫殿。汴水，又名汴河，隋炀帝修建运河，从开封以东，引汴水达淮河，名叫通济渠，又叫御河，沿河遍种杨柳，设行宫四十馀所。这两句写出了隋宫的荒凉破败：隋炀帝的行宫在汴水的边上，几株弱不禁风的柳树配不上这明媚的春色。"残柳"二字，一本作杨柳，虽只一字之差，而境界迥异。黄生在《唐诗摘抄》中评道："'不胜春'三字，正为'残柳'写照，若作'杨柳'，则三字落空矣。"因为是残柳，在春风的吹拂下才更显得袅娜无力，才会给诗人带来"不胜春"的感觉，这"不胜春"三字其实正是诗人自己的感情通过美学上的移情作用，贯注在了残柳身上。通过残柳，我们仿佛体会到了诗人的一腔愁绪。

晚来风起花如雪，飞入宫墙不见人——这两句诗，笔锋一转，视角转向那漫天飞舞的杨花柳絮：傍晚时分起风了，吹得那杨花柳絮像雪一样纷纷扬扬，飘洒了一地，还有一些被风吹进了隋宫的宫墙，但里面却是荒无人烟。这宛如白雪般的杨花被风吹起，境界是朦胧的，也是令人伤感的。李益在《汴河曲》中也有类似的情感流露："行人莫上长堤望，风起杨花愁杀人。"此外还有"杨花愁杀渡江人"（郑谷《淮上别故人》）等类似的诗句。这说明了古人作诗往往将个人的主观情感附着于客观事物之上，诗作中写到的杨花，它已成了诗人们表情达意的载体，更加深婉，更加含蓄。

此诗借隋宫的破败不堪以及周围景象的荒凉，抒发了刘禹锡深沉的感慨和他对历史的沉思。诗的开头直接交代了地点，把读者的思绪一下子就带到了遥远的古代。诗人不具体正面描写隋宫残破到何种程度，而是借数株"不胜春"的残柳从侧面渲染了这里的衰败景象。后两句尤为高妙，诗人让想象的翅膀同杨花一起飞过那宫墙，意图看个究竟，但看到的结果是什么呢？结果是"不见人"，一片荒凉，一片寂寥。黄生在《唐诗摘抄》中说："只'不见人'三字，写故宫黍离之悲，何用多言！"此论切中肯綮。

整首诗全从细节处着笔，极力刻画隋宫的残破，字里行间也寓有对隋炀帝逸乐生活的批判，同时又能借用想象，使诗境含蓄蕴藉，意味深长。

乐天见示伤微之、敦诗、晦叔三君子，皆有深分，因成是诗以寄

【题解】

此诗作于大和七年(833)，时刘禹锡任苏州刺史。元稹(微之)卒于大和五年(831)七月，崔群(敦诗)卒于六年(832)八月，崔玄亮(晦叔)卒于七年(833)七月。这三人既是白居易的好友，同时也是刘禹锡的好友，"皆有深分"，即都有着很深厚的情分。三人相继去世后，白居易写了两首表示哀婉的绝句寄赠给刘禹锡，禹锡读后很有同感，便写下此诗作为应答。

> 吟君叹逝双绝句，使我伤怀奏短歌。
> 世上空惊故人少，集中惟觉祭文多。
> 芳林新叶催陈叶，流水前波让后波。
> 万古到今同此恨，闻琴泪尽欲如何。

【新解】

吟君叹逝双绝句，使我伤怀奏短歌——君，指白居易。双绝句，指白居易悼念故友的两首五言绝句，即《微之、敦诗、晦叔相次长逝，岿然自伤，因成二绝》。伤怀，心中哀痛。短歌，指本诗。这两句交代了诗人写这首诗的缘由：吟诵起您哀悼已故友人的两首绝句，使"我"心中无限哀伤，于是成为"我"写作这首短诗的来由。古人云"诗缘情"，正是现实生活中的某些事件拨动了诗人的心弦，诗人才会"伤怀"，从而"奏短歌"。

世上空惊故人少，集中惟觉祭文多——空，徒然。集，文集。这两句写出了诗人的真实感受，是沉痛而又悲切的：蓦然回首，惊叹老友越来越少，不忍正视，文集中的祭文却是越来越多。"空惊"传达出对友人逝世的突然感觉，心理上没有准备，情感上难以接受，而"惟觉"二字则强调了这种感觉的突兀和强烈。"祭文多"正进一步印证说明了"故人少"，也应和了白居易的诗句"泉下故人多"。

芳林新叶催陈叶，流水前波让后波——芳林，长满花草的树木。陈叶，指枯叶。虽然说老朋友们都一个个地先自己而逝去，原本是件让人伤怀的事情，但诗人并没有一味地沉浸在悲痛之中，而是理智地看到，这原本就是自然规律：芳林中，新叶层出不穷，旧叶纷纷落去，河水里，前波日夜奔流，后波迎头赶上。正所谓"沉舟侧畔千帆过，病树前头万木春"(《酬乐天扬州初逢席上见赠》)，二者均为神来

之笔。诗人劝慰开导说,不要因为好友的过世而过于伤感,也不要因为自己年老体衰而颓唐消沉。

万古到今同此恨,闻琴泪尽欲如何——闻琴泪尽,听到琴声而流尽了眼泪,这里用来指怀念逝去的老朋友。据南朝宋刘义庆《世说新语·伤逝》记载:"王子猷、子敬俱病笃,而子敬先亡。子敬素好琴,(子猷)便径入坐灵床上,取子敬琴弹。弦既不调,掷地云:'子敬子敬,人琴俱亡!'恸绝良久,月馀亦卒。"这也成为了睹物思人,痛悼亡友的典故。这两句是写从古到今,人人都有悼念亡友这样的憾事,但是闻琴怀旧,你即使是流尽了眼泪又有什么用处呢?这句同时也是对白居易的"秋风满衫泪"的应和。

哀悼诗是为了怀念逝去的人而写成的诗歌,一般都写得凄凉哀婉,表现出沉痛的思想感情。如西晋时的潘岳,他擅长写"哀诔之文",其《悼亡诗》写得悲切哀怨,诗中说,"望庐思其人,入室想所历。……怅恍如或存,回惶忡惊惕。……寝息何时忘,沉忧日盈积"。把哀悼亡妻的那种真挚情感表现得淋漓尽致,让人读了也不禁洒一掬同情之泪。刘禹锡的这首哀悼诗则"思出常格",跳出个人感伤的小圈子,在看待生死问题上,写出了"芳林新叶催陈叶,流水前波让后波"这样寓意深刻而又襟怀开朗的诗句,闪烁着作为一名唯物主义哲学家的思想智慧的光芒。此诗写得哀伤但不消沉,关键在于诗人能从伤感中奋起,揭示出新陈代谢的自然规律,使诗中的伤感情调为之一变,同时也让读者看到了诗人那虽鬓发萧然而精华不衰的轩昂姿态。

始闻秋风

此诗作于开成元年(836)后,时为太子宾客、分司东都。刘禹锡自此年始患足疾,以后一直是疾病缠身。此诗因秋风而起意,但一反历代文人的"悲秋"传统,而有感于秋风的激励,振奋起前进的壮心,是一首具有独特美学观点和富有艺术创新精神的诗歌。

昔看黄菊与君别,今听玄蝉我却回。
五夜飕飗枕前觉,一年颜状镜中来。
马思边草拳毛动,雕眄青云睡眼开。

天地肃清堪四望，为君扶病上高台。

昔看黄菊与君别，今听玄蝉我却回——黄菊、玄蝉，据《礼记·月令》上记载，菊黄在季秋，即九月，是秋去冬来之际；蝉鸣当在孟秋，即七月，是暑尽秋来之时。用这两个有特征的事物来代表秋风去而复来的时令。李商隐写道："玄蝉去尽叶黄落，一树冬青人未归。"(《访隐者不遇成二绝》)梦得诗采用拟人手法，创造出一个颇具有人情味的意境。把秋风比作诗人的老朋友，它似乎在向诗人倾诉："去年与你共赏黄菊的时候，我离开了，如今一听到寒蝉的鸣叫，我又回到了你的身边。"赋予秋风人的语言和动作，顿使诗境新鲜，产生浓郁的情味。

五夜飕飗枕前觉，一年颜状镜中来——飕飗，象声词，指风声。此两句笔触转向诗人自己。诗人说："五更时分，我能感觉到你在我的枕边呼啸而过，一年不见，你还是那样劲健肃爽；早上起来揽镜自照，却发现自己已是容颜衰老，憔悴不堪了。"诗人与秋风一段深情的对话，令我们唏嘘不已。

马思边草拳毛动，雕眄青云睡眼开——拳毛，指卷曲的毛。然而诗人并未因"一年颜状"的憔悴而就此消沉，而是笔锋一转，精神顿作。骏马念边塞秋草而抖动拳毛，准备驰骋万里；鸷雕望万里青云而睁开睡眼，意图搏击长空。正是这飒爽的秋风使它们心动，也正是这劲健的秋风使它们奋起，同样，这秋风也唤起了诗人的激情。

天地肃清堪四望，为君扶病上高台——君，这里指秋风。这两句是写：秋高气爽，正是望远的好时节，今天为了你的到来，"我"就是抱着这衰病之躯，也要登上高台。"为君"二字照应开头，"扶病"二字紧扣第四句，说明了一年颜状变化的原因。整首诗紧凑而有章法，脉络清晰。

此诗的写作时间是秋天，内容编排上饶有情致，设计了诗人与秋风的一段深情对话，整首诗的基调是昂扬向上的。

诗的开头两句借"黄菊"与"玄蝉"点出节令，这样写避免了因直接陈述而造成的平淡无味，使对象更加可感，情致也更加深浓。继而又把笔触转向了自己，慨叹自己一年来"颜状"的憔悴，颇有点秋风依旧人非旧的味道。此情此景，让人伤怀。或以为刘禹锡又该唱起悲秋的老调了，但出人意料的是，诗人笔锋一转，描写那思念边塞的骏马，描写那顾望青云的鸷雕。这骏马、鸷雕何尝不是诗人自身形象的真实写照呢？这两个形象的安排也从侧面渲染了秋风的魅力，正是这飒爽的秋风激发了诗人的豪情。诗人不禁发出感慨："在这大好时节，我要为你抱病登上

高台。"豪情不减,壮心犹在。沈德潜赞叹道:"下半首英气勃发,少陵操管,不过如此。"(《唐诗别裁》)

诗在高昂的气氛中结束,留给后人许多感慨。纪昀感叹道:"后半顾盼非常,极为雄阔。"(《瀛奎律髓汇评》)的确,此诗表现了跌宕雄健和积极向上的美学风格,成为激励后代人不断前进的一首励志诗。

和乐天春词,依忆江南曲拍为句

此诗作于开成三年(838),刘禹锡在洛阳任太子宾客,分司东都期间。乐天春词,指的是白居易《忆江南》中的第一首,词云:"江南好,风景旧曾谙。日出江花红胜火,春来江水绿如蓝。能不忆江南?"依《忆江南》曲拍为句,意思是按照《忆江南》的词牌填词。白居易原作《忆江南》三首注云:"此曲亦名《谢秋娘》,每首五句。禹锡亦有和词。"瞿蜕园说:"白、刘创为此曲,遂为小令滥觞。"刘、白所作,内容上有区别,白居易的原唱是对春天的到来大加赞美,刘禹锡的和作则表现了对春天即将离去而产生的无限依恋之情。

春去也,多谢洛城人。
弱柳从风疑举袂,丛兰裛露似沾巾。
独坐亦含颦。

春去也,多谢洛城人——谢,辞别。洛城,即指洛阳城。诗中把春天比喻成一位柔情似水的女子,那般妩媚,那样温柔:春天就要离去了,她深情地告别洛城之人。同样是写"春去"之景,隋炀帝这样写道:"洛阳春稍晚,四望满青晖。"(《晚春》)刘禹锡的这一句"多谢洛城人",则显得更加灵动,更加生鲜。"谢"字可以作双向理解,既是春天向洛城人辞别,又是洛城人与春天分别,表达出了人们对于春天依依惜别的深情。

弱柳从风疑举袂,丛兰裛露似沾巾——举袂,挥动衣袖。裛,沾湿,润泽。这两句是写景:那柔柔的柳条随风摆动,像是在依依挥手,舍不得分离;那一丛丛带露的兰花又像是被泪水打湿的衣巾。"柳"与"留"谐音,意留也,挽留。那迎风举袂的杨柳是在向春天诉说着离情吗?那带露的兰花像被打湿的衣巾,是因为离别而流下的伤心的泪水吗?

独坐亦含颦——颦,皱眉。这句是从诗人的角度着眼:"我"独自一人静坐,也是满面愁云,"春归何处? 寂寞无行路"(黄庭坚《清平乐》)。"独坐"已是孤单,眼前又是这春去之景,诗人如何不"含颦"呢?

刘禹锡的这首和作充分抒发了诗人对"春去"的无比依恋之情。

前人也有描写"春去"的诗作,如"杨叶行将暗,桃花落未稀"(隋炀帝《晚春》),写出了春尽时自然界中景物的变化;又如"独在南楼最惆怅,柳塘飞絮更纷纷"(罗邺《惜春》),写出了对春天将逝的惋惜之情。这些诗作无论是从客观角度,还是从主观立场出发,对"春去"之景都是进行直白的描摹。刘禹锡此诗的高妙之处就在于他采用拟人手法,在景物描写中寄寓了人的情感,让人的情绪去感染身边的景物,使其带上浓厚的个人色彩。诗人不愿意告别这"密添宫柳翠,暗泄路桃红"(杨衡《咏春色》)的明媚春色,于是在他的眼中,弱柳似在举袂,丛兰也似泣泪。真是"以我观物,故物皆着我之色彩"(王国维《人间词话》)。

近人况周颐认为,此篇小词"下开北宋子野、少游一派。唯其出自唐音,故能流而不靡"(《蕙风词话》)。这一结论,当是就这首小词清新流畅、含意隽永、婉约动人的特点而得出的。

酬乐天咏老见示

此诗约作于会昌元年(841),刘禹锡在洛阳任礼部尚书兼太子宾客时期。其时,禹锡正值高龄,又受到足疾的困扰。当他收到老友白居易的《咏老赠梦得》后,便写下此诗作为酬答。在诗中,刘禹锡笑谈病痛,语言诙谐风趣,表现出旷达乐观的人生态度。宋人刘克庄在他的《后村诗话》中写道:"公《答乐天》云'莫道桑榆晚,为霞尚满天',亦足见其精华老而不竭。"

人谁不顾老,老去有谁怜。
身瘦带频减,发稀帽自偏。
废书缘惜眼,多灸为随年。
经事还谙事,阅人如阅川。
细思皆幸矣,下此便翛然。
莫道桑榆晚,为霞尚满天。

人谁不顾老，老去有谁怜——人们有谁不顾念年老，但老了又有谁怜惜呢？本诗以反问语气入手，这是对老友白居易的劝慰："老朋友啊，任何人都是会老的，又何必指望得到别人的怜惜呢？"同时，这也是对自己的一份开解，可谓语淡情深。

身瘦带频减，发稀帽自偏——由于自己身体逐渐瘦弱，腰带的尺寸也在不断地减少；头发稀疏了，帽子也就自然偏斜。诗人纯用白描的语言，寥寥数笔就为我们刻画出一位羸弱的老者形象。但这样的刻画并没有给我们留下悲老的感觉，从行文中我们似乎读到了一丝调侃的味道，"带频减"中的"频"字，"帽自偏"中的"偏"字，几许诙谐，几许无奈，已尽在其中了。

废书缘惜眼，多灸为随年——废，舍弃，这里指不再看书。缘，因为。灸，指艾灸，这是中医的一种治疗方法，用燃烧的艾绒熏烤一定的穴位。这两句是写：我不再看书是为了爱惜眼睛，经常用艾灸疗法是因为岁数渐大，身体上需要。直白的描写带给人真实的感受，诗人在这里是现身说法，是在说一个年老的事实，是在告诉老友白居易对于年老所应该采取的应对之举。

经事还谙事，阅人如阅川——谙，熟悉。阅人如阅川，语出陆机的《叹逝赋》："川阅水以成川，水滔滔而日废；世阅人而为世，人冉冉而行暮。"这两句是写：经历的事情多了，才能更加明白其中蕴含的道理；阅历人生就像积水成川一样，没有穷尽。在这两句中，作者笔锋一转，不再谈由于年老给自己生活带来的种种不便，而是细细分析年纪大了也有它的好处。俗话说得好，"家有一老，如有一宝"。人们随着年龄的增长，人生经验也随之增加，看事情想问题的角度也会比年轻人全面得多。与这些相比，"废书"和"多灸"又算得了什么呢？

细思皆幸矣，下此便翛然——翛然，形容无拘无束、自由自在的样子。这两句是写，细细想来，这些还真是对"我"的一种幸运，于是啊，"我"的心情也就畅快多了。这两句诗表现了诗人胸怀的旷达，任何事情都是这样，关键的问题是个人如何去看待它。每个人都逃脱不了年老的命运，对于年老，不妨多想想它的好处，也就会自得其乐，放下包袱，无牵无挂了。

莫道桑榆晚，为霞尚满天——桑榆，二星名，在西方。语出《汉书·冯异传》："始虽垂翅回溪，终能奋翼黾池，可谓失之东隅，收之桑榆。"东隅，日出之处。桑榆，日落之处。因以桑榆喻日暮，后常用此来比喻人到晚年。此两句意谓：不要说太阳偏西，快要落山，你看那满天的彩霞，仍能映红整个天际。这是多么振奋、多么鼓舞人心的诗句，从中所读到的全是自信。这是自强不息的人写出的篇章，是一首斗士之歌。

此诗作为应答诗,既是对老友白居易的劝勉,也是自己"老当益壮"情感的真实流露。文中"带频减"、"帽自偏"两句,仿佛含泪的微笑,几许心酸,几许无奈,但诗人本身表现出来的却是"时事催人老,犹有壮心在"的冲天豪情。诗人作诗常反其意行之,他否定了老而无用的观点,用"经事还谙事,阅人如阅川"这样精辟的语言来阐明人生经验是一笔多么可宝贵的财富。从行文中,我们看不到人生年老的失意,听不到岁将暮矣的哀叹,所感受到的只是奋进,只是生生不息。明人胡震亨说:"刘禹锡播迁一生,晚年洛下闲废,与绿野(裴度),香山(白居易)诸公优游诗酒间,而精华不衰,一时以'诗豪'见推。公亦自有句云:'莫道桑榆晚,为霞尚满天。'盖道其实也。"(《唐音癸签》)

和乐天春词

此诗题点明这是一首和白居易的诗作,是一首闺怨诗,诗中虽未提及怨,却句句是愁,语语是怨。内容写的是一位宫中的女子春愁黯黯,无法排遣,在明媚的春光中,想寻找春的乐趣,却更加感到春愁无限的故事。笔法奇特,构思精巧,用写景来衬人,取得意想不到的艺术效果。

新妆宜面下朱楼,深锁春光一院愁。
行到中庭数花朵,蜻蜓飞上玉搔头。

新妆宜面下朱楼,深锁春光一院愁——朱楼,红楼,形容女孩子的闺楼。这两句是写:一位宫中女子,梳妆一新,从自己的绣楼上下来,本想趁着这明媚春光尽兴赏玩一番,不料看到庭院深深,院门紧锁,不由得满目生愁。写出了女子对这春光的感受。大好的时光本该是和君王一同观赏、一起游玩,如今只有自己孤身一人,面对此情此景,只会引起春愁无限。

行到中庭数花朵,蜻蜓飞上玉搔头——玉搔头,是古代女子的头饰,即玉簪。有了这许多春愁,哪里还有心情欣赏这无边的春色。为了打发这无聊时光,这位女子走到院中间"数花朵"来遣散愁闷,数着数着,又痴痴发了呆,连蜻蜓飞上了玉搔头也浑然不知。从侧面落笔,借"蜻蜓"句写足了女子沉浸在愁苦中凝神伫立的情态。人愁花亦愁,所以才有"一院愁"!

本诗点明是一首和诗,那不妨先来看一看白居易的《春词》:"低花树映小妆楼,春入眉心两点愁。愁倚栏杆背鹦鹉,思量何事不回头?"白诗写了一位眉目含愁的女子,结句委以"思量何事不回头"的问句收束全篇,意味深长。而刘禹锡同样是写闺中女子之愁,却写得更为婉约深曲,新颖别致。

　　诗的开头点明了节令、人物和地点。女主人公望着这眼前的柳绿花红,不禁感到"良辰美景奈何天,赏心乐事谁家院"(《牡丹亭》),于是下了朱楼。下来之后,确是一派柳绿花红,春意融融,但"寂寂花开闭院门",春光美好,无人相伴,更衬托出自己的孤单寂寞。这样的结果真是让人愁上加愁。这痛苦的心情也使她再也无心赏玩,只好借数花朵缓解愁苦心情,不料那不知趣的蜻蜓也来凑热闹,飞上了女孩子的玉搔头。这一方面暗示了女孩子如花的美貌,以至于使蜻蜓错把美人当花朵;一方面更加深了闺愁的成分,自己"如花美眷",却寂寞深锁,无人赏识,怎不让人烦恼,怎不让人忧愁。人花相映,只有那蜻蜓飞来作伴,真是倍显凄清冷落。这样的结束是让人出乎意料的。白居易的结语已然是意味深长,刘禹锡的"蜻蜓"句更是含蓄隽永。它洗炼而巧妙地描绘出这位女孩子在"春光满院"之中冷寂孤凄的境遇,真可谓神来之笔,令后人称道不已。

　　全诗写得层叠曲折,婉曲而又新颖。刻画宫女形象,妩媚动人且丰韵多姿;营造具体环境,孤凄幽怨,委婉中含有真情,不失为一首佳作。

岁夜咏怀

　　此诗作于开成三年(838),时禹锡六十七岁,仍在太子宾客任上,分司东都。除夕之夜,诗人闲来无事,转念其平生郁郁不得志,而一任岁月蹉跎,一时间内心的悲愤难以自抑,故作诗排遣之。

　　　　弥年不得意,新岁又如何。
　　　　念昔同游者,而今有几多。
　　　　以闲为自在,将寿补蹉跎。
　　　　春色无情故,幽居亦见过。

　　弥年不得意,新岁又如何——弥年,终年,经年。杜甫有诗云:"从此具扁舟,弥年逐清景。"(《陂西南台》)这两句是诗人年老之际恰逢新年,抒发的无可奈何之感:终年累月我都不顺心,这新的一年来临又会怎么样呢?新年来临原本是件让人高兴的事,但常年的不得志压抑在诗人心中,再加上多年的足疾困扰,真是无法让人感到丝毫的喜悦。一个"又"字,把诗人的牢骚之情表现得淋漓尽致。

念昔同游者,而今有几多——追念起过去和"我"一起交游的老朋友,如今活着的还有几个人呢?卢贞有诗云:"贞元朝士尽,新岁一悲凉。"(《和刘梦得岁夜咏怀》)二者语意相合。"有几多",一句不用回答的问句,流露出诗人抚今追昔的辛酸和感慨。

以闲为自在,将寿补蹉跎——蹉跎,指时间白白地耽误过去。此两句是诗人闲居生活的真实写照:闲居生活是安闲舒适的,"我"的长寿是对"我"一生虚度的最好补偿。一个"补"字表现出诗人参透世事的旷达之情,然而在其背后却深藏着无法言提的酸楚。

春色无情故,幽居亦见过——无情故,指不问人情世故。幽居,即隐居,此处指闲居。过,访问。《史记·魏公子列传》:"臣有客在市屠中,愿枉车骑过之。"这两句是写,只有那一帘春色没有那么多的人情世故,在我闲居之时还会来看望我。"春色句"表现了诗人那善于调侃、戏谑的品质到老也没有改变。

【评析】

诗人少年得志,"以文翰走天下"(卢贞《和刘梦得岁夜咏怀》),却横遭贬谪,半生漂泊,辗转于巴山楚水间。不知不觉已是"暗减一身力,潜添满鬓丝"(牛僧孺《乐天、梦得有岁夜诗聊以奉和》)。老来闲居东都,终日与友人"优游诗酒间"(胡震亨《唐音癸签》)。虽然也有友人不时劝慰他"名早缘才大,官迟为寿长"(《和刘梦得岁夜咏怀》),但诗人自己仍然会时常流露出壮志未酬的感慨。这种"有志不获骋"的苦楚和酸痛压抑在诗人胸中,于是诗人在又一个除旧迎新之际写下了这首吟咏怀抱的诗篇。

诗作开篇连用两个反问句:"又如何","有几多",给全诗定下了一个悲愤的基调,看似扪心自问的不经意之语,却饱含了诗人流落半生的辛酸。但可贵的是诗人并未一味沉浸在伤感中,以"以闲为自在"一语骤然奋起,显出超脱与旷达,是诗人真性情的展现。故全诗既有感怀身世之愁苦,又有自抒胸襟之放达。无怪乎明代诗评家钟惺论道:"一篇只如一句,此谓渊咏。"(《唐诗归》卷二八)

◎文

砥石赋并序

题解

本文作于刘禹锡任朗州司马期间。文章谓宝刀因受湿气的侵蚀而生锈,后经砥石的磨砺,使生锈的宝刀重新变得锋利。原有题注:"时在朗州。"砥石,磨刀石。

南方气泄而雨淫[1],地愿而伤物[2]。煴神噫湿[3],渝色坏味[4],虽金之坚[5],亦失恒性[6]。始余有佩刀甚良[7],至是涩不可拔[8],剖其室乃出[9]。溯阳眇视[10],傅刃蒙脊,鳞然如痏痂[11],如黑子[12],如青蝇之恶[13]。锐气中铟[14],犹人被病然[15]。客有闻焉,裹密石以遗予[16]。沃之草腴[17],杂以鸟膏[18],切劘下上[19],真质焯见[20]。踌躇四顾[21],迺尔谢客:"微子之贻,几丧吾宝[22]。"客曰:"吾闻诸梅福曰:'爵禄者,天下之砥石也[23]。高皇帝所以砺世磨钝[24]。'有是耶!"余退感其言,作《砥石赋》。

我有利金兮[25],以利为佩。遭土卑而愿作兮[26],雄碏为之潜晦[27]。如景昏而蚀既兮[28],与肌漆而为疠[29]。顾秋蓬之不可刺兮[30],尚可游乎髋髀之外[31]。利物蒙蔽,材人惆怅。俾百汰之至精[32],蟠一检而多恙[33]。岂害气之独然兮,将久不试而然!彼屠者之刃兮,猎者之铤[34]。不灌不淬兮[35],揉错衔铅[36]。日鼓月挥兮[37],刲腴击鲜[38]。睨镤镤以耀芒[39],翕浮夷而腾膻[40]。岂不涉暑而蒙沴兮[41],鼎用之而成妍[42]。

有客自东,遗余越砥。圭形石质[43],苍色腻理[44]。划其鳞皴[45],滑以潞澌[46]。如衣浣垢,如鼎出否[47]。雾尽披天,萍开见水。拭寒焰以破眦[48],击清音而振耳。故态复还,宝心再起[49]。既赋形而终用,一蒙垢焉何耻?感利钝之有时兮[50],寄雄心于瞪视[51]。

嗟乎!石以砥焉,化钝为利;法以砥焉,化愚为智。武王得之[52],商俗以厚[53]。高帝得之[54],杰才以凑[55]。得既有自[56],失岂无因?汉氏以还,三光景分[57]。随道阔狭,用之得人。五百余年,唐风始振。悬此天砥,以磋兆民[58]。播生在天[59],成器在君[60]。天为物天,君为人天。安有执砺世之具而患乎无贤欤[61]！

[1]泄：散也。 淫：时间长。
[2]愿：阴气。
[3]媪神：指地神。 噫：嘘气，吐气。
[4]渝：变也。
[5]金：金属之器。
[6]恒性：指常性，固有的本性。
[7]良：好，锋利。
[8]至是：到现在。
[9]室：指刀鞘。
[10]溯阳：逆着阳光。 眇(miǎo)视：眯着眼看。
[11]鳞然：长满鱼鳞的样子。 瘢痂(wěi jiā)：疤痕。
[12]黑子：指黑色的痣。
[13]恶(è)：污秽肮脏之物，特指粪便。
[14]锢：禁锢。
[15]被(pī)病：得病。
[16]密石：光滑细密的磨刀石。
[17]沃：浇。 草腴：丰厚细腻的草汁。
[18]鸟膏：古代用以淬刀的禽鸟的油脂。
[19]切劘(mó)：切磨。
[20]焯(zhuó)见：明显地显露出来。
[21]踌躇：从容自得，十分得意的样子。
[22]逌(yōu)尔：舒适自得的样子。 微：如果没有。 贻(yí)：赠送。 吾宝：指自己的佩刀。
[23]梅福：汉九江郡寿春人，字子真，经学家。王莽专政时，弃家隐居，后世关于其成仙的传说甚多。爵禄：爵位和俸禄。
[24]高皇帝：指汉高祖刘邦。 砺世磨钝：指治理国家，锻炼人才。
[25]利金：这里指锋利的佩刀。
[26]卑：位置低。
[27]潜晦：隐藏起来，不使其才能外露。文中指佩刀变得不再锋利。
[28]景昏：日光昏暗。 蚀：同"食"，指日全食。
[29]漆：指染黑。 疠：恶疮。
[30]蓬：蓬草。这里比喻极脆弱之物。 刜(fú)：用刀砍、击。
[31]游：游刃，指用刀切割牛羊肉。 髋髀：骨盆和大腿骨。
[32]俾(bǐ)：使。 百汰：比喻千锤百炼。
[33]蟠：盘曲地伏着。 检：查看，验看。 恙：病。
[34]镦(chán)：古代一种铁把的短矛。
[35]灌：浇。 淬：淬火，把金属工件加工到一定温度，然后浸入冷却剂，急速冷却，以增加其硬度。
[36]衔铅：指不纯，含有杂质。

〔37〕鼓:摇动。 挥:舞动。
〔38〕刲(kuī)腴:割肥肉。 鲜:指新宰割之肉。
〔39〕睨:斜着眼看。 镤镤:指刀矛闪闪发亮。
〔40〕蓊:茂盛貌。 腾膻:散发出羊臊气。
〔41〕沴(lì):指伤害,特指因气不和而生的灾害。
〔42〕鼎:正当,正在。 妍:美好。
〔43〕圭:古代用作凭信的玉,上圆下方。
〔44〕苍色:青色。 腻理:细致的纹理。
〔45〕划(chǎn):铲平。 鳞皴:指佩刀上像鱼鳞一样的锈斑。
〔46〕滑:使光滑,不粗涩。 潃瀡(xiǔ suǐ):淘米水。
〔47〕否(pǐ):邪恶。
〔48〕破眦(zì):指刀光刺眼。
〔49〕宝心:指宝刀的锋芒。
〔50〕时:时运,际遇。
〔51〕瞪视:睁大眼睛注视。
〔52〕武王:指商王成汤。
〔53〕厚:淳厚。
〔54〕高帝:指汉高祖刘邦。
〔55〕凑:汇集。
〔56〕自:原因。
〔57〕三光景分:指天下分裂。
〔58〕砻:去掉稻壳的工具,形状略像磨,这里用作动词,指治理。 兆民:指天下万民。
〔59〕播生:种植万物。
〔60〕成器:成为器具。语出《礼记·学记》:"玉不琢,不成器。"后因用以比喻成为有用的人才。
〔61〕砺:磨炼、整治。 患:担心,忧虑。

全篇以砥石比喻法制,用宝刀比喻有才干的人,强调了施行法治的重要性。法用于人,人才方能聚集,这样的观点体现了作者进步的政治思想。

何卜赋

本文作于刘禹锡任朗州司马期间。文中通过占卜一事,深入分析了"道"与"时"这对哲学矛盾,阐明了作者的哲学观点。何卜,意谓何必占卜。

余既幻惑力命之说兮[1],身久放而愈疑[2]。心回穴其莫晓兮[3],将取质夫东龟[4]。楚人俗巫而好术兮[5],叟有鬻卜而来思[6]。乃招而祝之曰[7]:

"嘻！人莫不塞[8]，有时而通[9]，伊我兮久而愈穷[10]。人莫不病[11]，有时而间[12]，伊我兮久而滋蔓[13]。吾闻人肖五行[14]，动止有则[15]。四时转续[16]，变于所极。一岁之旱，人思具舟[17]。三月之热，人思具裘。极必反焉，其犹合符[18]。予首圆而足方，予腹阴而背阳。胡形象之有肖，而变化之殊常[19]？经曰剥极则复[20]，居复而未尝剥者其谁？否极受泰[21]，居否而未尝泰者又其谁？鹤胡不鸷[22]，兔胡不稗[23]？夔何罚而踸踔[24]，蚿何功而扶持[25]？纷纭恣睢[26]，交作舛驰[27]。似予似夺，似信似欺[28]。孰主张之[29]？问于子龟。"

卜者曰："招我以粗[30]，问我以微[31]。有天下之是非，有人人之是非。在此为美兮，在彼为蚩[32]。或昔而成，或今而亏[33]。君问曷由[34]？主张其时[35]。时乎时乎，去不可邀[36]，来不可逃[37]。淹淹兮孰舍孰操[38]？乌喙之毒堇[39]，鸡首之贱毛[40]，各于其时而伯其曹[41]。屠龙之伎[42]，非曰不伟。时无所用，莫若履狶[43]。作踊之工[44]，非曰可珍。时有所用，贵于斫轮[45]。络首縻足兮[46]，骥不能逾跬[47]。前无所阻兮[48]，跛鳖千里[49]。同涉于川，其时在风[50]。沿者之吉[51]，溯者之凶[52]。同艺于野[53]，其时在泽[54]。伊稑之利[55]，乃穋之厄[56]。故曰，是耶非耶，主者时耶！谅淑慝之同出兮[57]，顾所丁之若何[58]！夫如是，得非我美，失非我耻。其去曷思，其来曷期[59]！姑蹈常而俟之[60]，夫何卜为！"言讫，执龟而起。予退而作《何卜赋》。于是蹈道之心一[61]，而俟时之志坚。内视群疑，犹冰释然[62]。

〔1〕幻惑：迷惑(于)。　力命之说：出自《列子·力命篇》。这种理论否定了人的主观能动性，持消极的"听天由命"思想。

〔2〕放：流放，贬谪。

〔3〕心回穴：指人反复地思考。回穴，纡曲，反复。　晓：明白。

〔4〕质：询问。　东龟：古人用来占卜吉凶的用具。这里指代从事占卜的人。

〔5〕楚：古国名，西周时立国于荆山一带，建都丹阳，在今湖北秭归东南。后建都于郢，在今湖北江陵西北的纪王城。　俗巫：其风俗是崇信巫术。　术：指占卜术。

〔6〕叟：年老男子。　鬻：卖。　思：句末语气词。

〔7〕祝：祝祷，即询问卜者。

〔8〕塞：不亨通，指人受到挫折。

〔9〕通：顺畅。

〔10〕穷：指人不得志。

〔11〕病:生病。

〔12〕间:病愈。

〔13〕滋蔓:生长蔓延,指病情愈加严重。

〔14〕肖:像,类似。　五行:指金、木、水、火、土,这是上古人假想出来的组成物质的五种元素,古人用五行相生相克的道理来推算人的命运。

〔15〕则:指规律。

〔16〕四时:指春夏秋冬。　续:循环往复。

〔17〕具:准备。

〔18〕符:古代传达命令,征调兵将等用的凭信之物,用竹、玉、木、铜等材料制成,上刻有文字,分为两半,双方各执一半,合之以为验证。

〔19〕殊常:不同寻常。

〔20〕经:指《易经》。　剥:是《易经》的卦名,全卦六爻,仅一条阳爻在上,而五条阴爻皆在下,后谓时运不利为剥。　贲(bì):是《易经》的卦名。装饰得很美,即光明、显耀之义。

〔21〕否(pǐ):是《易经》的卦名,表示天地不交、闭塞不通之象。指不幸。　泰:是《易经》的卦名,为上下交通之象。指幸运。

〔22〕鹤胫不截:语出《庄子·骈拇》:"鹤胫虽长,断之则悲。"截,截断。

〔23〕凫(fú)胡不稊:语出《庄子·骈拇》:"凫胫虽短,续之则忧。"凫,野鸭。稊,增加。

〔24〕夔:据《山海经·大荒东经》载:"有兽,状如牛,苍身而无角,一足,出入水则必风雨。其光如日月,其声如雷,名曰夔。"踸踔(chěn chuō):跳跃而行的样子。

〔25〕蚿(xián):虫名,多足。　扶持:扶助,指走得平稳。

〔26〕纷纭:事情多而杂乱。　恣睢:任意胡为。

〔27〕交作:交互发生。　舛(chuǎn)驰:彼此矛盾。

〔28〕信:确定的。

〔29〕孰:谁。　主张:决定。

〔30〕粗:粗略,不经意。

〔31〕微:指深奥的道理。

〔32〕蚩:通"媸",丑陋。

〔33〕亏:缺损。

〔34〕由:原因。

〔35〕时:时机,机会。

〔36〕邀:拦截,拦阻。

〔37〕逃:逃避,逃开。

〔38〕淹淹:指时间漫长。　操:掌握,控制。

〔39〕乌喙:是中草药附子的别名,有剧毒。　堇:是中草药名,即乌头,有剧毒。

〔40〕鸡首:即鸡头,又叫芡,一年生草本植物,种子叫芡食,是草药,无毒。　贱毛:指平常的草药。

〔41〕伯(bà):主管,文中指成为一味药中的主要成分。　曹:同类。

〔42〕屠龙之伎:语出《庄子·列御寇》:"朱泙漫学屠龙于支离益,殚千金之家,三年技成,而无所用其巧。"比喻技艺高超却无实际价值。

〔43〕履豨:是一种用脚踩猪以检验其肥瘦程度的技术,比喻极粗浅的技术。

〔44〕作踊:这里指简单的木工手艺。踊,古代受过刖(断足)刑的人穿的特制的鞋子。

〔45〕斫(zhuó)轮：砍削木材，以制造车轮，这里指极精巧的木工手艺。
〔46〕络：缠绕。　縻：绳子，这里用作动词，捆绑之义。
〔47〕骥：千里马。　跬：半步。
〔48〕阻：障碍。
〔49〕跛鳖：语出《荀子·修身》："故跛步而不休，跛鳖千里。"意思是说，虽然鳖走得慢而且跛，但只要坚持不懈，也能走千里之遥。
〔50〕风：风向。
〔51〕沿：顺风而行。
〔52〕溯：逆风而行。
〔53〕艺：种植。
〔54〕泽：水分。
〔55〕穜(tóng)：早种晚熟的谷类。
〔56〕穋(lù)：后种早熟的谷类。　厄：灾难。
〔57〕谅：确实，实在。　淑恶：善恶。
〔58〕丁：当，逢。
〔59〕期：期待。
〔60〕俟：等待。
〔61〕蹈：遵循，履行。这里指遵循一定的政治、道德准则。　一：专一。
〔62〕释然：指心里面因消除了疑惑而感到内心宁静。

刘禹锡认为，任何事物之间矛盾的转化都需要一定的条件。强调"时"的重要性，也就为坚持"道"打下基础。任何失败都不会长久，终究会取得胜利。此文表现出作者遵循道德准则、砥砺志行节操的崇高品质。

谪九年赋

本文作于刘禹锡任朗州司马期间，流露出贬谪之人的无奈和痛苦。作者感慨天时尚有转化的时机，而自己却被贬九年，仍然没有命运改变的时候，注定了穷愁而终老。一句"不可得而知"传达出作者愤慨而无奈的心情。

古称思妇[1]，已历九秋[2]。未必有是，举为深愁[3]。莫高者天，莫浚者寒[4]。推以极数[5]，无逾九焉[6]。伊我之谪[7]，至于数极。长沙之悲[8]，三倍其时。廷尉不调[9]，行当跋而[10]。天有寒暑，闰余三变。朝有考绩[11]，明幽三见[12]。顾尧之明分[13]，亦昏垫而有叹[14]。叹息兮徜徉[15]，登高兮望苍苍。突弁之夫[16]，我来始皇[17]。合抱之木[18]，我来犹芒[19]。

山增昔容,水改故坊。童者郁郁兮而涸者洋洋[20]。天覆地生,蓊兮无伤。彼族而居,向之投荒[21]。彼轩而游[22],昨日桁杨[23]。信及泽濡[24],俄然复常[25]。稽天道与人纪[26],咸一偾而一起[27]。去无久而不远,棼无久而不理[28]。何吾道之一穷兮[29],贯九年而犹而。噫!不可得而知,庸讵得而悲[30]?苟变化之莫及兮,又安用夫肖天地之形为[31]?

〔1〕思妇:怀念远出丈夫的妇人。

〔2〕九秋:九年。

〔3〕深愁:深重的忧愁。

〔4〕浚:深。

〔5〕数:命运。

〔6〕逾:越过,超越。

〔7〕伊:句首语气词。

〔8〕长沙:指西汉的贾谊,他任长沙王太傅三年。下文提到三倍其时,即九年。

〔9〕廷尉:官名,掌刑狱,九卿之一。这里指的是张释之。《史记·张释之传》载"释之以訾为骑郎","十岁不得调"。廷尉,指的是张释之后来所任的官职。

〔10〕跂:抬起脚后跟站着。

〔11〕考绩:考察工作人员的成绩。

〔12〕明幽:明白的和昏暗的。

〔13〕顾:但是。

〔14〕昏垫:陷溺,指困于水灾。

〔15〕徜徉:闲游。

〔16〕突弁:语出《诗·齐风·甫田》:"未几见兮,突而弁兮。"孔颖达疏:"未经几时而更见之,突然已加冠弁为成人。"后用以形容人长得很快。

〔17〕皇:大。

〔18〕合抱:两臂合拢,多指树木、柱子等的粗细。

〔19〕芒:多年生的草本植物,叶子细长。

〔20〕童:指山无草木。 郁郁:草木茂盛的样子。

〔21〕向:从前,往昔。 投荒:指被贬谪或流放到极荒远之地。

〔22〕轩:古代一种有帷幕而前顶比较高的车。

〔23〕桁(háng)杨:加在人脚上或颈上的刑具。

〔24〕泽濡:润湿。

〔25〕俄然:一会儿,指极短暂的时间。

〔26〕人纪:人世的法度。

〔27〕偾(fèn):毁坏,败坏。

〔28〕棼:纷乱。 理:整理,治理。

〔29〕穷:不得志。

〔30〕庸讵(jù):何以,难道。

〔31〕肖：像，似。

作者激进的政治态度和桀骜不驯的个性品格，为当政者所不容，所以一贬即数年。这篇写于被贬第九个年头的赋，追古思今，慨叹"何吾道之一穷兮，贯九年而犹而"，真实地反映了作者当时的心情。

山阳城赋并序

本文作于刘禹锡任朗州司马期间。山阳城，据《三国志·魏书·文帝纪》载："以河内之山阳邑万户，奉汉帝为山阳公。"则山阳城乃汉献帝被囚，汉朝最终被灭亡的地方。

山阳故城[1]，遗趾数雉，四百之运[2]，终于此墟。裔孙作赋[3]，盖闵汉也[4]。词曰：

我止行车，賈涕于山阳之墟[5]。是何苍莽与惨悴[6]，春陵之气兮焉如[7]？踣昌运于四百[8]，辞至尊而伍匹夫[9]。有利器而倒持兮，曾何芒刃之足舒[10]！懿王迹之肇基[11]，暨坤维之再敷[12]。邈汜阳与鄗上[13]，怳蛇变而龙摅[14]。痛人亡而事替，终此地焉忽诸[15]。嗟乎！积是为治[16]，积非成虐[17]。文景之欲[18]，处身以约[19]。播其德芽[20]，迄武乃获[21]。桓灵之欲[22]，纵心于昏[23]。然其妖焰[24]，逮献而焚[25]。彼伊周不世兮[26]，奸雄乘衅而腾振[27]。物象潜以易位[28]，被虚号而阳尊。终势殚而事去[29]，胡窃揖让以为文[30]？呜呼！维神器之至重兮[31]，盖如山之不骞[32]。使人得譬乎逐鹿[33]，固健步者所先。谅人事之云尔[34]，孰云当涂之兆也自天[35]！

乱曰：久矣莫可追，升彼墟兮噫嘻[36]。躅遗武兮贻后王之元龟[37]。

〔1〕山阳：古县名。战国魏邑，汉置县，以在太行山之阳而得名。治所在今天的河南焦作东。
〔2〕运：命运，这里特指世运、国运。
〔3〕裔孙：后代子孙，这里指刘禹锡自己。
〔4〕闵：同"悯"。指同情。
〔5〕賈(yǔn)涕：哭泣。賈，通"陨"，落之义。

〔6〕苍莽:空阔辽远,没有边际。　惨悴:指代场景荒凉,不忍卒看。
〔7〕春陵:汉初元四年置。汉光武帝祖春陵侯刘仁迁封于此,故名。治所在今湖北枣阳南。
〔8〕踣(bó):跌倒。　昌运:兴旺的命运。
〔9〕至尊:至高无上的地位,这里指代皇帝。　匹夫:指平常人。
〔10〕舒:伸展,这里指放下。
〔11〕懿:美好,常指人的德行。　肇基:刚开始开创基业。
〔12〕暨:至,到。　坤维:指代国家的法度。　敷:开展,施行。
〔13〕邈:遥远。　汜阳:在今河南中部。　鄗上:古县名,在今河北柏乡北。
〔14〕摅:奔腾,腾跃。
〔15〕忽诸:言时间之快。
〔16〕治:指国家安定,太平。
〔17〕虐:指虐政,残暴的统治。
〔18〕文景:西汉的文、景二帝,这里指代明君。
〔19〕约:约束,束缚。
〔20〕德芽:美德的种子,指施行仁政。
〔21〕迄:等到。　武:指汉武帝。　获:有了成果。
〔22〕桓灵:指东汉的桓、灵二帝,这里指代昏君。
〔23〕纵心:行为放纵,不受约束。　昏:惑乱,糊涂。
〔24〕妖焰:指推行暴政。
〔25〕献:指汉献帝。　焚:烧掉。这里指国家被毁灭。
〔26〕伊周:商朝的伊尹和西周的周公旦。　不世:不是每代都有的,罕有,非凡。
〔27〕奸雄:指才智出群,但使用权诈欺世的人。　衅:嫌隙、争端。　腾振:奋起的样子。
〔28〕灌:通"摧",破坏。
〔29〕殚:尽。
〔30〕揖让:谦让。
〔31〕维:句首发语词。　神器:指帝位,政权。
〔32〕骞(qiān):亏损。
〔33〕譬:打个比方。　逐鹿:语出《汉书·蒯通传》:"秦失其鹿,天下共逐之。"比喻群雄并起,争夺天下。
〔34〕人事:指人力所能做到的事。
〔35〕当涂:即"当涂高",是汉代谶(chèn)书中的隐语,指三国魏的代称。
〔36〕乱:辞赋中最后总括全篇要旨的一段。　噫嘻:表示感慨的叹词。
〔37〕躅(zhú):足迹,这里用作动词,指踩着。　武:脚印。　元龟:大龟,古代用于占卜,后引申为可资借鉴的往事。

　　作者途经山阳城,眼前已是一片废墟,不由联想到汉朝的盛衰兴亡与当今朝政的黑暗,在追怀历史的同时也告诫了上层统治者,若任由"奸雄腾振",只会是重蹈汉朝灭亡的覆辙。

秋声赋并序

本文作于会昌元年刘禹锡任太子宾客期间。时禹锡已是七十岁高龄,到了人生的暮秋时节,在又一个肃杀的秋季来临之际,不禁撰写文章感慨时令的多变和人生的无常。

相国中山公赋秋声[1],以属天官太常伯[2],唱和俱绝,然皆得时行道之馀兴[3],犹动光阴之叹[4],况伊郁老病者乎[5]?吟之斐然[6],以寄孤愤[7]。

碧天如水兮[8],窅窅悠悠[9]。百虫迎暮兮,万叶吟秋。欲辞林而萧飒[10],潜命侣以嘲啾[11]。送将归兮临水[12],非吾土兮登楼[13]。晚枝多露蝉之思[14],夕草起寒螀之愁[15]。至若松竹含韵,梧楸早脱[16]。惊绮疏之晓吹[17],堕碧砌之凉月[18]。念塞外之征行,顾闺中之骚屑[19]。夜蛩鸣兮机杼促[20],朔雁叫兮音书绝。远杵续兮何泠泠[21]?虚窗静兮空切切[22]。如吟如啸,非竹非丝[23]。当自然之宫徵[24],动终岁之别离。废井苔合,荒园露滋。草苍苍兮人寂寂,树摵摵兮虫咿咿[25]。则有安石风流[26],巨源多可[27]。平六符而佐主[28],施九流而自我[29]。犹复感阴虫之鸣轩[30],叹凉叶之初堕。异宋玉之悲伤[31],觉潘郎之么么[32]。嗟乎!骥伏枥而已老[33],鹰在鞲而有情[34]。聆朔风而心动,睇天籁而神惊[35]。力将痵兮足受绁[36],犹奋迅于秋声[37]。

[1]相国中山公:即李德裕,因其封邑曾在中山郡,故又称中山公。唐武宗时曾任宰相,拜太尉、封卫国公,当政六年,威名独重于时。
[2]属:属和。犹唱和之义。 天官:官名,唐武后光宅元年改吏部为天官。 太常伯:即吏部尚书。文中指王起,王起于武宗会昌元年任吏部尚书。
[3]得时:遇到好时机,好运。 行道:旧时指推行自己的政治主张。 馀兴:未尽的兴致。
[4]光阴之叹:慨叹时光易逝,人生易老。
[5]伊郁:通"抑郁",心有愤恨,不能诉说而烦闷。 老病:人年老多病。
[6]斐然:显著的样子,有文采的样子。
[7]孤愤:因孤高嫉俗而产生的愤慨之情。
[8]碧天:青蓝色的天空。
[9]窅窅(yǎo):形容深远。 悠悠:形容长久,遥远。
[10]萧飒:萧条冷落,萧索。

134

〔11〕啁啾(zhōu jiū):指百虫的叫声。

〔12〕送将归兮临水:出自宋玉的《九辩》:"憭栗兮若在远行,登山临水兮送将归。"意即在水边送别归去的友人。

〔13〕非吾土兮登楼:出自王粲的《登楼赋》:"虽信美而非吾土兮,曾何足以少留。"表现了多年在外飘泊,怀念故土的思归之情。

〔14〕露蝉:形容蝉在重露中难飞的困难境地。

〔15〕螿(jiāng):即寒蝉,此处借指深秋的鸣虫。

〔16〕梧楸:梧桐和楸树,二木都属落叶乔木,皆逢秋而早凋。

〔17〕绮疏:指雕刻成空心花纹的美丽的窗户。

〔18〕砌:台阶。

〔19〕骚屑:凄清愁苦之态。

〔20〕蛩(qióng):为蟋蟀的别名。 机杼:指织布机。

〔21〕泠泠:形容声音清越、悠扬。

〔22〕切:形容声音细小。

〔23〕竹:指笙笛一类的管乐器。 丝:指琴瑟一类的弦乐器。

〔24〕宫徵:是古代五音(宫、商、角、徵、羽)中宫音与徵音的并称。泛指音律。

〔25〕摵(sè):象声词,树叶陨落、萎谢时的声音。

〔26〕安石:指东晋的政治家谢安,字安石。性格沉静,临危不乱,温文尔雅,有儒将风度。 风流:指人有才学文采,英俊杰出。

〔27〕巨源:指西晋的山涛,字巨源,为竹林七贤之一。 可:认为对,认为是。

〔28〕六符:据古书上记载,是三台六星的符验,后用来称颂朝廷或辅臣之词。

〔29〕九流:指儒、道、名、墨、法、农、杂、阴阳、纵横家。泛指百姓。

〔30〕阴虫:指秋虫,如蟋蟀之类。

〔31〕宋玉:战国时楚国的辞赋家,一生郁郁不得志。代表作《九辩》,开篇即为:"悲哉,秋之为气也。"后人以其为"悲秋之祖"。

〔32〕潘郎:即西晋文人潘岳,一生趋炎附势,追求功名利禄。 么:渺小之义。

〔33〕枥:马槽。

〔34〕鞲(gōu):用皮革制成的臂套。

〔35〕眄(miǎn):斜着眼看。 天籁:自然界的声音,如风声、水声等。

〔36〕瘅(tān):衰竭。 绁:指绳索。用作动词,捆绑。这里暗指作者有足疾。

〔37〕奋迅:指精神振奋,行动迅速。

　　篇名《秋声赋》,创作此篇时作者已过七十高龄,人生的年轮也接近秋冬。但作者并未一味沉浸于悲秋的情结之中,而是笔锋一转,唱出一首励志的高歌。瞿蜕园评道:"文末'骥伏枥而已老,鹰在鞲而有情'二语,固是禹锡陈情自效之意,亦足见禹锡不肯作颓唐萧索之态。"(《刘禹锡集笺证》)

辩迹论

本文写作者和他人通过辩论前人的功绩引出的一系列的问题，即看待人和事要采取什么样标准的问题。主旨在于说明，不能以表面现象推知事物的内涵，要从本质看问题，这样才能做到不失于偏颇，能够对人或事有一个较为客观的评价。辩，辩论。迹，前人遗留的事物，引申为功绩。

客有能通本朝之雅故者曰[1]："时之污崇[2]，视辅臣之用[3]。房与杜[4]，迹何观焉？建官取士之制[5]，地征口赋之令[6]，礼乐刑法之章[7]，因隋而已矣[8]。二公奚施焉[9]？"余愀然曰[10]："三王之道[11]，犹夫循环[12]，非必变焉，审所当救而已[13]。隋之过岂制置名数之间邪[14]？顾名与事乖耳[15]。因之何害焉？夫上材之道[16]，非务所举必的然可使户晓为迹也[17]。吾观梁公之迹[18]，章章如悬宇矣[19]。曷然哉？请借一以明之。史不云乎！初，太宗怒浑戎之横于塞也[20]，度诸将不足以必取[21]，当宁而叹曰[22]：'得李靖为帅快哉[23]！'靖时告老且病矣[24]。梁公虚其心以起之[25]，靖忘老与病，一举虏其君[26]，郡县其地而还。夫非伐国之难能[27]，起靖之难能也。靖非不克之为虑[28]，居功之为虑也[29]。古之为将，度柄轻不足以遂事[30]，重则嫌生焉[31]。是以有辞第以见志[32]，有多产以取信[33]，有子质以灭贰[34]，有壁监以虞谤[35]。其多患也如是[36]。若靖者，名既成，位既崇[37]，重失畏偪[38]，其患又甚焉。微梁公之能尽材，能捍患[39]，能去忌[40]，能照私[41]，彼姑藉旧劳居素贵足矣。恶乎起哉？夫岂感空言而起邪[42]？心相见久矣。夫岂饰小信而要邪[43]？道相笼久矣[44]。其后敬玄擅能，失材臣而败随之[45]，林甫自便，进番将而乱随之[46]。由是而言，固相万矣[47]。子方规规然窥上材以户晓之迹[48]，此吾之所不取也。若杜莱公者，在相位日浅[49]，将史失其传。然以梁公之鉴裁，自天策府遂以王佐材许之[50]，则是又能以道笼房公者矣。房之许与[51]，迹孰甚焉？"客无以应而作[52]。

子刘子曰："观书者当观其意，慕贤者当慕其心。循迹而求，虽博寡要[53]，信矣。"

〔1〕雅故：即掌故，指历史上的人物事迹或制度因革等。

〔2〕污崇：衰败与强盛。

〔3〕辅臣：辅佐之臣。

〔4〕房：即房玄龄，唐初的大臣，名乔，齐州临淄（今山东淄博）人，贞观元年为中书令。他长期执政，与杜如晦、魏徵等同为唐太宗的重要助手。后被封为梁国公。　杜：即杜如晦，唐初大臣，字克明，京兆杜陵（今陕西西安东南）人。太宗朝时任尚书右仆射，与房玄龄共掌朝政，当时人称"房杜"。后被封为莱国公。

〔5〕建官取士之制：建立吏制和实行科举取士制度。

〔6〕地征口赋之令：按照土地、人口征收赋税的法令。

〔7〕礼乐刑法之章：关于礼乐、刑法的典章。

〔8〕因：沿袭，因袭。

〔9〕施：实行，实施。

〔10〕愀（qiǎo）然：神色变得严肃和忧愁。

〔11〕三王：指的是夏、商、周的三代君王，即夏禹、成汤和周武王。　道：典章制度。

〔12〕犹：尚且。

〔13〕审：详察，细细地推究。　救：通"纠"，纠正。

〔14〕名数：这里指上文所提到的典章制度。

〔15〕名：即名数。　事：事实上。　乖：违背，不协调。

〔16〕上：通"尚"，崇尚。　材：通"才"，才能。

〔17〕务：务必，一定要。

〔18〕梁公：即房玄龄。

〔19〕章章：章，通"彰"。明显鲜明的样子。

〔20〕浑戎：即吐谷浑，是我国古代的少数民族，在今天的青海北部、新疆东南部，隋唐时曾在那里建立政权。

〔21〕度：估计。

〔22〕宁（zhù）：指古代宫室门屏之间。

〔23〕李靖：是唐初的军事家，原名药师，雍州三原（今陕西三原东北）人。少有"文武才略"之称。在太宗朝时担任兵部尚书等职。垂老之年重被起用，征讨吐谷浑，取得胜利，又被封为卫国公，史家盛赞其"临机果，料敌明"。　快：高兴，痛快。

〔24〕告老：封建王朝的大臣官吏年老时请求辞职。

〔25〕虚其心：解除李靖的顾忌。　起：起用。

〔26〕虏：俘虏。

〔27〕伐：讨伐，进攻。

〔28〕克：战胜，攻破。

〔29〕居功：自以为很有功劳。

〔30〕柄：权柄。　遂：成就，顺利完成。

〔31〕嫌：疑惑，猜忌。

〔32〕辞第以见志：此为汉朝大将霍去病的典故。据《史记·卫将军骠骑列传》载："天子为（霍去病）治

第(建造宅第),令骠骑视之,对曰:'匈奴未灭,无以家为也。'由此上(汉武帝)益重爱之。"

〔33〕多产以取信:此为秦国大将王翦的典故。据《史记·白起王翦列传》记载,秦将王翦率领六十万大军攻打楚国,临行前向秦王要求恩赐大量的田园宅地,出关后,又多派家人向秦王请求赏赐。他之所以要求多赐田产是知道秦王多疑的特点,这样做是为了打消他的疑虑从而博取其信任。

〔34〕有子质以灭贰:此典故出自《史记·萧相国世家》。楚汉对峙时期,萧何在栎阳筹集军饷,输送兵员,刘邦多次派人去栎阳慰劳萧何,萧何为表示自己对刘邦没有二心,只好将萧氏子弟送上前线来表白自己的忠诚。

〔35〕有嬖监以虞谤:典出《史记·司马穰苴列传》。齐景公任命穰苴为将,在此之前他只是一位地位低贱的人物,穰苴怕权重生嫌,借口自己地位低微,士卒不听指挥,要求景公派他宠信的大臣庄贾来担任督军的职务,以防止诽谤。

〔36〕患:担忧,忧虑。

〔37〕崇:高。

〔38〕重失畏偪:担心权力过重失去宠信,又害怕与君王过于接近而遭到猜疑。偪,近。

〔39〕捍患:防止祸患。

〔40〕去忌:消除顾虑。

〔41〕照私:洞察别人的心思。

〔42〕空言:空洞的语言。

〔43〕小信:指私人信用。 要:通"邀",邀请。

〔44〕道:这里指政治观点。 笼:一致,相符。

〔45〕敬玄擅能,失材臣而败随之:敬玄,即李敬玄。据《新唐书·李敬玄传》载,唐高宗朝时,刘仁轨镇守洮河抗击吐蕃。朝臣李敬玄与仁轨有嫌,每遇仁轨奏事,总是从中阻挠。仁轨很是不平,无奈之下只好请求改换李敬玄镇守洮河。李敬玄继任后,不知兵法,性又怯弱,后兵败。

〔46〕林甫自便,进番将而乱随之:林甫,即李林甫。据《新唐书·李林甫传》载,唐玄宗李隆基执政后期,李林甫妒才嫉能,建议玄宗重用边将,想以此杜绝其他文臣出将入相的途径。于是安禄山得到玄宗恩宠,拥兵自重,结果酿成"安史之乱"。

〔47〕相万:相差很远。

〔48〕规规然:遵守法度的样子,这里指拘泥于成法。

〔49〕日浅:时间不长。

〔50〕天策府:即李世民的府第,李世民做秦王时因功大被封为天策上将。 王佐材:能够辅佐皇帝的才能,即将相之才。

〔51〕许:赞许,夸奖。

〔52〕作:起身。

〔53〕寡要:没有抓住要领。

刘禹锡之文,以论说文成就最高,他自己也认为所长在"论"(《祭韩吏部文》)。本文论述要透过本质看问题,既体现了刘氏之"论"的特点,又启人心智,发人深思。

华佗论

华佗是汉末的名医,医术高明,后因不从曹操征召,被杀。作者借这一历史事件抒发感慨,揭露出君主残暴的一面。华佗,汉末沛国谯(今安徽亳州)人,字元化。华佗医术高明,后因不从曹操征召,被杀。

史称[1],华佗以恃能厌事为曹公所怒[2]。荀文若请曰[3]:"佗术实工[4],人命系焉[5],宜议能以宥[6]。"曹公曰:"忧天下无此鼠辈邪[7]!"遂考竟佗[8]。至苍舒病且死[9],见医不能生[10],始有悔之之叹。嗟乎!以操之明略见几[11],然犹轻杀材能如是[12]。文若之智力地望[13],以的然之理攻之[14],然犹不能返其恚[15]。执柄者之恚[16],真可畏诸[17],亦可慎诸!

原夫史氏之书于册也[18],是使后之人宽能者之刑[19],纳贤者之谕[20],而惩暴者之轻杀[21]。故自恃能至有悔悉书焉[22]。后之惑者[23],复用是为口实[24]。悲哉!夫贤能不能无过,苟置于理矣[25],或必有宽之之请[26]。彼壬人皆曰[27]:"忧天下无材邪!"曾不知悔之日,方痛材之不可多也[28]。或必有惜之之叹。彼壬人皆曰:"譬彼死矣将若何[29]?"曾不知悔之日,方痛生之不可再也。可不谓大哀乎?

夫以佗之不宜杀,昭昭然不可言也[30]。独病夫史书之义[31],是将推此而广耳[32]。吾观自曹魏以来,执死生之柄者,用一恚而杀材能众矣,又乌用书佗之事为[33]?呜呼!前事之不忘,期有劝且惩也[34]。而暴者复藉口以快意[35],孙权则曰:"曹孟德杀孔文举矣[36],孤于虞翻何如[37]?"而孔融亦以应泰山杀孝廉自譬[38]。仲谋近霸者[39],文举有高名[40],犹以可惩为故事[41]。矧他人哉[42]?

[1]史称:史书记载。
[2]恃能厌事:凭借着自己的才能而不愿意奉承权贵。　曹公:指曹操。
[3]荀文若:即荀彧(yù),曹操的谋士。　请:请求。
[4]术:指医术。　工:擅长。
[5]系:联结,联系。
[6]宜:应该。　议:考虑。　能:才能,这里指华佗的医术。　宥(yòu):宽恕,原谅。

〔7〕忧:担心。 鼠辈:贬义词,轻视他人的话。 邪(yé):同"耶",表示疑问的语气。
〔8〕考:通"拷",拷问或拷打。 竟:完毕,指华佗死于狱中。
〔9〕苍舒:即曹冲,为曹操爱子。 且:将要。
〔10〕见医:世上凡是能找到的医生。 生:动词的使动用法,意思是使苍舒活过来。
〔11〕明略:高明的智略。 见几:指人看事物具有洞察力。
〔12〕轻:轻易,随随便便。 如是:像这样。
〔13〕地望:门第和声望。
〔14〕的然:明显的样子。 攻:对别人的过失、错误进行指责。
〔15〕返:回,这里引申为平息。 恚(huì):怨恨。
〔16〕执柄:掌权。
〔17〕诸:是"之"、"乎"二字的合音。
〔18〕原:推究。 夫(fú):那。 史氏:编写史书的人。
〔19〕能者:有才能的人。 刑:刑罚。
〔20〕纳:采纳。 贤者:贤德之人。 谕:这里指意见。
〔21〕惩:惩戒。 暴者:残暴的当权者。
〔22〕悉:全部。 书:记载。
〔23〕惑者:糊涂的人。
〔24〕是:这件事,指华佗被杀一事。 口实:话柄。
〔25〕苟:假使,如果。 置:处置。 理:理论,法则。
〔26〕或:有人。 宽:宽恕。
〔27〕壬人:奸佞小人。
〔28〕痛:痛悔,痛惜。
〔29〕譬:譬如、假若。 将若何:将会怎么样呢?
〔30〕昭昭然:很明显的样子。
〔31〕独:只是。 病:不满意。
〔32〕广:使之传播开去。
〔33〕乌:疑问词,"哪里",多用于反问句。 书:写。
〔34〕期:期望。 劝:劝善。 惩:惩恶。
〔35〕藉(jiè)口:借口。 快意:心情舒适、爽快。
〔36〕孔文举:即孔融,字文举,是建安七子之一,恃才傲物,惹怒曹操,后为操所杀。
〔37〕虞翻:是三国时吴国的官吏,性情疏直,多次犯颜谏争,为当权者不喜。据《三国志·吴书·虞翻传》记载,在一次酒宴上,虞翻喝酒装醉,孙权大怒,拔剑要杀虞翻,众人劝阻,孙权曰:"曹孟德尚杀孔文举,孤于虞翻何有哉?"
〔38〕应泰山:指应劭,劭曾任泰山太守。 孝廉:汉代选拔官吏的科目之一。孝,孝悌之人;廉,清廉之士。
〔39〕仲谋:孙权,字仲谋。 霸者:用暴力统治天下的人。
〔40〕高名:高尚的美名。
〔41〕故事:先例、旧事。
〔42〕矧(shěn):况且。

联系到作者当时的处境,此篇实为有感而发。时革新党人死的死,贬的贬,当权者往往是"用一眚而杀材能"。历史教训不能使人警醒,有良知的作者痛心不已,于是写下此文。

天论(上)

题解

《天论》三篇作于刘禹锡任朗州司马期间,是其哲学思想方面的代表作。此为上篇。本文说自己创作《天论》的动因,是为了进一步阐明天与人之间的关系。

世之言天者二道焉[1]。拘于昭昭者[2],则曰:"天与人实影响[3],祸必以罪降[4],福必以善来,穷厄而呼必可闻[5],隐痛而祈必可答[6]。如有物的然以宰者[7]。"故阴骘之说胜焉[8]。泥于冥冥者[9],则曰:"天与人实刺异,霆震于畜木[10],未尝在罪;春滋乎堇荼[11],未尝择善;跖、蹻焉而遂[12],孔、颜焉而厄,是茫乎无有宰者。"故自然之说胜焉[13]。余之友河东解人柳子厚作《天说》[14],以折韩退之之言[15]。文信美矣[16],盖有激而云[17],非所以尽天人之际[18]。故余作《天论》以极其辩云[19]。

大凡入形器者[20],皆有能有不能。天,有形之大者也;人,动物之尤者也[21]。天之能,人固不能也,人之能,天亦有所不能也。故余曰:"天与人交相胜耳[22]。"其说曰:"天之道在生植[23],其用在强弱[24];人之道在法制,其用在是非。阳而阜生[25],阴而肃杀[26];水火伤物,木坚金利[27];壮而武健[28],老而耗眊[29];气雄相君,力雄相长[30]——天之能也。阳而艺树[31],阴而揪敛[32];防害用濡[33],禁焚用光[34];斩材窾坚[35],液矿砺铓[36];义制强讦[37],礼分长幼;右贤尚功[38],建极闲邪[39]——人之能也。"

人能胜乎天者,法也[40]。法大行[41],则是为公是[42],非为公非。天下之人,蹈道必赏,违之必罚。当其赏,虽三旌之贵[43]、万钟之禄处之[44],咸曰宜。何也?为善而然也。当其罚,虽族属之夷、刀锯之惨处之[45],咸曰宜。何也?为恶而然也。故其人曰:"天何预乃事邪[46]?唯告虔报本[47],肆类授时之礼[48],曰天而已矣。福兮可以善取,祸兮可以恶召,奚预乎天邪[49]?"法小弛[50],则是非驳[51]。赏不必尽善,罚不必尽恶。或贤而尊显,时以不肖参焉[52];或过而僇辱[53],时以不辜参焉[54]。故其人曰:"彼宜然而信然[55],理也[56];彼不当然而固然,岂理邪?天也。福或可以诈取,而祸亦可以苟免[57]。"人道驳,故天命之说亦驳焉。法大弛,则是非易位[58]。赏恒在佞[59],而罚恒在直[60]。义不足以制其强,刑不足以胜其非,人之能胜天之实尽丧矣。夫实已丧而名徒存,彼昧者方挈挈然提无实之名[61],欲抗乎言天者[62],斯数穷矣[63]。

故曰:"天之所能者,生万物也;人之所能者也,治万物也。法大行,则其人曰:'天何预人邪?我蹈道而已。'法大弛,则其人曰:'道竟何为邪?任人而已。'法小弛,则天人之论驳焉。今以一己之穷通,而欲质天之有无[64],惑矣!"

余曰:"天恒执其所能以临乎下,非有预乎治乱云尔[65];人恒执其所能以仰乎天,非有预于寒暑云尔。生乎治者人道明,咸知其所自,故德与怨不归乎天;生乎乱者人道昧,不可知,故由人者举归乎天。非天预乎人尔[66]!"

〔1〕道:道理,这里指说法。
〔2〕拘:固执,拘泥。 昭昭:明白,显著,指天能体察世间万物。
〔3〕影响:形体和影子。
〔4〕以:因为。
〔5〕穷厄:穷困,困顿。
〔6〕祈:请求,希望。
〔7〕的然:解释见《华佗论》。 宰:古代宗庙祭祀时主持分配胙肉(祭过神的肉)的人,引申为主持、主宰。
〔8〕阴骘:冥冥之中,语出《尚书·洪范》:"惟天阴骘下民。"是一种有神论,意思是上天在暗中决定着人的命运。
〔9〕泥:拘泥。 冥冥:昏暗,幽暗,即认为天昏暗无知,是没有意志的。
〔10〕霆:疾雷、暴雷。
〔11〕堇:草药名,又叫乌头,有剧毒。 荼:又叫苦菜,可食用。
〔12〕跖、𫏋:指的是柳下跖、庄𫏋。他们都是历史上著名的农民起义领袖。遂:成就。
〔13〕自然之说:否定天是有意志的主宰的学说。
〔14〕河东解(hài):在今山西运城。
〔15〕折:责难、批驳,指出别人的错误或缺点。
〔16〕信:确实。
〔17〕激:指言辞激烈。
〔18〕际:间,文中指彼此间的关系。
〔19〕极:穷极,终极。 辩:辩论。
〔20〕形器:指有形的器物。
〔21〕尤:特异,突出的。

〔22〕交相:互相。

〔23〕生植:即繁殖。

〔24〕用:功用。

〔25〕阜(fù):旺盛。

〔26〕肃杀:指深秋或冬季天气凛冽,万物萧条的景象。

〔27〕金:是金属的通称。

〔28〕武健:勇武壮健。

〔29〕耗眊(mào):因衰老而昏聩。

〔30〕君、长:二者是同一个意思,都是指占统治地位或优势地位。

〔31〕艺:种植。

〔32〕揪:通"揫",收聚之义。

〔33〕濡:沾湿,文中指用水灌溉农田。

〔34〕焚:烧,这里指发生火灾。 光:用火光照明。

〔35〕窾(kuǎn):挖空,掏空。 坚:坚硬,引申为树林。

〔36〕液:熔化。 砺:指磨刀石。这里用作动词,当"磨"讲。 铓:指锋刃。

〔37〕义:指合理的行为或事情。 訐:揭发别人的过失加以攻击。

〔38〕右:古人以"右"为尊,所以这里有尊重、重视之意。 尚:崇尚。

〔39〕极:准则,标准。 闲:防止。

〔40〕法:法制。

〔41〕大行:普遍流行,广为推行。

〔42〕公:共同的,大家承认的。

〔43〕三旌:指极高的官位,即指公、侯、伯三公。

〔44〕万钟:指极高的俸禄。钟,是古代量器,六斛四斗为一钟。

〔45〕夷:杀尽。 刀锯:刀和锯,是古代的刑具,这里泛指刑罚。

〔46〕预:参与,干预。

〔47〕告虔:恭敬地祷告上天。 报本:报答上天的恩德。

〔48〕肆类:一种祭天活动。 授时:记录天时以告民,后通常称颁行历书。

〔49〕奚:疑问词,何。

〔50〕弛:松懈。

〔51〕驳:混杂。

〔52〕不肖:指品行不端的人。 参:参加。

〔53〕僇(lù):侮辱。

〔54〕不辜:指无罪的人。

〔55〕宜然:应该是这样。 信然:确实是这样。

〔56〕理:合乎情理。

〔57〕苟免:侥幸豁免。

〔58〕易位:颠倒。

〔59〕佞:惯用花言巧语谄媚别人,引申为伪善的小人。

〔60〕直:公正。引申为正直的人。

〔61〕挈挈(qiè)然:急切的样子。

〔62〕抗：匹敌，对等。
〔63〕数：方法。
〔64〕质：犹言问。
〔65〕治乱：政治上的安定和祸乱。
〔66〕人：文中指的是人事，即人的离合、境遇和存亡等一系列的情况。

作者认为，天与人是各司其职，二者的关系是"交相胜，还相用"。与此相关的观点还有：天是有物质性的；个人的穷愁与通达不可以简单归结为天命；人能够战胜天命的原因在于法治的施行。这些都是非常重要的哲学论断。

天论（中）

本文列举旅行和行船二事，试图用通俗浅显的比喻来阐明"天与人交相胜，还相用"的哲学命题。

或曰："子之言天与人交相胜，其理微[1]，庸使户晓[2]，盍取诸譬焉[3]？"
刘子曰："若知旅乎[4]？夫旅者，群适乎莽苍[5]，求休乎茂木，饮乎水泉，必强有力者先焉，否则虽圣且贤莫能竞也[6]，斯非天胜乎[7]？群次乎邑郭[8]，求荫于华榱[9]，饱于饩牢[10]，必圣且贤者先焉，否则强有力莫能竞也，斯非人胜乎？苟道乎虞、芮[11]，虽莽苍，犹郭邑然；苟由乎匡、宋[12]，虽郭邑，犹莽苍然。是一日之途，天与人交相胜矣。吾固曰：是非存焉，虽在野，人理胜也[13]；是非亡焉，虽在邦[14]，天理胜也[15]。然则天非务胜乎人者也[16]，何哉？人不宰则归乎天也。人诚务胜乎天者也，何哉？天无私，故人可务乎胜也。吾于一日之途而明乎天人，取诸近也已[17]。"

或者曰："若是，则天之不相预乎人也信矣，古之人曷引天为[18]？"答曰："若知操舟乎[19]？夫舟行乎潍、淄、伊、洛者[20]，疾徐存乎人[21]，次舍存乎人[22]。风之怒号不能鼓为涛也[23]，流之溯洄不能峭为魁也[24]。适有迅而安[25]，亦人也；适有覆而胶[26]，亦人也。舟中之人未尝有言天者，何哉？理明故也[27]。彼行乎江、河、淮、海者[28]，疾徐不可得而知也，次舍不可得而必也。鸣条之风[29]，可以沃日[30]；车盖之云[31]，可以见怪[32]。恬然济[33]，亦天也；黯然沉[34]，亦天也；贴危而仅存[35]，亦天也。舟中之人未尝有言人者，何哉？理昧故也[36]。"

问者曰："吾见其骈焉而济者[37]，风水等耳，而有沉有不沉，非天曷司欤？"答曰："水与舟，二物也。夫物之合并[38]，必有数存乎其间焉[39]。数存，然后势形乎其间焉[40]。一以沉，一以济，适当其数乘其势耳[41]。彼势之附乎物而生，犹影响也。本乎徐者[42]，其势缓，故人得以晓也；本乎疾者，其势遽[43]，故难得以晓也。彼江、海之覆，犹伊、淄之覆也，势有疾徐，故有不晓耳。"

问者曰："子之言数存而势生，非天也，天果挟于势邪[44]？"答曰："天形恒圆而色恒青，周回可以度得[45]，昼夜可以表候[46]，非数之存乎？恒高而不卑，恒动而不已[47]，非势之乘乎？今夫苍苍然者[48]，一受其形于高大，而不能自还于卑小；一乘其气于动用，而不能自休于俄顷[49]，又恶能逃乎数而越乎势邪[50]！吾固曰[51]：'万物之所以为无穷者，交相胜而已矣，还相用而已矣[52]。天与人，万物之尤者耳[53]。'"

问者曰："天果以有形而不能逃乎数，彼无形者，子安所寓其数邪[54]？"答曰："若所谓无形者，非空乎？空者，形之希微者也[55]。为体也不妨乎物，而为用也恒资乎有[56]，必依于物而后形焉。今为室庐[57]，而高厚之形藏乎内也；为器用[58]，而规矩之形起乎内也[59]。音之作也有大小[60]，而响不能逾[61]，表之立也有曲直[62]，而影不能逾。非空之数欤？夫目之视，非能有光也，必因乎日、月、火炎而后光存焉[63]。所谓晦而幽者[64]，目有所不能烛耳[65]。彼狸、狌、犬、鼠之目[66]，庸谓晦为幽邪[67]？吾固曰：以目而视，得形之粗者也；以智而视，得形之微者也。乌有天地之内有无形者邪？古所谓无形，盖无常形耳[68]，必因物而后见耳，乌能逃乎数邪？"

[1] 微：奥妙、精深。
[2] 庸：因而。
[3] 盍：何不。
[4] 旅：旅行。
[5] 适：到某地去。　莽苍：空旷迷茫的郊野。
[6] 竞：比赛。
[7] 斯：此，这。
[8] 次：停留。　邑郛(fú)：邑，古代的城市或城镇，大的叫都，小的叫邑；郛，古代指围在城外的大城。

这里泛指城市。

〔9〕榱(cuī):椽子。这里代指美丽的房屋。

〔10〕饩(xì)牢:饩,粮食或饲料;牢:专指牛。泛指精美的食物。

〔11〕苟:假如。　道:路过。　虞:周代诸侯国,故城在今山西平陆东北。　芮:周代诸侯国,在今陕西大荔朝邑城。据《史记·周本纪》载,虞国和芮国互相争田,久不能决,便去请周文王调解。当他们进入周境时,看见耕者互让田界,讲究礼让,深感惭愧,于是他们也互相礼让,不再争执。

〔12〕由:经过,经由。　匡:古地名,在今河南长垣西南。　宋:周代诸侯国,建都在今河南商丘。据《史记·孔子世家》载,孔子周游列国宣传其政治思想期间,途经匡国,被当地的人民围困数日,几乎丧命;后经宋国,桓魋又要杀他,吓得他赶紧逃跑了。

〔13〕人理:指做人的道德规范。

〔14〕邦:国家。

〔15〕天理:自然法则。

〔16〕务:力求。

〔17〕近:浅显易懂。

〔18〕曷:为什么。　引:引用,征用。　为:句末语气词,表示反诘之义。

〔19〕操:驾驭。

〔20〕潍、淄:河流名,在今山东省。　伊、洛:河流名,在今河南省。

〔21〕疾徐:快慢。

〔22〕次舍:停留。

〔23〕鼓:动词,使之凸起。

〔24〕溯洄:指逆流之水。　峭:陡直,险峻。　魁:小丘。

〔25〕迅:迅速,形容舟船行驶飞快。

〔26〕覆:指船翻了。　胶:粘住,使不能移动,这里指船只搁浅。

〔27〕理:规律。

〔28〕江、河、淮、海:指长江、黄河、淮河、大海。与上文提到的潍、淄、伊、洛形成鲜明对比。

〔29〕鸣条:风吹动树枝发出声音。

〔30〕沃日:这里指冲荡日头,形容波浪很大。沃,浇灌。

〔31〕车盖:古代车上遮雨蔽日的顶篷或伞。

〔32〕见怪:指出现险怪的情况。

〔33〕恬然:平静的。

〔34〕黯然:昏暗,指不幸发生。

〔35〕阽(diàn)危:临近危险。

〔36〕昧:不了解。

〔37〕骈:并列。

〔38〕合并:结合在一起。

〔39〕数:必然性,规律。

〔40〕势:时机,趋势。

〔41〕当:适应。　乘:乘着,利用。

〔42〕本:根据。　徐:缓慢。

〔43〕遽:急,迅速。

〔44〕挟：受制于。
〔45〕周回：指春、夏、秋、冬四时回环轮转。 以：用。 度：计量长短的器具或标准。
〔46〕表：即日晷，一种利用太阳投射的影子来测定时刻的装置。 候：观察。
〔47〕已：停止。
〔48〕苍苍然：深蓝色，这里代指天。
〔49〕俄顷：顷刻，短时间。
〔50〕恶(wū)：疑问词，怎么。 越：超过。
〔51〕固：确定。
〔52〕相用：相互作用。
〔53〕尤：突出的。
〔54〕安：如何，怎么。 寓：寄托。
〔55〕希微：细微。
〔56〕资：凭借，利用。
〔57〕为：做，此处解释为建造。 室庐：指房屋。
〔58〕器用：用具，器具。
〔59〕规：画圆形或是矫正圆形的工具。 矩：画方形或是矫正方形的工具。
〔60〕作：兴起。
〔61〕响：回声。 逾：超过。
〔62〕表：古代用于测量日影所用的标杆。
〔63〕因：依靠，凭借。
〔64〕晦：昏暗。
〔65〕烛：照明，照亮，引申为察见。
〔66〕鼪：黄鼠狼。
〔67〕幽：昏暗。
〔68〕常形：固定的形状或形态。

　　作者强调了"数"(规律)在事物发展中的重要作用，认为任何事物都要遵循客观规律，都逃脱不了规律的制约。

天论(下)

　　本文进一步举例说明天命的不可信，强调了天是有物质性的，不能干预人事。人类是万物的灵长，能够将自然为我所用。并且从历史上找到有关天、人关系概念转换的例子，来说明天命论产生的社会根源。

　　或曰："古之言天之历象[1]，有宣夜[2]、浑天[3]、《周髀》之书[4]，言天之高远卓诡[5],有邹子[6]。今子之言有自乎?"

答曰:"吾非斯人之徒也[7]。大凡入乎数者,有小而推大必合,有人而推天亦合。以理揆之[8],万物一贯也。今夫人之有头、目、耳、鼻、齿、毛、颐[9]、口,百骸之粹美者也[10],然而其本在乎肾、肠、心、腹;天之有三光悬宇[11],万象之神明者也,然而其本在乎山川五行[12]。浊为清母[13],重为轻始。两位既仪[14],还相为庸[15],嘘为雨露[16],噫为雷风[17]。乘气而生,群分汇从[18],植类曰'生',动类曰'虫'。倮虫之长[19],为智最大,能执人理,与天交胜,用天之利,立人之纪[20]。纪纲或坏[21],复归其始。尧舜之书[22],首曰'稽古'[23],不曰稽天;幽厉之诗[24],首曰'上帝',不言人事。在舜之进,元凯举焉[25],曰'舜用之',不曰天授;在殷高宗[26],袭乱而兴,心知说贤[27],乃曰'帝赉'[28]。尧民之馀[29],难以神诬[30];商俗已讹[31],引天而驱[32]。由是而言,天预人乎?"

〔1〕历象:指推算、观测天体的运行。

〔2〕宣夜:是我国的三种宇宙学说之一。主张天没有一定的形状,也不是由物质构成的,其高远没有边境,日月星辰都飘浮在空中,动和静都要依靠"气"的作用。

〔3〕浑天:是我国的三种宇宙学说之一。认为天体状如鸟卵,天包着地,就像壳包着卵黄一样。天半在地上,半在天上,日月星辰绕着南北两极的极轴旋转。

〔4〕《周髀》:书名。因书中使用了勾股术测算天体运行里数,又相传成书于周公,故称《周髀》。是我国的三种宇宙学说之一。说天就像一把没有柄的伞,说地就像一个没有盖的盘子。

〔5〕卓诡:高超而怪异。

〔6〕邹子:即邹衍,是战国时期阴阳家的代表人物。

〔7〕斯人:这些人。

〔8〕揆(kuí):推测,揣度。

〔9〕颐:面颊。

〔10〕百骸:指人的各种骨骼,即人的整个形体。 粹美:犹言精美。

〔11〕三光:指日、月、星。 悬宇:指高悬在上的天空。

〔12〕五行:注释见《何卜赋》。

〔13〕母:物之能产生他物者,即本源,根本。

〔14〕两位:指天地。 既仪:已经形成。

〔15〕庸:通"用",作用。

〔16〕嘘:慢慢地吐气。

〔17〕噫:注释见《砥石赋》。

〔18〕汇:聚集,聚合。

〔19〕倮虫:倮,通"裸",指身上没有羽毛和鳞甲的动物,这里特指人类。

〔20〕纪:法纪。

〔21〕纪纲：犹言法度。
〔22〕尧舜之书：即《尚书》中的《尧典》和《舜典》，书中开篇即云："曰若稽古，帝尧曰放勋。"
〔23〕稽古：考察古事。
〔24〕幽厉之诗：即《诗经》中的《小雅·菀柳》及《大雅·板》，前者是讽刺周幽王的，后者是讽刺周厉王的。诗中开篇云："上帝板板，下民卒瘅。"
〔25〕元凯：一作"元恺"，即古代"八元"、"八恺"的合称。据《左传·文公十八年》载：昔高阳氏有才子八人，天下之民，谓之八恺；高辛氏有才子八人，天下之民，谓之八元。杜预注："恺，和也；元，善也。"后因称辅弼大臣为"元凯"。
〔26〕殷高宗：即殷朝的国君武丁。按，"殷高宗"原作"殷中宗"，今据《史记·殷本纪》改。
〔27〕说：即傅说，是殷高宗武丁朝的宰相。
〔28〕赉：赏赐，赐予。
〔29〕馀：这里指遗民。
〔30〕诬：欺骗。
〔31〕讹：伪善，讹诈。
〔32〕驱：驱使。

《天论》三篇，论述了天的物质性，提出了天与人"交相性"、"还相用"的观点，难能可贵。在唐代当时人科学水平上，分析论说"天命论"产生的社会根源，这在唯物主义思想发展史上具有特殊的意义。

因论（七篇）

《因论》七篇约作于刘禹锡任夔州刺史期间。这组文章是作者有感而发，通过摆事实来讲道理的一组议论文。作者写作这些议论文的目的，是想对后世起到讽喻的作用。因，探究原因。论，我国古代的一种文体，属于议论文的一种。

刘子闲居作《因论》[1]。或问其旨曷归欤[2]？对曰："因之为言有所自也[3]。夫造端乎无形[4]，垂训于至当[5]，其立言之徒[6]。放词乎无方[7]，措旨于至适[8]，其寓言之徒[9]。蒙之智不逮于是[10]，造形而有感，因感而有词，匪立匪寓[11]，以因为目[12]。《因论》之旨也云尔。"

〔1〕刘子：刘禹锡自称。
〔2〕或：有人。　旨：意旨，意图。　曷：疑问代词，什么。
〔3〕自：来源。

〔4〕造端:开始,开端。
〔5〕垂训:流传以示后人,引以为教训。
〔6〕立言:即著书立说。 徒:一类人。
〔7〕放词:犹放言,指畅所欲言,不受拘束。 无方:犹无常,指没有固定的方式。
〔8〕措旨:犹措辞,说话、行文的选择词句。 至适:很贴切。
〔9〕寓言:有寄托有寓意的文章,能起到劝谕和讽刺的效果。
〔10〕于是:即上述这些情况。
〔11〕匪立匪寓:指不是立言也不是寓言。
〔12〕目:目的。

鉴 药

　　该篇的主旨在于阐明,合理发挥医药的功效是要做到对症下药,病体稍安之后又要以和安之,如果不懂得节制的道理,非但不能医治好疾病,反而会加重病情。本篇借服药之经验教训,讽谕唐代统治者在治理国家、管理人才时,也要懂得这个道理,若是一味"昧于节宣",只会给个人和国家带来祸患。

　　刘子闲居有负薪之忧[1],食精良弗知其旨[2],血气交沴[3],炀然焚如[4]。客有谓予:"子病,病积日矣。乃今我里有方士沦迹于医[5],厉者造焉而美肥[6],跛者造焉而善驰[7]。矧常病也[8],将子诣诸[9]?"予然之,之医所。切脉观色聆声,参合而后言曰[10]:"子之病,其兴居之节舛[11],衣食之齐乖所由致也[12]。今夫藏鲜能安谷[13],府鲜能母气[14],徒为美疢之囊橐耳[15],我能攻之[16]。"乃出药一丸,可兼方寸,以授予曰:"服是足以瀹昏烦而钼蕴结[17],销盭慝而归耗气[18]。然中有毒,须其疾瘳而止[19],过当则伤和[20],是以微其齐也[21]。"予受药以饵[22],过信而腿能轻[23],痹能和[24],涉旬而苛痒绝焉[25],抑搔罢焉。逾月而视分纤[26],听察微[27],蹈危如平[28],嗜粝如精[29]。或闻而庆予,且哄言曰[30]:"子之获是药,几神乎!诚难遭已[31]。顾医之态多啬术以自贵[32],遗患以要财,盍重求之[33],所至益深矣。"予昧者也[34],泥通方而狃既效[35],猜致诚而惑剿说[36],卒行其言。逮再饵半旬[37],厥毒果肆[38],岑岑周体[39],如痁作焉[40]。悟而走诸医[41],医大吒曰:"吾固知夫子未达也[42]。"促和蠲毒者投之[43],滨于殆而有喜[44],异日进和药乃复初。

　　刘子慨然曰:"善哉医乎,用毒以攻疹,用和以安神[45],易则两踬[46],明矣。苟循往以御变[47],昧于节宣[48],奚独吾侪小人理身之弊而已[49]！"

〔1〕负薪之忧：旧时谦称自己有病。语出《礼记·曲礼下》："君使士射，不能，则辞以疾，言曰：'某有负薪之忧。'"孔颖达疏："负，担也。薪，樵也，大樵曰薪。忧，劳也。言己有担樵之余劳，不堪射也。不直云疾，而云负薪者；若直云疾，则以傲慢，故陈疾。"

〔2〕旨：滋味美。

〔3〕血气：指精力。 疹(lì)：病。

〔4〕炀(yáng)然：炽热，这里指浑身发烫。

〔5〕里：街坊。 方士：古代指那些从事求仙炼丹的人。 沦迹：沦落。

〔6〕疠：通"疬"，指恶疮。 造：前往，到某处去。这里指求医看病。 美肥：肌肤健美。

〔7〕辙：足疾，即两腿不能走路。

〔8〕矧(shěn)：况且。

〔9〕将：带领。 诣：到某人所在的地方。

〔10〕参合：参考并综合。这里指综合诊断。

〔11〕兴居：指日常的生活起居。 舛(chuǎn)：差错，指没有很好地控制。

〔12〕齐：通"剂"，调剂。 乖：违反常理。

〔13〕藏：通"脏"，指五脏，即心、肝、脾、肺、肾。 鲜(xiǎn)：少。 谷：即谷气，这里指食物的营养成分。

〔14〕府：通"腑"，指六腑，即胆、胃、大肠、小肠、膀胱、三焦。 母：用作动词，产生。

〔15〕疢(chèn)：病。 囊橐(tuó)：指袋子。

〔16〕攻：治愈。

〔17〕瀹(yuè)：疏通。 昏烦：指精神不好。 钽：通"锄"，除去。 蕴结：郁结。

〔18〕蛊慝(tè)：由蛊虫引起的祸害，这里指病害。 耗气：耗散的元气。

〔19〕瘳(chōu)：病愈。

〔20〕和：和谐。

〔21〕是以：所以。 微其齐：服用药剂要少量。

〔22〕饵：是形象的说法，用药来引诱病害，指吃药。

〔23〕信：信宿，指连宿两夜，表示两夜的时间。

〔24〕痹(bì)：同"痹"，中医指由风、寒、湿而引起的肢体疼痛或麻木的病。

〔25〕涉：经历。

〔26〕视分纤：能看到极小的东西。

〔27〕听察微：能听到极轻微的声音。

〔28〕蹈危如平：指登高如走平地一样安稳。

〔29〕粝：糙米。 精：指最好的食物。

〔30〕哄言：众人七嘴八舌地诱劝。

〔31〕诚：的确。 遭：遇上。

〔32〕自贵：自己抬高自己。

〔33〕盍：何不。 求之：这里指服药。

〔34〕昧：糊涂，不明白。

〔35〕泥(nì)：拘泥。 通方：指上述所说的已取得疗效的药方。 狃(niǔ)：因袭，拘泥。

〔36〕剿(chāo)说：因袭别人的言论。
〔37〕逮：等到。
〔38〕厥：其，代词。　毒：指药的毒性。　肆：放纵。
〔39〕岑岑：通"涔涔"，形容汗不断地流下。
〔40〕痁(shān)：古书上指称疟疾。
〔41〕走：拜访。
〔42〕达：指弄明白其中的道理。
〔43〕蠲：除去、清除。
〔44〕滨：通"濒"，临近，接近。　殆：危险。
〔45〕安神：使心神安定。
〔46〕踬(zhì)：失败。
〔47〕御：控制。
〔48〕节宣：节制和宣泄。
〔49〕奚：何。　吾侪：犹"我辈"，我们这些(人)，代词。　理身：治病，养身。

讯甿

本文记述了作者和当地流民的一番对话，展现了人民痛苦不堪的生活，同时也揭露出中唐时期藩镇割据的酷烈。鉴于当时的政局，作者引出了政治上关于"声"和"实"关系的探讨，体现了作者的仁政观点。讯，询问。甿，同"氓"。

刘子如京师[1]，过徐之右鄙[2]。其道旁午[3]，有甿增增[4]，扶斑白[5]，挈羁角[6]，赍生器[7]，荷农用[8]，摩肩而西[9]。仆夫告予曰："斯宋人、梁人、亳人、颍人之逋者[10]，今复矣[11]。"予愕而讯云："予闻陇西公畼穀之止[12]，方逾月矣。今尔曹之来也[13]，欣欣然似恐后者[14]，其闻有劳徕之簿欤[15]，蠲复之条欤[16]，振赡之格欤[17]，硕鼠亡欤[18]，瘠狗逐欤[19]！"曰："皆未闻也。且夫浚都[20]，吾政之上游也[21]。自巨盗间衅而武臣颛焉[22]。牧守由将校以授[23]，皆虎而冠[24]。子男由胥徒以出[25]，皆鹤而轩[26]。故其上也子视卒而芥视民[27]，其下也鸷其理而蛭其赋[28]，民弗堪命[29]，是軼于他土[30]。然咸重迁也，非贴危挤壑[31]，不能违之。曩者虽归欤成谣[32]，而故态相沿，莫我敢复。今闻吾帅故为丞相也，能清净画一[33]，必能以仁苏我矣[34]。其佐尝宰京邑也[35]，能诛钮豪右[36]，必能以法卫我矣。奉斯二必而来归，恶待事实之及也[37]！"

予因浩叹曰："行积于彼而化行于此[38]，实未至而声先驰[39]。声之感人若是之速欤！然而民知至至矣[40]，政在终终也[41]。"尝试论声实之先后曰："民黠政颇[42]，须理而后动，斯实先声后也。民离政乱[43]，须感而后化，斯声先实后也。立实以致声，则难在经始[44]；由声以循实，则难在克终[45]。操其柄者能审是理[46]，俾先后终始之不失，斯诱民孔易也[47]。"

〔1〕如：到……去。

〔2〕徐：即今江苏徐州。 鄙：边境，边邑。

〔3〕旁午：亦作"旁迕"。指纷繁、交错。

〔4〕增增：众多的样子。

〔5〕斑白：头发黑白相杂，这里指老人。

〔6〕挈(qiè)：牵，领。 羁角：古代儿童的发式，一般是男角女羁，这里代指小孩子。

〔7〕赍(jī)：怀抱着。 生器：指生活用具。

〔8〕荷(hè)：扛着，担着。 农用：农业生产所使用的工具。

〔9〕摩肩：肩挨肩，形容人很多、很拥挤的样子。

〔10〕宋：即宋州，治所在今河南商丘。 梁：即梁州，治所在今河南开封。 亳(bó)：即亳州，治所在今安徽亳州。 颍：即颍州，治所在今安徽阜阳。 逋(bū)：逃窜，逃亡。

〔11〕复：再，又。

〔12〕愕：惊讶的样子。 陇西公：指董晋，唐河中虞乡人。曾被封为陇西郡开国公。 畅(chàng)毂：这里指乘车。畅，同"畅"。

〔13〕尔曹：你们，代词。

〔14〕欣欣然：形容高兴的样子。

〔15〕劳徕(lài)：统治者施民以恩德，使之来。

〔16〕蠲复：免除劳役或赋税。

〔17〕振赡：赈济，救助。

〔18〕硕鼠：大老鼠。语出《诗·魏风·硕鼠》，这里指称横征暴敛的贪婪官吏。

〔19〕瘈(zhì)狗：疯狗。语出《左传·襄公十七年》："国人逐瘈狗，瘈狗入于华臣氏，国人从之。"这里指代暴乱之人，即当时的藩镇割据势力。

〔20〕浚都：即唐代的浚仪县，是当时宣武军节度使董晋的驻地。欧阳詹有诗云："莫顾于家，莫流于辽。以饱以回，晨不徯宵。陇西公来浚都兮。"（《东风二章》）

〔21〕上游：先进的地位，这里指政治经济中心。

〔22〕巨盗：指的是安、史叛军。 颛(zhuān)：通"专"，指专擅兵权。

〔23〕牧守：指州郡的地方长官，州官称牧，郡官称守。 将校：是军官的通称。

〔24〕虎而冠：老虎穿戴上人的衣服，喻指凶残的人。

〔25〕子男：爵位名，为古代诸侯五等爵位公、侯、伯、子、男的第四等和第五等。 胥徒：本为服徭役的人，后泛指官府的衙役。

〔26〕鹤而轩：语出《左传·闵公二年》："冬十二月，狄人伐卫，卫懿公好鹤，鹤有乘轩者，将战，国人受甲者皆曰：'使鹤，鹤实有禄位，余焉能战！'"后用以比喻侥幸得到禄位。

〔27〕子视卒：把他的差役视为己出，言其重视。 芥视民：把他的人民视为草芥，言其轻视。

〔28〕鸷:凶猛。 蟊(móu):破坏庄稼的害虫。
〔29〕弗堪命:不能忍受。
〔30〕轶:通"逸",逃跑。
〔31〕阽(diàn):临近。 壑:深沟或大水沟,泛指极危险之地。
〔32〕曩者:从前。
〔33〕清静画一:语出《史记·曹相国世家》:"萧何为法,觏若画一;曹参代之,守而勿失;载其清静,民以宁一。"是说统一的政令能使农民得到安定。
〔34〕仁:指施行仁政。 苏:指解救,拯救。
〔35〕佐:辅佐。 宰:主管,主持。 京邑:指京城地区。
〔36〕豪右:指封建社会里的富豪家族,世家大户。
〔37〕恶(wū):叹词,表示惊讶。
〔38〕浩叹:长叹。 行积:积攒好的德行,指施仁政。 化行:产生效果。
〔39〕实:结果,成效。 声先驰:名声先传播开去。
〔40〕至至:(人民)到他们想去的地方。
〔41〕终终:(政令)贯彻到它应该贯彻的地方。
〔42〕黠(xiá):狡猾。 颇:偏,不正。
〔43〕离:流亡他乡。
〔44〕经始:开端。
〔45〕克终:能够坚持到底。
〔46〕操:拿着。 柄:权柄,权力。
〔47〕诱:诱使,诱导。这里指治理。 孔:很,言程度之深。

叹 牛

本文记述了一头牛在衰老疲病之后被宰杀的事件,表现出作者对老牛的同情和对时事的感慨。在现实生活中,人们的许多举动都是受到利益的驱使,某物被认为无利可图时,就会遭到人们的遗弃。本文所分析的正是这种"所求尽,所利移"的社会现象,颇有鸟尽弓藏之深刻寓意。

刘子行其野,有叟牵跛牛于蹊[1]。偶问焉:"何形之瑰欤[2],何足之病欤?今觳觫然将安之欤[3]?"叟揽縻而对云[4]:"瑰其形,饭之至也;病其足,役之过也。请为君毕词焉[5]。我僦车以自给[6]。尝驱是牛引千钧[7],北登太行[8],南至商岭[9]。挈以回之[10],叱以耸之[11]。虽涉淖跻高[12],毂如蓬而辀不偾[13]。及今废矣,顾其足虽伤而肤尚腴[14],以畜豢之则无用[15],以庖视之则有赢[16]。伊禁焉莫敢尸也[17]。甫闻邦君飨士[18],卜刚日矣[19]。是往也,当要售于宰夫[20]。"余尸之曰[21]:"以叟言之则利,以牛言之则悲。若之何？予方窭[22]，且无长物[23]，愿解裘以赎[24]，将置诸丰草之乡，可乎？"叟鞭然而哈曰[25]："我之沽是[26]，屈指计其直可以持醪而啖肥[27]，饴子而衣妻[28]，若是之逸也[29]，奚事裘为[30]？且昔之厚其生[31]，非爱之也，利其力。今之致其死，非恶之也，利其财。子恶乎落吾事[32]？"

刘子度是叟不可用词屈[33]，乃以杖扣牛角而叹曰："所求尽矣，所利移矣。是以员能霸吴属镂赐[34]，斯既帝秦五刑具[35]，长平威振杜邮死[36]，垓下敌擒钟室诛[37]。皆用尽身贱，功成祸归，可不悲哉，可不悲哉！呜呼！执不匮之用而应夫无方[38]，使时宜之，莫吾害也。苟拘于形器，用极则忧[39]，明已。"

[1]跛：腿或脚有毛病，走起路来身体不平衡。　蹊：小路。
[2]瑰：魁伟，壮伟。
[3]觳觫(hú sù)：因恐惧而战栗的样子。
[4]縻(mí)：牛缰绳。
[5]毕词：把话讲完。
[6]僦(jiù)：租赁。
[7]钧：是古代的重量单位，三十斤是一钧。
[8]太行：山名，即太行山，在山西高原与河北平原之间。
[9]商岭：山名，亦称商山，在今陕西商州东，秦末汉初时四皓曾在此隐居。
[10]掣(chè)：拽，拉。
[11]耸：耸立。这里指让牛攀上高处。
[12]淖(nào)：烂泥，泥沼。　跻(jī)：登、上升，达到高处。
[13]毂(gǔ)：车轮中心有圆孔可以插轴的部分。这里指牛车。　辀(zhōu)：车辕。　偾(fèn)：覆，仆倒。
[14]肤：皮肤，这里指牛的肌肉。　腯(tú)：肥。多用来形容牲畜。
[15]豢：指饲养牲畜。
[16]庖：厨房，这里指把牛宰杀做成美味。　赢：益处，好处。
[17]伊：文言助词。　禁：禁令。唐代禁止个人私自宰牛。　尸：担任，承担。
[18]甫：副词，刚才。　邦君：指刺史这样的地方长官。　飨：用酒食款待人。
[19]卜(bǔ)：选择。　刚日：即单日，古以"十干"记日。甲、丙、戊、庚、壬五日居奇位，属阳刚，故称。语出《礼记·曲礼上》："外事以刚日，内事以柔日。"
[20]宰夫：古代指掌管膳食的小官，这里指厨师。
[21]尸：责备。
[22]窭(jù)：贫穷。
[23]长物：指多余的东西。
[24]裘：皮衣。

〔25〕囅(chǎn)然：微笑的样子。　哈(hāi)：讥笑，嗤笑。
〔26〕沽：卖。
〔27〕屈指：弯着手指头计算数目。　直：通"值"。　醪(láo)：浊酒。　啮：咬。　肥：这里指代精美的食物。
〔28〕饴(yí)：通"贻"，给某某东西。这里指让孩子有饭吃。　衣(yì)：用作动词，穿衣。
〔29〕逸：释放。
〔30〕奚事裘为：以牛换来皮衣有什么用？
〔31〕昔：过去。　厚其生：很好地喂养它。
〔32〕落：耽误，妨碍。
〔33〕度(duó)：推测，估计。　词屈：(用)言词来说服他。
〔34〕员：指伍员，字子胥，是春秋末期吴国的大夫。曾帮助吴王夫差打败越国的勾践，称霸一时，后却遭夫差疏远，后被赐死。　属镂：宝剑名。
〔35〕斯：指李斯，楚国上蔡人，是秦代著名的政治家。曾助秦始皇消灭六国完成统一大业。始皇死后，为权臣赵高所忌，被秦二世赐死，腰斩于市，并夷灭三族。　五刑：指中国古代的五种刑罚，商周时期指墨刑、劓(yì)刑、剕(fèi)刑、宫刑、大辟。
〔36〕长平：古地名，故址在今山西高平北。战国时秦将白起曾在这里大败赵国的赵括，将赵降卒四十馀万坑杀在这里。　杜邮：古地名，在今陕西咸阳东。据《史记·白起王翦列传》载，秦将白起埋怨秦昭王不听他的话而遭到楚魏联军的攻击，不肯为将，称病不起，昭王免白起为士伍，遣之出咸阳，行至杜邮，复使使者赐之剑，使自裁。所以后世遂称忠臣无辜被杀为"杜邮死"。
〔37〕垓下：古地名，在今安徽灵璧县东南。汉高祖刘邦曾围困项羽于此。　钟室：汉代长乐宫悬钟之室，吕后曾杀韩信于此。(事见《史记·淮阴侯列传》)后世称功臣遭忌被杀为"钟室诛"。刘禹锡有诗云："将略兵机命世雄，苍黄钟室叹良弓。"(《韩信庙》)
〔38〕匮：尽，完。　无方：指无常。
〔39〕极：尽头。

儆　舟

　　本文讲述了作者一次失败的行船经历，力图从中总结出经验教训，以期引起人们的警惕。文章生动地说明了灾祸的产生往往是由于人们精神上的放松，并利用大量的历史实例论证了政治上因为疏忽懈怠而带来的严重后果，从小到个人，大到国家方面，阐明了祸福相倚的深刻道理。儆(jǐng)，让人自己觉悟而不犯过错。

　　刘子浮于汴[1]，涉淮而东[2]，亦既释绋缡[3]，榜人告余曰[4]："方今湍悍而舟盬[5]，宜谨其具以虞焉[6]。"予闻言若厉[7]。由是袽以窒之[8]，灰以墐之[9]，篙以干之[10]。仆怠而躬行[11]，夕惕而昼勤[12]，景霾晶而莫进[13]，风异响而遄止[14]。兢兢然累辰[15]，是用获济[16]。偃樯弭棹[17]，次于淮阴[18]。于是舟之工咸沛然自暇自逸[19]，或游肆而觞矣[20]，或拊桥而歌矣[21]，隶也休役以高寝矣[22]，吾曹无虞以宴息矣[23]。逮夜分而窾隙潜澍[24]，涣然阴溃[25]，至乎淹箦濡荐[26]，方卒愕传呼[27]，跳踉登墟[28]，仅以身脱[29]。目未及瞬而楼倾轴垫[30]，抵于泥沙[31]，力莫能支也[32]。

刘子缺然自视而言曰："向予兢惕也[33]，汩洪涟而无害[34]；今予宴安也，蹈常流而致危[35]。畏之途果无常在哉[36]！不生于所畏而生于所易也[37]。是以越子膝行吴君忽[38]，晋宣尸居魏臣怠[39]，白公厉剑子西哂[40]，李园养士春申易[41]，至于覆国夷族，可不儆哉！呜呼！祸福之胚胎也[42]，其动甚微[43]；倚伏之矛盾也[44]，其理甚明。困而后儆，斯弗及已[45]。"

〔1〕浮：乘船航行。　汴：即汴河，唐时故道在今河南荥阳北部。
〔2〕涉：渡。　淮：即淮河，发源于河南，经安徽，后入江苏境内。
〔3〕既：已经。　释：解开。　绋缡：指系船用的粗大结实的缆绳。《诗·小雅·采菽》："泛泛杨舟，绋缡维之。"
〔4〕榜人：摇船的人。
〔5〕湍悍：水流湍急而猛烈。　盬(gǔ)：不坚固。
〔6〕宜：应当。　谨：谨慎，小心。　具：船具。　虞：防范、准备。
〔7〕厉：指情况危险。
〔8〕由是：因此。　袽(rú)：破布，烂旧棉絮。　窒：堵塞。
〔9〕墐：用泥涂塞。
〔10〕匊(jū)：舀水。
〔11〕怠：松懈。　躬行：自己亲身实行。
〔12〕惕：小心谨慎。
〔13〕景：这里指日光。　曀晶：曀，通"瞖"；晶，指光亮。这里是说天色昏暗。
〔14〕遄：迅速。
〔15〕兢兢然：小心谨慎的样子。　累辰：连续过了一段时间。
〔16〕获：得到。　济：渡过。
〔17〕偃：放倒。　樯：(船的)桅杆。　弭：停止。　棹：船桨。
〔18〕次：停留，停靠。　淮阴：即淮阴郡，在今江苏淮安。
〔19〕咸：都。　沛然：走得很快的样子。这里是说船工们都很快地去自由放松了。　暇：无事可做，空闲。　逸：安闲，安乐。
〔20〕肆：铺子。　觞：古代对酒杯的一种称呼，这里指喝酒。
〔21〕拊：拍。
〔22〕隶：指仆人。　高寝：高枕而卧，这里指放松警惕。
〔23〕吾曹：代词，我们这些人。　虞：担心，忧虑。　宴：安乐，安闲。　息：休息。
〔24〕逮：等到。　夜分：半夜。　窾：空。　潜：暗暗地。　澍：名词，指及时的雨。这里用作动词，

指浸湿。

〔25〕涣然:离散的样子。 阴溃:指用来堵塞缝隙的东西被水冲得溃散了。

〔26〕簀:竹席。 濡:湿。 荐:草席。

〔27〕卒:通"猝",突然。 愕:发呆,发愣。

〔28〕跣:光着脚。 墟:这里指岸上的高地。

〔29〕脱:脱离危险。

〔30〕楼:即船楼。 轴:指船尾插舵处。 垫:船往下沉。

〔31〕抵:抵达。指船沉于江底。

〔32〕支:支撑,支持。

〔33〕向:以前。

〔34〕汩:疾行貌。 洪涟:巨大的水浪。

〔35〕常流:平静的水流。

〔36〕常在:固定的地方。

〔37〕畏:令人感到畏惧。 易:忽略,不重视。

〔38〕是以:所以。 越子膝行吴君忽:据《史记·越王勾践世家》载,春秋末年,吴王夫差打败越王勾践后,勾践对夫差"膝行顿首",愿为房臣,以示顺服,夫差因此丧失警惕,后为勾践所灭。

〔39〕晋宣尸居魏臣怠:晋宣,指司马懿。据《晋书·晋宣帝纪》载,三国后期,魏国太傅司马懿与大将军曹爽争权,懿装病以迷惑曹爽。爽派人去刺探实情,去的人受到蒙骗,回来报告说:"司马公尸居馀气,形神已离,不足虑矣。"爽信以为真,于是放松警惕,终被司马懿伺机夺了兵权,身死敌手。

〔40〕白公厉剑子西哂:据《史记·伍子胥列传》载,春秋末期,楚公子白公胜对楚国的宰相子西怀恨在心,终日磨剑,扬言要杀死他,子西认为他是以卵击石,自不量力。怎料,后子西果被白公胜杀死。

〔41〕李园养士春申易:据《史记·春申君列传》载,战国时期,食客李园让其妹与春申君通,待有孕后,又将其送给楚考烈王,后产下一子,立为太子。后李园得势,怕春申君泄密,遂养士欲杀春申君以灭口,但春申君知道后毫不介意,终被李园派人刺死。

〔42〕胚胎:指事物的开始。

〔43〕动:变化。

〔44〕倚伏:语出《老子》:"祸兮福之所倚,福兮祸之所伏。"说明了祸福的相互依存与转化的道理。

〔45〕弗及:来不及。

原　力

本文说一位大力士有着非同一般的力气,受到人们的佩服和重视。但有些人却对此提出质疑,认为那只是匹夫之勇,不可以和自己普及儒学的力度相提并论。基于是非褒贬者所置身环境的差异性,作者分析指出,看待事物的标准不一样,所得出的结论也会不同,不可以用自己的标准去刻意要求别人,且所谓的功用大小也是会随着时势的变化而发生转变的。原,推究。

刘子于迈[1]，舟次泗滨[2]，维绋迹之于传[3]，传吏适传呼曰[4]："乘驿者方来[5]。"谁何之[6]，则曰："力人也[7]。"雅以力闻于吴、楚间[8]，中贵人器之[9]，谓宜为爪士[10]，献言于上[11]。有旨趣如京师[12]。顷其至则仡焉五辈[13]，咸硕其体，毅其容[14]，动睛眸如[15]，曳趾发如[16]，顾瞻迟回[17]，饮啜有声[18]。泗滨守伛，由将授也[19]，说而劳之[20]，飨以太牢[21]，饮以百壶，酒酣气振，求试自矜[22]，傍如无人[23]，中若有冯[24]。有荡舟如沿者[25]，抉鼎如飞者[26]，绚键如麻者[27]，开两弧而脉不偾者[28]，屃巨石而济如流者[29]，异哉！果以力骇世而闻于上也。

异日话于儒家者流[30]，有客悱然自奋曰[31]："斯诚力矣，上之不过夸胡人而戏角抵[32]，次之不过倅期门而振裀服[33]。我之力异，然以道用之可以格三苗而宾左衽[34]，以咸用之可以系六赢而断右臂[35]。由是而言：彼力也长雄于匹夫，然犹驿其骈[36]，饩其食[37]，我力也无敌于天下，亦当蒲其轮鹤其书矣[38]。"予诘之曰[39]："彼之力用于形者也，子之力用于心者也。形近而易见，心远而难明。理乎而言，则子之力大矣；时乎而言，则彼之力大矣。且夫小大迭用[40]，曷常哉？彼固有小矣，子固有大矣。予所不能齐也[41]。"客于邑垂涕洟[42]。刘子解之曰[43]："屠羊于肆，适味于众口也；攻玉于山，俟知于独见也。贪日得则鼓刀利[44]，要岁计而韫椟多[45]。"客闻之破涕曰[46]："吾方俟多于岁计也。岁欤岁欤！其我与欤[47]！"

[1]迈：提起脚向前走，这里特指远行。

[2]次：旅途中停留。 泗：河流名，在今天的山东省。 滨：水边。

[3]绋(zuò)：大绳索。 传：驿站，驿舍。

[4]适：恰巧。

[5]驿：古代供传递文书的人使用的马。

[6]谁何：谁。

[7]力人：有力气的人。

[8]吴：指长江中下游地区。 楚：注释见《何卜赋》。

[9]器：器重，重视。

[10]爪士：卫士，禁卫军将士。

[11]上：对皇帝的讳称。

[12]旨趣：宗旨，大意。

[13]仡(yì)：勇壮。

[14]毅：坚强，果决。

〔15〕晔如：明亮的样子。

〔16〕岌如：危险的样子。

〔17〕迟回：迟疑，犹豫。

〔18〕饮啜：吃喝。

〔19〕将授：犹言"授将"，即授给这个力人以大将的职务。

〔20〕说：通"悦"。　劳：慰劳。

〔21〕飨：用酒食款待。　太牢：古代祭祀用的牛、羊、猪三牲。

〔22〕矜：夸耀，骄矜。

〔23〕傍：通"旁"，旁边。

〔24〕冯(píng)：凭借，倚仗。

〔25〕荡舟：摇船。　沿：顺流而下，言其快。

〔26〕抉：挑出，挖出。　鼎：古代的一种炊具，多用青铜制成。

〔27〕绹：绳子。　麻：比喻纷乱。

〔28〕弧：木弓。　脉：血管。　偾：通"坟"，鼓起。

〔29〕跋：拖着鞋子，引申为踩。

〔30〕异日：他日，过了几天。

〔31〕奋：奋击。

〔32〕胡人：古代对我国北方和西方少数民族的泛称。　角抵：角斗，摔跤。

〔33〕倅(cuì)：副职。　期门：官名，汉武帝时置，职掌执兵扈从护卫。武帝喜欢微服出行，多与西北六郡才俊少年能骑射者期约在殿门会合，故称。　振：举起，抖动或挥动。　袀服：一式的军服。

〔34〕格：击，打。　三苗：古族名。亦称有苗、苗民。他们的生活地点约在今河南南部至湖南洞庭、江西鄱阳一带。　宾：使服从，征服。　左衽：我国古代某些少数民族的服装，前襟向左掩，异于中原一带人民的右衽。衽，衣襟。

〔35〕系：缚，拴。　蠃：同"骡"，家畜名，体形似马，叫声似驴。

〔36〕骈：指在驾车的马外侧的马。

〔37〕饩：供给人食物。

〔38〕蒲其轮：用蒲草裹轮的车子，转动时震动很小，古代常用于封禅或迎接贤人，表示礼敬。　鹤其书：亦叫鹤头书，古代用于招贤纳士的诏书。

〔39〕诘：追问，质问。

〔40〕迭：交替。

〔41〕齐：同等，相等。

〔42〕涕：眼泪。　洟：鼻涕。

〔43〕解：解释。

〔44〕鼓：注释见《砥石赋》。

〔45〕岁计：一年内收入和支出的计算。　韫椟：藏在柜子里，表示珍藏。引申为怀才珍藏，待价而沽。

〔46〕破涕：停止流眼泪。

〔47〕与：给予。

说　骥

本文说一匹良马因没有遇到识马的人,险些埋没世间,后终因遇到伯乐,受到精心的对待,以宝马的美名闻名乡里。针对如此世相,作者感慨万千:马的优良与否,在外形上可以一眼看出,然而良马仍不免被埋没的危机;与此相比,道德深藏在人们的内心之中,又怎么能轻易分辨得出来呢? 骥,指奔跑极快的好马。

伯氏佐戎于朔陲[1],获良马以遗予[2]。予不知其良也[3],秣之稊秕[4],饮之污池[5]。厩枥也[6],上痺而下蒸[7];羁络也[8],缀索而续韦[9]。其易之如此[10]。予方病且窭[11],求沽于肆[12]。肆之驵亦不知其良也[13],评其价六十缗[14]。将剂矣[15],有裴氏子赢其二以求之[16],谓善价也,卒与裴氏。

裴所善李生[17],雅挟相术[18],于马也尤工。睹之周体,眙然视[19],听然笑[20],既而抃随之[21]。且曰:"久矣,吾之不观于是也[22]。是何柔心劲骨,奇精妍态[23],宛如锵如[24],眸如翔如之备邪[25]! 今夫马之德也全然矣,顾其维驹[26],藏锐于内[27],且秣之乖方[28],是用不说于常目[29]。须其齿备而气振[30],则众美灼见[31],上可以献帝闲[32],次可以骛千金。"裴氏闻言竦焉[33]。遂傲其仆[34],蠲其皂[35],筐其恶[36],蜃其溲[37],稚以美荐[38],秣以芗粒[39],起之居之,澡之捆之[40],无分阴之息[41]。斯以马养,养马之至分也。居无何[42],果以骥德闻。

客有啍予以丧其宝[43],且讥其所贸也微[44]。予洒然曰[45]:"始予有是马也,予常马畜之[46]。今予易是马也,彼宝马畜之[47]。宝与常在所遇耳[48]。且夫昔之翘陆也[49],谓将蹄将啮[50],抵以挺策[51],不知其筴云耳[52]。昔之嘘唏也[53],谓为疵为疠[54],投以药石,不知其喷玉耳[55]。夫如是,则虽旷日历月[56],将至顿踣[57],曾何宝之有焉[58]? 繇是而言,方之于士[59],则八十其缗也,不犹逾于五羖皮乎[60]?"客谡而竦[61]。予遂言曰:"马之德也,存乎形者也,可以目取,然犹为之若此。矧德蕴于心者乎? 斯从古之叹[62],予不敢叹。"

〔1〕佐:辅助。 戎:战争。 朔陲:北方边境。
〔2〕遗:给,送。
〔3〕良:指马的优点。
〔4〕秣:喂马。 稊(tí):一种类似稗子的草。 秕(bǐ):空或不饱满的谷粒。
〔5〕污池:犹言水池。
〔6〕厩:马房,牲口棚。 枥:马槽。
〔7〕痹:同"痹",气闷。 蒸:郁热。
〔8〕羁络:马笼头。
〔9〕缀:缝合。 索:绳子。 韦:熟牛皮。
〔10〕易:轻视,轻慢。
〔11〕方:正在。
〔12〕沽:卖。 肆:店铺。
〔13〕驵(zǎng):指旧时从事马匹交易的经纪人。
〔14〕缗(mín):古代串铜钱的绳子,也指成串的钱,一千个钱为一缗。
〔15〕剂:古代买卖时用的券契,在木板上写有文字,中分为两半,买卖双方各执一半为凭证。
〔16〕赢:超过,多余。
〔17〕善:与……友好。
〔18〕雅:甚;颇。 挟:怀藏。 相术:通过观察事物的外表,能判断其优劣的本领。
〔19〕眙(chì)然:注视貌。
〔20〕听(yǐn)然:笑貌。按,"听",原作"昕"。《上林赋》云:"亡是公听然而笑。"今据改。
〔21〕既:完。 抃(biàn):拍手,表示欢迎。
〔22〕是:代指这匹马。
〔23〕奇:特殊,罕见。 精:精神。 妍:美好。 态:姿态。
〔24〕宛:委曲顺从的样子。 锵:形容玉声清脆。
〔25〕晔:容光焕发。 翔:安舒的样子。
〔26〕顾:不过,只是。 维:助词,无实义。
〔27〕锐:勇往直前的气势。
〔28〕乖方:反常。
〔29〕常:普通,平常。 目:名目,名称。
〔30〕齿:指年龄。 振:振动,奋起。
〔31〕灼:明彻。
〔32〕帝闲:皇帝的马厩。
〔33〕竦:严肃而恭敬。
〔34〕儆:告诫,警告。
〔35〕蠲(juān):清洁,使洁净。 皂:通"槽",牲口槽。
〔36〕筐:装满,盛满。 恶:污秽物,特指粪。
〔37〕屦:古代的一种祭器,上面画有屦形。 溲:特指小便。
〔38〕稚:音未详,义可训为"喂",与下句"秣以芗粒"中之"秣"同。

〔39〕芗:谷类的香气,这里指精美的饲料。
〔40〕抠(zhèn):缠束。
〔41〕分阴:片刻。 息:怠惰,懈怠。
〔42〕无何:没多久。
〔43〕唁:对遭遇灾祸者表示慰问。 丧:失去。
〔44〕贸:交换财物。 微:细小、轻微。在文中是指价钱很低。
〔45〕洒(sǎ)然:肃敬的样子。
〔46〕畜:饲养禽兽。
〔47〕彼:那个人。
〔48〕遇:对待,待遇。
〔49〕翘陆:举足跳跃。
〔50〕蹄:踢。 啮:咬。
〔51〕抵:击打。 挝(zhuā)策:指马鞭子。
〔52〕籴(niè):通"蹑",踏。
〔53〕嘘唏:叹息。
〔54〕疵:毛病。 疠:疾病,灾害。
〔55〕药石:是由植物和矿物质构成的药物。 喷玉:马嘘气或鼓鼻时喷散出雪白的唾沫。
〔56〕旷日历月:多费时日,指时间拖得很久。
〔57〕顿:倒下。 踣:倒毙。
〔58〕曾:副词,加强否定语气。
〔59〕士:具有某种技能和才干的人。
〔60〕羖(gǔ):公羊。五羖皮即五张公羊皮。据《史记》载,秦穆公用五张公羊皮赎回百里奚,授之国政,号曰"五羖大夫"。
〔61〕谡(sù):站起来。
〔62〕从:顺从。

述 病

题解

　　本文叙述了作者一次得病的经历,通过主仆二人的一番对话,阐明了一些处事的道理。作者认为,任何人都有某一方面的长处,要善于发现和利用别人的优点,做到为我所用。这就好比说,治理国家、统治人民,要充分相信人民的智慧和力量,只有这样,才能做到"豫章贵,社栎贤"。

　　刘子尝涉暑而征[1],热攻于膝以致病[2]。其仆也告痛[3],亦莫能兴[4]。逮浃日[5],予有瘳[6]。医诊之曰:"疾幸间矣[7],顾热渗而未平[8],有遗类焉[9],宜谨于摄卫[10]。卫之乖方[11],则病复矣。"所苦既微而忽其说[12],倦眠于衾而兴焉[13],倦隐于几而步焉[14],面不能罢颒[15],发不能捐栉[16],口不能忘味，心不能无思。如是未移日而疾也瘳如[17]，复瘝于躬[18]。进药求汗，凡三涣[19]，然后目能视。视既分，则向时之仆[20]，已睨然执桮圈侍予于前矣[21]。予讶而曰："曩吾与若也病偕[22]，呻也呼也[23]，若酷而吾微[24]，药也饵也，吾毅而若薄[25]。何患之同而瘳之异哉？"仆谆谆而答云[26]："己之被病也，兀然而无知[27]；有间也，亦兀然而无知。发蓬如而忘乎乱[28]，面黔如而忘乎垢[29]。泊疾之杀也[30]，虽饮食是念，无滑甘之思[31]，日致复初，亦不知也。"

予喟然叹曰[32]："始予有斯仆也，命之理畦则蔬荒[33]，主庖则味乖[34]，颐厩则马瘠[35]，常谓其无适能适[36]。乃今以兀然而贤我远甚[37]，利与钝果相长哉[38]！仆更矣。"刘子遂言曰："乐于用则豫章贵[39]，厚其生则社栎贤[40]。唯理所之，曾何胶于域也[41]？"

〔1〕征：远行，长行。

〔2〕攻：指疾病侵袭人的身体。 腠：肌肉上的纹理。

〔3〕痡(pū)：病。

〔4〕兴：起来。

〔5〕浃日：古代以干支纪日，称自甲至癸一周十日为"浃日"。

〔6〕瘳：注释见《鉴药》。

〔7〕间：注释见《何卜赋》。

〔8〕顾：然而，但是。 热胗：即热病。 平：平定，这里意指痊愈。

〔9〕遗类：遗留下同类的，指身体还未完全康复。

〔10〕谨：慎重，小心。 摄卫：保养身体。

〔11〕乖方：反常。

〔12〕苦：病痛。 微：小。 怠：怠慢，轻视。

〔13〕衾：被子。

〔14〕隐(yìn)于几：犹隐几，凭着几案。

〔15〕頮(huì)：洗脸。

〔16〕捐：舍弃。 栉(zhì)：梳子。

〔17〕移日：过了几天。 瘆(shèn)：使人害怕，可怕。

〔18〕瘝(guān)：病，痛苦。

〔19〕涣：消散。

〔20〕向时：以前的。

〔21〕睨然：斜着眼看的样子。 桮圈：同"杯棬"，指古代的一种木制的饮器。

〔22〕曩：从前。 偕：一同。

〔23〕呼(hū)：大声喊叫。

〔24〕酷：指病的程度深。 微：指病的程度浅。

〔25〕殷：多。　薄：少。
〔26〕谆谆：恳切而不厌倦。
〔27〕兀然：浑然无知的样子。
〔28〕蓬：松散，杂乱。
〔29〕黔：黑色。
〔30〕洎：等到。　杀：削弱，减少。
〔31〕滑甘：使菜肴柔滑的作料，这里代指甘美的东西。
〔32〕喟然：叹气声。
〔33〕理：治理。　畦：田地、菜圃里划分的一个一个的小区域。　蔬：蔬菜。　荒：荒芜。
〔34〕庖：厨房。　乖：不和谐，不协调。
〔35〕颛：通"专"，主持，掌管。　瘠：瘦。
〔36〕无适能适：没有他能适合做的事情。
〔37〕乃：却，而。
〔38〕利：灵活敏捷，这里指聪明。　钝：迟钝，笨。　相长：彼此促进。
〔39〕乐：爱好。　用：资材，费用。　豫章：比喻栋梁之材。
〔40〕厚：看重，重视。　生：百姓，人民。　社栎：语出《庄子·人间世》，讲的是社堂上有一棵栎树，有百围之大。有人说这是一棵没有用的树，用它造船，则船沉；拿它打棺材，则棺材腐烂；把它做成用具，很快被毁坏等。因为它没有什么用处，所以它能活得很久。这里比喻无所可用。
〔41〕胶：固执，拘泥。　域：范围。

　　《因论》七篇，因事立题，有感而发，代表了刘禹锡杂文的特点与水平。七篇作品，短小精悍，隐微深切，素材源于生活中的药、氓、牛、舟、力、骥、病，而又高于生活，借题发挥，针砭现实。作者的观点，通过日常生活中的现象形象地表露，体现了作者的高明之处。

洗心亭记

　　本文是一篇游记，作者通过正面描写和侧面烘托写出了这座亭子的寂静和清幽。置身洗心亭，则远离了尘世的喧嚣，心胸似乎被洗涤了一遍，内心中的恶念和杂念也仿佛被统统去除干净。欣然之馀，作者应僧人的请求写下了这篇优美的文章。洗心，洗涤心胸，喻指除去内心中的恶念和杂念。

　　天下闻寺数十辈[1]，而吉祥尤章章[2]，蹲名山[3]，俯大江[4]，荆、吴云水[5]，交错如绣[6]。始予以不到为恨[7]，今方弭所恨而充所望焉[8]。
　　既周览赞叹[9]，于竹石间最奇处得新亭。彤焉如巧人画鳌背上物[10]，即之四顾[11]，远迩细大，杂然陈乎前[12]，引人目去[13]，求瞬不得。徵其经始[14]，曰僧义然。啸侣为工[15]，即山求材。盘高孕虚[16]，万景坌来[17]。词人处之，思出常格[18]。禅子处之，遇境而寂。忧人处之，百虑永息[19]。鸟思猿情，绕梁历榱[20]。月来松间，雕镂轩墀[21]。石列笋簴[22]，藤蟠蛟螭[23]。修竹万竿[24]，夏含凉飔[25]。斯亭之实录云尔[26]。

然上人举如意抯我曰[27]："既志之[28]，盍名之以行乎远夫！"余始以是亭圆视无不适[29]，始适乎目方寸为清[30]，故名洗心。长庆四年九月二十三日，刘某记。

〔1〕辈：类属。
〔2〕吉祥：祥瑞，预示好运的征兆。
〔3〕蹲：停留。
〔4〕俯：俯视。
〔5〕荆：即荆州，辖境约相当于今湘、鄂二省及豫、桂、黔、粤的一部分。　吴：指吴地，泛指我国东南江浙一带。
〔6〕绣：指五彩纷呈的绘画或图景。
〔7〕恨：遗憾。
〔8〕弭：消除。　充：装满，充满，引申为满足。　望：盼望，期望。
〔9〕周览：环顾一圈。
〔10〕彤：朱红色。　巧人：指心思灵敏，技艺高超的匠人。
〔11〕即：靠近。
〔12〕杂然：纷乱，杂乱的样子。
〔13〕目：看。
〔14〕经始：指开始营建，开始经营。
〔15〕啸侣：呼叫同类，召唤同伴。
〔16〕孕：比喻如胎之包裹，指包孕。
〔17〕坌：并，一起。
〔18〕常格：惯有的标准。
〔19〕虑：忧愁。　息：止。
〔20〕榱(cuī)：椽子。
〔21〕轩墀(chí)：指殿堂前的台阶。
〔22〕笋簴(sǔn jù)：古代悬挂钟磬的架子，横者为笋，直者为簴。
〔23〕蟠：屈曲环绕。　蛟螭：蛟，是传说中一种能发洪水的龙；螭，是传说中一种没有角的龙。这里泛指龙。
〔24〕修竹：长长的竹子。
〔25〕飔(sī)：指风。
〔26〕录：记载。

〔27〕上人：旧时对和尚的尊称。 挹：通"揖"，作揖。
〔28〕志：指用文字记录下来。
〔29〕圜视：即环视。
〔30〕方寸：指人心。

简短的一篇小文，既记述了作者置身洗心亭的经过，又描绘了亭子的构造过程及特点，并且设想不同的人置身其中的不同感受，交代作者命名亭为"洗心"的原因，可用"隽而膏，味无穷而炙愈出"加以概括。

唐故尚书礼部员外郎柳君集纪

本文论述了文学和政治的关系，提出了"文章与时高下"的著名论断。作者认为，如果国家分裂、政治混乱，文学就会一蹶不振；反之，国家统一、政治清明，文学才会繁荣。作者以此进一步引出了对其挚友柳宗元行迹和才学的记述。礼部员外郎是礼部所属司的副官，兼掌礼乐、学校、图书等事务。集纪，就是集序，因刘禹锡父名绪，为避讳故改"序"为"纪"。

八音与政通[1]，而文章与时高下[2]。三代之文至战国而病[3]，涉秦汉复起[4]。汉之文至列国而病，唐兴复起[5]。夫政庞而土裂[6]，三光五岳之气分[7]，大音不完[8]，故必混一而后大振[9]。初，贞元中[10]，上方向文章[11]。昭回之光[12]，下饰万物[13]。天下文士，争执所长[14]，与时而奋[15]，粲焉如繁星丽天[16]。而芒寒色正[17]，人望而敬者，五行而已[18]。河东柳子厚，斯人望而敬者欤！

子厚始以童子有奇名于贞元初，至九年为名进士，十有九年为材御史[19]，二十有一年以文章称首，入尚书为礼部员外郎。是岁以疏隽少检获讪[20]，出牧邵州[21]，又谪佐永州[22]。居十年，诏书征不用[23]，遂为柳州刺史[24]，五岁不得召。病且革[25]，留书抵其友中山刘某曰[26]："我不幸，卒以谪死[27]，以遗草累故人[28]。"某执书以泣，遂编次为三十通[29]，行于世。

子厚之丧，昌黎韩退之志其墓[30]，且以书来吊曰[31]："哀哉若人之不淑[32]。吾尝评其文，雄深雅健似司马子长[33]，崔、蔡不足多也[34]。"安定皇甫湜于文章少所推让[35]，亦以退之之言为然[36]。凡子厚名氏与仕与年暨行己之大方[37],有退之之志若祭文在[38]。今附于第一通之末云[39]。

　　[1]八音:我国古代的八类乐器,通常为金、石、丝、竹、匏、土、革、木八种不同材质所制,这里泛指音乐。通:相通,这里指政治和音乐二者之间有密切的联系。
　　[2]时:时代。　　高下:指盛衰起伏变化。
　　[3]三代:指古代夏、商、周三个朝代。　　病:这里指衰退。
　　[4]涉:经过。　　起:兴起。
　　[5]复起:指又繁荣起来。
　　[6]庞:多而杂,这里指政治杂乱,混乱。　　土裂:指国家分裂。
　　[7]五岳:即泰山、华山、嵩山、衡山、恒山。　　气:元气,指构成宇宙万物的原始物质。
　　[8]大音:语出《老子·道德经》第四十一章"大音希声",即是说没有声响的音叫大音,在文章中即是指天地间最美好的音乐。
　　[9]混一:混沌合一,指国家统一。　　振:兴起。
　　[10]贞元:唐德宗的年号。
　　[11]上:皇上。　　向:同"飨",偏爱、提倡之意。
　　[12]昭回:谓星辰光耀回转,后亦借指日、月。
　　[13]下饰:下照。
　　[14]执:凭借。　　长:特长。
　　[15]奋:振奋,鼓劲。
　　[16]粲:鲜明、灿烂的样子。　　丽:附着。
　　[17]芒寒色正:光亮逼人,色泽雅正。
　　[18]五行:注释见《何卜赋》。
　　[19]材:有才干的。　　御史:即监察御史里行。据《新唐书·柳宗元传》载,贞元十九年,柳宗元为监察御史里行。
　　[20]是岁:这一年。即"永贞革新"这一年(805)。　　疏隽:疏放俊逸,才高不拘。　　检:注意约束自己的言行。　　获讪:受到诽谤。
　　[21]牧:指一州之最高长官。　　邵州:治所在今湖南邵阳。
　　[22]永州:在今湖南零陵。
　　[23]征:召集。
　　[24]柳州:在今广西壮族自治区柳州市。
　　[25]革(jí):通"亟",危急,指病危。
　　[26]书:即信。　　抵:到达,这里指送到。　　中山刘某:刘禹锡在《子刘子自传》中称自己为中山靖王刘胜的后代,故称。
　　[27]卒:终于。
　　[28]遗草:指柳宗元遗留下来的书稿。　　累:烦劳、托付。　　故人:老朋友。
　　[29]编次:按次序编排。　　三十通:即三十卷。
　　[30]昌黎:郡名,即韩愈的郡望,治所在今天的辽宁义县。　　志:记事的书或文章。这里用作动词,指

为柳宗元的墓作一篇志。

〔31〕吊：哀悼。

〔32〕若人：这个人。　不淑：不幸。

〔33〕雄深雅健：雄浑，精深，雅正，刚健。　司马子长：即司马迁，字子长。西汉时的文学家和史学家，著有《史记》。

〔34〕崔、蔡：指崔骃和蔡邕，二人都是东汉时期的文学家。　多：超过。

〔35〕安定：郡名，是皇甫湜的郡望，在今甘肃泾川。　皇甫湜：字持正，是唐代的文学家，元和中进士及第，与柳宗元同时。　推让：赞许、推崇。

〔36〕然：是这样，对。

〔37〕名氏：犹言姓名。　仕：做官经历。　年：年龄。　暨：及。　行己：行为活动，指做人处世。　大方：大略或大概。

〔38〕若：和，与。　退之志：即韩愈的《柳子厚墓志铭》。　祭文：即韩愈的《祭柳子厚文》。

〔39〕云：句末语气助词。

柳宗元既是刘禹锡的政治同盟，又是相互唱和的诗友，两人有共同的主张，共同的理想，当然也遭受了同样的贬谪。柳宗元四十馀岁即英年早逝，令人叹惜。刘禹锡对柳宗元，自然非常了解，所以全文脉络清晰，自然流畅，表现出作者鲜明的文艺观。

陋室铭

《陋室铭》是刘禹锡的名篇。全文仅八十一字，借写陋室以示人的节操，言简而意浓。

山不在高，有仙则名[1]；水不在深，有龙则灵[2]。斯是陋室[3]，惟吾德馨[4]。苔痕上阶绿[5]，草色入帘青[6]。谈笑有鸿儒[7]，往来无白丁[8]。可以调素琴[9]，阅金经[10]。无丝竹之乱耳[11]，无案牍之劳形[12]。南阳诸葛庐[13]，西蜀子云亭[14]。孔子云："何陋之有？"

〔1〕有仙则名：有神仙居住就会闻名。

〔2〕有龙则灵：有了龙就变得灵异了。

〔3〕斯：这。

〔4〕德馨：品德高尚。馨，香气。

〔5〕苔痕上阶绿：苔痕碧绿，长到台阶上。

〔6〕草色入帘青：草色青葱，映入帘里。
〔7〕鸿儒：博学的人。鸿，大。
〔8〕白丁：无学问的人。
〔9〕调素琴：调弄古朴的琴。
〔10〕阅金经：阅读佛经。
〔11〕丝竹：琴瑟、箫管等乐器。
〔12〕案牍：公文。　劳形：使身体劳累。
〔13〕南阳诸葛庐：河南南阳有诸葛亮的茅庐。
〔14〕西蜀子云亭：四川成都有扬子云的亭子。子云，扬雄字。

刘禹锡的文学成就，不仅后人推崇，即同时代者也刮目相看，他的好朋友柳宗元就曾评价他的"文隽而膏，味无穷而炙愈出也"。这篇流布人口的《陋室铭》就是对这一评价的绝妙佐证。

口兵戒

本文通过兵器和言语相比较，衬托说明言语好比兵器，而其酷烈有时还甚于兵器。因为兵器所造成的创伤，用药可以医治，但是因为一句话带来的苦痛却不能轻易得到宽解。戒，用于告诫的一种文体。

余读蒙庄书曰：“兵莫惨于志[2]，莫邪为下[3]。”缺然知志士之伤夫生也[4]。他日读远祖中垒校尉书曰[5]：“口者，兵也[6]。”盖然知言之为兵[7]，又惨乎志。因博考前载，极其两端[8]。夫志兵之薄人[9]，激烈抗愤[10]，不过无从容于世耳[11]。口兵之起，其刑渥焉[12]。繇是知吾祖之言为急[13]，作戒以书于盘盂[14]。

五刃之伤[15]，药之可平。一言成痾[16]，智不能明。人或罹兵[17]，道涂奔救[18]。投方效技[19]，恐恐其后。人或罹谮[20]，比肩狐疑[21]。借有解纷[22]，毁辄随之[23]。故曰："舌端之孽[24]，惨乎楚铁[25]。夷灶诚谋[26]，执戈以驱[27]。掩人诚智，折笄以詈[28]。贤者诲子[29]，信有其旨[30]。发言之难，伸舌犹尔。辩为诈媒[31]，默为德基[32]。玉椟不启[33]，孰能瑕疵[34]？犀麋深居[35]，孰谓可嗤[36]？戒哉我口之启，尔心之门。无为我兵，当为我藩[37]。以慎为键[38]，以忍为阍[39]。可以多食，勿以多言。

〔1〕蒙庄：即庄周。因为他是宋国蒙人,且又做过蒙地漆园吏,故有此称。

〔2〕兵：兵器,军械。　惨：残酷、狠毒。

〔3〕莫邪：亦作"镆铘",宝剑名。据陆广微《吴地记·匠门》记载,吴王阖闾命干将铸剑,铁汁不下。干将妻莫邪问计,干将说,以前先师欧冶子铸剑时,曾以女人配炉神,即得。莫邪闻言就投身于火炉之中。铁汁出,遂铸成二剑。雄剑叫"干将",雌剑叫"莫邪"。

〔4〕缺然：惶恐的样子。见其《上杜司徒书》："始赧然以愧,又缺然以栗,终悄然以悲。"　伤：忧思。

〔5〕中垒校尉：官职名,指刘向,是西汉的经学家、目录学家、文学家。汉成帝时做过中垒校尉。明人编有《刘中垒集》。

〔6〕兵：兵器。

〔7〕嚤(xī)：悲伤、痛苦,引申为痛惜。

〔8〕极：穷极,穷尽。

〔9〕薄：迫近,侵入。

〔10〕激烈：高亢、激越。　抗愤：意志高昂。

〔11〕从容：舒缓,不急迫。

〔12〕渥：多。

〔13〕急：急切,迫切。

〔14〕盘盂：圆盘和方盂,用于盛物。古代刻文于其上纪功或自励。《韩非子·大体》："豪杰不著名于图书,不录功于盘盂。"

〔15〕五刃：指五种兵器。《国语·齐语》："定三革,隐五刃。"韦昭注曰："五刃,刀、剑、矛、戟、矢也。"这里泛指各种兵器。

〔16〕痾：同"疴",指病。

〔17〕罹：遭遇,遭受。

〔18〕道涂：道路,路途。涂,同"途"。　奔救：逃亡。

〔19〕投方效技：自请效力。

〔20〕譖：说坏话诬陷别人。

〔21〕比肩：并列,指居于同等地位的。　狐疑：多疑,传说狐性多疑,故称。比喻遇事犹豫不决。

〔22〕借：假使,假若。　解纷：指排解纷扰。

〔23〕毁：诽谤。

〔24〕孽：灾祸。

〔25〕楚铁：指利剑。语见《史记·范雎蔡泽侯列传》："昭王曰：'吾闻楚之铁剑,而倡优拙。'"

〔26〕夷：铲平,削平。

〔27〕驱：行进。

〔28〕折笄：据《国语·晋语》记载,春秋时,晋士会(范武子)怒其子燮(文子)对长者不敬,以杖击之,折其委笄。委,周代冠名。笄,是结冠的簪子。　詈：骂。

〔29〕诲：教导。

〔30〕信：的确。　旨：意义,目的。

〔31〕辩：争论。　媒：媒介。

〔32〕默：静默,不说话。

〔33〕椟：木匣。　启：开。

〔34〕瑕疵：小的缺点。
〔35〕犨(chōu)麋：人名，出自《吕氏春秋》，是敦洽犨麋的简称。左思《三都赋》曰："亦犹犨麋之与子都，培塿之与方壶也。"
〔36〕嗤：讥笑。
〔37〕藩：篱笆，引申为屏障。
〔38〕慎：谨慎，小心。　键：门闩，锁簧。
〔39〕忍：忍耐，忍受。　闺：宫门。

作者告诫众人，因为多言招来的祸患简直太多了，所以说话之前一定要学会谨慎，此乃开启人类心灵大门的钥匙。

论　书

本文以对话的方式，阐明了自己对书法这门艺术的独特见解。有人认为，写字只为记录，写得好坏其实无所谓。作者批驳指出，大量的事例表明，人们对任何事情都有更高的要求，书法也不例外，不能因为某些妄评而对这门艺术作任何否定的界说。这个道理的启示还在于，对任何事情都要实事求是地作出正确的评价。书，写字，书写。

或问曰[1]："书足以记姓名而已[2]，工与拙[3]，可损益于数哉[4]？"答曰："此诚有之[5]，盖举下之说尔[6]，非中道之说[7]。亦犹言居室曰避燥湿而已[8]，言衣裳曰适寒燠而已[9]，言饮食曰充腹而已，言车马曰代劳而已[10]，言禄位曰代耕而已[11]。今夫考居室必以闳门丰屋为美[12]，笥衣裳必以文章道泽为甲[13]，评饮食必以精良海陆为贵[14]，第车马必以华辀绝足为高[15]，干禄位必以重侯累封为意[16]。是数者皆不行举下之说，奚独于书也行之邪？《礼》曰[17]：'士依于德[18]，游于艺[19]。'德者何？曰至[20]，曰敏[21]，曰孝之谓[22]。艺者何？礼[23]、乐[24]、射[25]、御[26]、书、数[27]之谓。是则艺居三德之后，而士必游之也，书居数之上，而六艺之一也。《语》曰[28]：'饱食终日，无所用心[29]，难矣哉！不有博弈者乎[30]？为之犹贤乎已。'是则博弈不得列于艺，差愈于饱食无所用心耳。吾观今之人适有面诋之曰[31]：'子书居下品矣[32]。'其人必逌尔而笑[33]，或警然不屑[34]。诋之曰：'子握槊弈棋居下品矣[35]。'其人必赧然而愧[36]，或艴然而色[37]。

是故敢以六艺斥人[38],不敢以六博斥人。嗟乎!众尚之移人也[39]。"

问者曰:"然则彼魏、晋、宋、齐间亦尝尚斯艺矣[40]。至有君臣争名,父子不让,何哉?"答曰:"吾姑欲求中道耳[41],子宁以尚之弊规我欤[42]!且夫信者美德也[43],秦缪尚之而贤臣莫赎[44]。黄老者至道也[45],窦后尚之而儒臣见刑[46]。道德且不可尚,矧由道德以下者哉?所谓中道而言书者何?处之文学之下,六博之上。材钧而善者得以加誉[47],遇钧而善者得以议能[48]。所加在乎誉,非实也,不黩于赏[49]。所议在乎过,非实也,不絫于刑[50]。夫如是,庶乎六书之学不湮坠而已乎[51]!"

﹝1﹞或:有人。
﹝2﹞足:足够。 而已:罢了。
﹝3﹞工:精巧,指字写得很好。 拙:指字写得不好。
﹝4﹞损益:减少或增加。 数:数目。
﹝5﹞诚:确实,的确。
﹝6﹞盖:连词,承接上文,说明原因,有推测之义。
﹝7﹞中道:中正之道。
﹝8﹞避:躲避,躲开。
﹝9﹞适:适合。 燠(yù):温暖。
﹝10﹞代劳:请人代替自己办事。
﹝11﹞禄位:俸禄和爵位。 代耕:古代官吏不耕而食,所以称做官者享受俸禄为代耕。
﹝12﹞考:古代宫室建成时要举行祭祀,称为"考",引申为建造房屋。 闳:大。 丰:大。
﹝13﹞笥:盛东西的长方形竹器,即竹箱。 文章:指刺绣上的花纹。 遒泽:美好而有光泽。 甲:头等,第一流的。
﹝14﹞评:品评,评议。 海陆:指山珍海味。
﹝15﹞第:排定次序或等级。 轫:车辕,这里代指车。
﹝16﹞干:求,特指向统治者求取禄位。 意:意图,意向。
﹝17﹞礼:即《周礼》。
﹝18﹞依:依照。
﹝19﹞游于艺:用六艺之教来陶冶身心。
﹝20﹞至:精到,深切。
﹝21﹞敏:奋勉。
﹝22﹞孝:尽心奉养父母。
﹝23﹞礼:指某一社会的制度和行为规范。
﹝24﹞乐:音乐。
﹝25﹞射:射箭。
﹝26﹞御:驾驶车马。
﹝27﹞数:算术。

〔28〕语:即《论语》。
〔29〕无所用心:不知道该把心放在哪里,指不能够集中精力用功学习。
〔30〕博弈:古代的一种赌输赢的游戏,与下棋类似。
〔31〕面诋:当面毁谤。
〔32〕下品:犹言下等。
〔33〕迺尔:注释见《砥石赋》。
〔34〕謷然:骄傲的样子。謷,通"傲"。
〔35〕握槊:古代的一种类似双陆的博戏。
〔36〕赧(nǎn)然:因羞愧而脸红。
〔37〕艴(fú)然:愠怒、生气的样子。 色:变了脸色。
〔38〕是故:所以。 斥:斥责。
〔39〕尚:尊崇,尊重。 移:动摇。
〔40〕然则:既然如此,那么。
〔41〕姑:姑且,暂且。
〔42〕宁:乃,竟。 规:劝诫,规劝。
〔43〕信:信用。
〔44〕秦缪:即秦缪公,又称秦穆公,是春秋时秦国的国君。他在位期间任用百里奚和蹇叔等人,秦国的势力大大加强。穆公在位九年而死,殉葬者共一百七十七人,包括贤臣子车氏的三个儿子:奄息、仲行、针虎。这三个人都是秦国的贤良人才,亦即文中所指的贤臣。 赎:用缴纳财物的方式来减免刑罚。
〔45〕黄老:黄帝和老子的并称,后世道家把二人奉为始祖。这里指代道家清静无为的统治之术。 至道:最高标准。
〔46〕窦后:即窦太后,是汉文帝的皇后,清禾观津(今河北衡水东)人。汉景帝即位后被尊为皇太后,好黄老之学,她曾罢逐儒生辕固生等。 见刑:被处以刑罚。
〔47〕钧:通"均",平均。
〔48〕议能:古代的刑法八辟之一,对有奇才异能的人进行特别审议以减免其刑罚。
〔49〕黩:滥用,没有节制。
〔50〕紊:乱。
〔51〕湮坠:湮没失落。

这篇论述书法的文章,征引丰富,推理缜密,既渊博又晓畅。在书法史上也有一定的史料价值。

刘氏集略说

本文是刘禹锡对自己诗文集的总结和评价。作者记述个人成长的经历,简单回顾了自己求学和创作的过程,申明了自己的创作都是有感而发,即具有鲜明的现实性。

子刘子曰：五达之井[1]，百汲而盈科[2]，未必凉而甘，所处之势然也。人之词待扣而扬[3]，犹井之利汲耳。始余为童儿，居江湖间，喜与属词者游[4]，谬以为可教[5]。视长者所行止，必操觚从之[6]。及冠举秀才，一幸而中说[7]，有司惧不厌于众[8]，亟以口誉之[9]。长安中多循空言[10]，以为诚[11]，果有名字[12]，益与曹辈畋渔于书林[13]，宵语途话[14]，琴酒调谑[15]，一出于文章。俄被召为记室参军[16]。会出师淮上[17]，恒磨墨于楯鼻上[18]，或寝止群书中。居一二岁，由甸服升诸朝[19]，凡三进班而所掌犹外府[20]，或官课[21]，或为人所倩[22]，昌言奏记[23]，移让告谕[24]，奠神志葬[25]，或猥并焉。及谪于沅、湘间[26]，为江山风物之所荡[27]，往往指事成歌诗，或读书有所感，辄立评议。穷愁著书[28]，古儒者之大同，非高冠长剑之比耳[29]。前年蒙恩泽，以郡符居海壖[30]，多雨悪作[31]，适晴喜，躬晒书于庭[32]，得以书四十通。迺尔自哂曰[33]："道不加益[34]，焉用是空文为[35]？真可供医蒙药楮耳。"他日子婿博陵崔生关言曰[36]："某也向游京师[37]，伟人多问丈人新书几何[38]，且欲取去。而某应曰无有，辄且起于颜间[39]。今当复西，期有以弭丑者[40]。"繇是删取四之一为《集略》[41]，以贻此郎[42]，非敢行乎远也。

[1]五达：指通达五方。
[2]盈科：指水充满坑坎。
[3]扣：同"叩"，敲击。　扬：传播，显扬。
[4]属(zhǔ)词：撰著文辞。
[5]谬：错误(地)。
[6]操觚：操，持。觚，木简，犹言写作。
[7]中说：指正确的学说、理论。
[8]有司：古时设官分职，各有所司，故称官吏为"有司"。　厌：通"餍"，满足，引申为心服、满意。
[9]亟(qì)：屡次。
[10]空言：指不切实际的话。
[11]诚：确实，果真如此。
[12]名字：犹言名誉、名声。《汉书·陈遵传》："俱著名字，为后进冠。"
[13]曹辈：同伙。　畋渔：比喻博览群书。　书林：藏书之所。极言书之多。
[14]宵：夜。
[15]调谑：戏谑，取乐。

〔16〕记室参军：官名，或称记室督，掌管制订章表、文檄等职。
〔17〕会：正赶上，恰好。
〔18〕楯(shǔn)：栏杆的横木，泛指栏杆。　鼻：指器物上突出供把握的部分。
〔19〕甸服：泛指京城附近的地方。
〔20〕班：位次，班次。　三进班：指诗人从淮南主簿迁为监察御史，后擢为屯田员外郎，此为三进班。外府：京都以外的州郡。
〔21〕官课：旧时官府对书院的学生进行定期考试。
〔22〕倩：恳求，请。
〔23〕昌言：正当的言论。　奏记：以书面形式向公府等长官陈述意见。
〔24〕告谕：指告示、布告类文体。
〔25〕奠：放置祭品，祭祀神鬼或亡灵。
〔26〕沅、湘间：泛指湖南地区，即刘禹锡所贬之地朗州。
〔27〕荡：涤荡，引申为感动。
〔28〕穷愁：困窘不得志。
〔29〕高冠长剑：这里代指屈原。屈原在其诗作《涉江》中写道："带长铗之陆离兮，冠切云之崔嵬。"刻画了一位戴岌岌之高冠、佩陆离之长剑的诗人形象，为后世传诵。
〔30〕郡符：郡守的符玺，这里借指郡守。　壖：河边地。
〔31〕爇：潮湿。
〔32〕躬：亲自。
〔33〕逌(yōu)尔：舒适自得的样子。　哂：微笑。
〔34〕道：法则。
〔35〕空文：指空洞浮泛的文辞。
〔36〕子婿：女儿的丈夫。
〔37〕向：过去、从前。
〔38〕丈人：岳父。
〔39〕丑：羞耻。
〔40〕弭：消除。
〔41〕繇是：于是。
〔42〕贻：赠给。

虽然这是一篇对自己文集的简单介绍性文字，但从中却可以窥见作者关于创作的一些独特见解。通读全篇之后，我们或许该了解刘禹锡之所以为大诗人、大文豪的原因吧。

子刘子自传

本文是刘禹锡的一篇自传，作于会昌二年(842)，时禹锡已是七十一岁高龄，被足疾所困扰。文中对自己的一生进行了回顾和总结,简要地叙述了自己的家世和生平,重点是回顾了自己一生坎坷的政治经历,其中穿插了自己和王叔文、吕温、李景俭、柳宗元等人的关系。这是研究刘禹锡家世、生平、思想、仕宦、交游等方面情况的重要文献。

子刘子[1],名禹锡,字梦得。其先汉景帝贾夫人子胜[2],封中山王[3],谥曰靖[4],子孙因封为中山人也。七代祖亮[5],事北朝为冀州刺史[6]、散骑常侍[7]。遇迁都洛阳,为北部都昌里人[8]。世为儒而仕[9]。坟墓在洛阳北山[10],其后地狭不可依,乃葬荥阳之檀山原[11]。有大王父已还[12],一昭一穆如平生[13]。曾祖凯,官至博州刺史[14]。祖锽,由洛阳主簿察视行马外事[15],岁满,转殿中丞[16]、侍御史[17],赠尚书祠部郎中[18]。父讳绪,亦以儒学,天宝末应进士[19],遂及大乱[20],举族东迁,以违患难[21],因为东诸侯所用[22]。后为淮西从事[23],本府就加盐铁副使[24],遂转殿中主务于甬桥[25],其后罢归浙右[26]。至扬州[27],遇疾不讳[28]。小子承凤训[29],禀遗教,眇然一身[30],奉尊夫人不敢殒灭[31]。后悉登朝或领郡[32],蒙恩泽,先府君累赠至吏部尚书[33],先太君卢氏由彭城县太君赠至范阳郡太夫人[34]。

初,禹锡既冠[35],举进士,一幸而中试。开岁,又以文登吏部取士科,授太子校书[36]。官司闲旷,得以请告奉温清[37]。是时年少,名浮于实[38],士林荣之[39]。及丁先尚书忧[40],迫礼不死[41],因成瘠疾[42]。既免丧,相国扬州节度史杜公领徐、泗,素相知[43],遂请为掌书记[44]。捧檄入告[45],太夫人曰:"吾不乐江淮间,汝宜谋之于始[46]。"因白丞相以请[47],曰:"诺[48]。"居数月而罢徐、泗,而河路犹艰难,遂改为扬州掌书记。涉二年,而道无虞[49],前约乃行,调补京兆渭南主簿[50]。明年冬,擢为监察御史[51]。

贞元二十一年春,德宗新弃天下[52],东宫即位[53]。时有寒隽王叔文以善弈棋[54],得通籍博望[55]。因间隙得言及时事,上大奇之。如是者积久,众未之知。至是起苏州掾[56],超拜起居舍人[57],充翰林学士[58]。遂阴荐丞相杜公[59],为度支、盐铁等使[60]。翌日,叔文以本官及内职兼充副使。未几[61],特迁户部侍郎[62],赐紫[63],贵振一时。愚前已为杜丞相奏署崇陵使判官[64],居月馀日,至是改屯田员外郎[65],判度支、盐铁等[66]。按,初叔文北海人[67],自言猛之后[68],有远祖风。惟东平吕温、陇西李景俭、河东柳宗元以为信然[69]。三子者皆与予厚善，日夕过言其能[70]。叔文实工言治道[71]，能以口辨移人[72]。既得用，自春至秋，其所施为，人不以为当非。时上素被疾[73]，至是尤剧[74]。诏下内禅[75]，自为太上皇，后谥曰顺宗。东宫即皇帝位。是时太上久寝疾[76]，宰臣及用事者都不得召对[77]。宫掖事秘[78]，而建桓立顺[79]，功归贵臣。于是叔文首贬渝州[80]，后命终死。宰相贬崖州[81]。予出为连州[82]，途至荆南[83]，又贬朗州司马。居九年，诏征复授连州，自连历夔、和二郡[84]，又除主客郎中[85]，分司东都[86]。明年，追入充集贤殿学士[87]，转苏州刺史，赐金紫[88]。移汝州[89]，兼御史中丞[90]。又迁同州[91]，充本州防御[92]、长春宫使[93]。后被足疾，改太子宾客分司东都[94]，又改秘书监[95]，分司一年，加检校礼部尚书兼太子宾客[96]，行年七十有一。身病之日，自为铭曰[97]：

不夭不贱[98]，天之祺兮[99]。重屯累厄[100]，数之奇兮[101]。天与所长，不使施兮。人或加讪[102]，心无疵兮[103]。寝于北牖[104]，尽所期兮[105]。葬近大墓，如生时兮。魂无不之，庸讵知兮[106]！

〔1〕子刘子：子是古代对男子尊敬的称呼，子某子是对老师的尊称。

〔2〕先：祖先。 汉景帝：是西汉的第四任皇帝。

〔3〕中山：古国名，在今河北定州、唐县一带。

〔4〕谥：封建时代的帝王、贵族、大臣等死后，依其生前的事迹所给予的称号。

〔5〕亮：指刘亮，为北魏名将。

〔6〕冀州：在今河北冀州。

〔7〕散骑常侍：官名，在皇帝左右规谏过失，以行顾问之职。

〔8〕北部：这是当时洛阳行政区划的名称。

〔9〕仕：做官。

〔10〕北山：即北邙山，在今河南洛阳东北。

〔11〕荥阳：在今河南荥阳。 檀山：在今河南荥阳西。

〔12〕大王父：指作者的祖父。

〔13〕昭穆：这是古代宗法制度下宗庙中神主的排列次序，始祖居正中，以下父子递为昭穆。如父在昭位，子即在穆位。

〔14〕博州：在今山东聊城。

〔15〕主簿：官名，职掌文书、办理事务等。 察视：考察，视察。 行马：是拦阻人马通行的木架，一根横在中间，两根互相穿成四角，置于官署前，以为路障。俗称鹿角。 外事：指朝廷政事，与宫内之事（即内事）形成对比。

〔16〕殿中丞：官名，是协助殿中省长官、副长官办事的人员，掌管皇帝衣物、车马等事务的职责。

〔17〕侍御史：是御史台所属台院的属官，职掌审讯、弹劾等事务。

〔18〕赠：是古代朝廷封典的一种。把皇帝给予官员的已经去世的曾祖父母、祖父母、父母和妻室的荣典称为"赠"。　尚书：官名，战国时始置，又被称为掌书，尚即职掌之义。从隋开始，尚书省成为最高行政机构，统辖吏、户、礼、兵、刑、工六部。　祠部侍郎：是礼部所属祠部司的主官，职掌祠祀、享祭、天文、漏刻、国忌、庙讳、卜筮、医药、僧尼之政令。

〔19〕进士：即贡举的人才，唐代考试科目中以进士科为最重要，它成为文人们入仕资格的首选。

〔20〕大乱：指"安史之乱"。

〔21〕违：躲避。

〔22〕东诸侯：为关中以东各镇节度使的总称。

〔23〕淮西：为唐方镇名，全称为淮南西道。治所在今河南汝南。

〔24〕加：任，居其位。　盐铁副使：官名，职掌盐铁税收的副长官。盐铁均因官卖而成为重要的税收来源，故须设专官以领其事，唐中期始设。

〔25〕主务：主持政务。　甬桥：古桥名，一作癕桥，又名永济桥。在今安徽宿州北二十里，跨汴水。

〔26〕浙右：即浙西，唐方镇名，是浙江西道的简称，治所在今江苏苏州，后移到浙江杭州。

〔27〕扬州：即今江苏扬州。

〔28〕不讳：对死的婉转说法。

〔29〕夙：一向有的。

〔30〕眇然：渺小，微小。

〔31〕殒灭：即丧命。

〔32〕忝：谦辞，表示辱没他人，自己有愧。　登朝或领郡：在朝廷或是在郡里做官。

〔33〕先府君：指作者的父亲刘绪。　吏部尚书：指吏部的长官，为六部之首，职掌六品、七品官的铨选。

〔34〕先太君：指作者的母亲。　彭城：治所在今江苏徐州。　范阳郡：郡名，在今北京大兴。

〔35〕冠：古代男子二十岁行加冠礼，以示成年。

〔36〕授：任用官员的通称，唐制有册授、制授、敕授的区别。　太子校书：官名，隋始置，是东宫的属官，职掌典校四库书籍。

〔37〕告：(官员)休假。　奉温清：指供养父母，嘘寒问暖。

〔38〕浮：超过。

〔39〕士林：旧指知识界、学术界。

〔40〕丁忧：遭到父母的丧事。　先尚书：指作者的父亲。

〔41〕迫礼：由于礼教的约束。

〔42〕痼疾：经久难治愈的病。

〔43〕相国：官名，唐代多用于对实际任宰相者的尊称。　杜公：即杜佑，他曾在德宗、顺宗、宪宗三朝任宰相。　领：官员任用类别之一，具体规定是以一职为身任数职，前提是职务的性质要相近，数职中有一职是实授的主要官职，其余为别领的官职。　徐：即徐州，辖境相当于今江苏长江以北和山东东南部地区。泗：即泗州，在今江苏宿迁东南。

〔44〕掌书记：唐代外官之一，为观察使或节度使的属官。

〔45〕檄：文书，这里指任命作者的书面报告。

〔46〕谋：考虑。

〔47〕白：陈述。

〔48〕诺：答应的声音，表示同意。

〔49〕虞：担心忧虑，这里当堵塞讲。

〔50〕京兆：即京兆府，在今天的陕西西安西北。　渭南：地名，治所在今天的陕西渭南。

〔51〕擢：提拔。　监察御史：是御史台所属察院的属官，职掌分察百僚，巡按郡县，纠视刑狱，肃整朝仪等事务。

〔52〕新弃天下：婉转说法，即去世。

〔53〕东宫：太子居住的地方，这里代指太子。

〔54〕寒隽：犹言寒俊。指一个人富有才华，却出身寒微。　王叔文(753—806)：唐越州山阴(今浙江绍兴)人，顺宗时被任为翰林学士。在位期间联合王伾、柳宗元、刘禹锡等人进行政治改革，是中唐时期杰出的政治家。　弈棋：这里指下棋。弈，指围棋。

〔55〕通籍：即记名于门籍，可以进出宫门。后来也称初做官为"通籍"。　博望：汉太子宫有博望苑。这里代指太子宫。

〔56〕掾：担任佐治工作的官员。正职为掾，副职为属。

〔57〕超：提拔、擢升。　拜：任命官吏，"拜"含有尊重之义，一般用于初任。　起居舍人：官名，是中书省的属官，跟随皇帝左右，记录皇帝的言行。

〔58〕充：是官员任用类别之一。充，即充当，是近于一种特派的任用。　翰林学士：是皇帝最亲近的顾问和机要秘书，凡任免宰相，册立太子，宣布征伐或大赦的诏书均由翰林学士起草，故有内相之称。

〔59〕阴：秘密地，私下里。

〔60〕度支：官名，职掌财政、收支之事。

〔61〕未几：没过多久。

〔62〕迁：古代指调动官职，一般指升职。　户部侍郎：为户部尚书的副职，辅佐长官职掌全国的财政、土地、户籍等事务。

〔63〕赐紫：唐制，官员未至三品而任三品以上职务者，往往赐以三品以上官员穿的紫色官服，以示恩宠。

〔64〕奏署：指下级向上级请示担任某种职务。　崇陵：是唐德宗李适的陵墓，在今天的陕西泾阳境内。判官：唐代派遣大臣担任临时职务者，均自选中级官员，奏请充任判官，以资佐理。

〔65〕屯田员外郎：官名，是屯田郎中的副职，隶属工部，职掌全国屯田和在京武官的职田。

〔66〕判：官员的任用类别之一，以大兼小，以高官兼较低职位的官。

〔67〕北海：唐郡名，治所在今天的山东昌乐东南。

〔68〕猛：即王猛，字景略，北海剧(今山东寿光)人，是十六国时前秦的大臣，杰出的政治改革家。他出身贫寒，但很有才华，被前秦皇帝苻坚任用为丞相。

〔69〕东平：在今山东东平。　吕温：字和叔，又字化光，是中唐时期"永贞革新"政治集团成员之一。陇西：在今甘肃秦安。　李景俭：字致用，和吕温同为中唐时期"永贞革新"政治集团成员之一。　柳宗元：字子厚，河东(今山西运城)人，唐代著名的文学家和哲学家。永贞年间参加主张革新的王叔文集团，失败后被贬为永州司马，后迁柳州刺史，故又被称为柳柳州。　信然：原作"言然"，今据民国徐鸿宝影印宋绍兴八年本《刘禹锡集》改。

〔70〕过：拜访。

〔71〕工：擅长，长于。　治道：法治的道理。

〔72〕移：动摇，即说服别人。

〔73〕被：蒙受，遭受。

〔74〕剧：厉害。

〔75〕禅：传位。

〔76〕寝：躺，卧床。

〔77〕宰臣:即宰相。 用事者:当权的人。 召对:皇帝召见臣下令其回答有关政事、经义等方面的问题。

〔78〕宫掖:指宫中掖庭,是妃嫔们所住的地方。

〔79〕建桓立顺:此处是用典。桓、顺是指东汉的汉桓帝刘志和汉顺帝刘保。二人皆为宦官所拥立,且上台之后重用宦官,使其权势炙手可热。此处借用典故曲折反映出了中唐宫廷内部派系斗争的残酷。

〔80〕渝州:唐州名,在今重庆九龙坡。

〔81〕崖州:唐州名,治所在舍城,在今海南三亚。

〔82〕出:中央官外任称为出。 连州:在今广东连州。

〔83〕荆南:唐方镇名,至德二年(757)置。治所在荆州,在今湖北江陵。

〔84〕夔:即夔州,在今重庆奉节。 和:即和州,在今安徽和县。

〔85〕除:拜官授职。 主客郎中:礼部的属官,职掌宾礼、接待外国使节的事务。

〔86〕东都:在今天的河南洛阳。

〔87〕集贤殿学士:官名,职掌编辑图书,校订典籍等事务。

〔88〕金紫:是金印紫绶的简称。金印是指用黄金铸造的官印;绶是指系官印的丝带。

〔89〕汝州:地名,在今河南汝州。

〔90〕御史中丞:官名,属中央监察机构,职掌御史弹劾之事,此外还有审理刑案等。

〔91〕同州:地名,在今天的陕西大荔。

〔92〕防御:武官名,职掌州郡军事。

〔93〕长春宫使:是长春宫的长官。

〔94〕太子宾客:是东宫的官属,正三品。职掌侍从规谏、赞襄礼仪等。

〔95〕秘书监:官名,东汉桓帝时始置,掌典图书、古今文字、考核异同。

〔96〕检校:是官员任用类别之一,在本官职之外另加的官衔,称检校某官,地位高于本官职。 礼部尚书:为礼部的长官,职掌全国的礼仪、祭祀、教育、科举等政令。

〔97〕铭:古代的一种文体,常刻于碑版或器物,或称美功德,或用以自警。

〔98〕夭:未成年就死去。 贱:地位卑下。

〔99〕祺:幸福,吉祥。

〔100〕屯:艰难,困顿。 厄:灾难,困苦。

〔101〕数之奇(jī):指时运不好,遇事多不利。

〔102〕讪:诽谤,毁谤。

〔103〕疵:毛病,缺点。

〔104〕牖:窗子。

〔105〕期:期限,时限。

〔106〕庸讵:注释见《谪九年赋》。

　　一生困顿的刘禹锡,一向乐观向上。但晚年被足疾所困扰,十分痛苦。大概是预感到自己的人生所剩无几,于是病中作本文,对一生加以总结和回顾。他对自己的评价是:"天与所长,不使施兮。人或加讪,心无疵兮!"

◎ 附 录

刘禹锡年谱简编

唐代宗大历七年(772),一岁

生于苏州嘉兴县嘉禾驿后。其晚年诗作《送裴处士应制举诗》中写道:"忆得童年识君处,嘉禾驿后联墙住。"

刘禹锡,字梦得。关于刘禹锡之生卒和家世,向来异说纷呈。由于学界对刘禹锡的卒年存在着分歧,所以刘禹锡的享年就出现了七十一、七十二岁两种说法,前者以卞孝萱为代表,后者以子葵为代表。对于刘禹锡的世系,学界也有以子葵为代表的彭城说和以卞孝萱、敬堂所标举的苏州说。

祖锽,官至尚书祠部郎中。父讳绪,为浙西从事,就加盐铁副使,遂转殿中,主务于埇桥。家世素儒。

是年,王叔文二十岁,令狐楚七岁,韩愈五岁,白居易一岁,吕温一岁。

大历八年(773),二岁

权德舆十五岁,已作文数百篇,编成《童蒙集》十卷。《册府元龟》卷七七五:"权德舆生四岁能讽诗,十五为文数百篇,为《童蒙集》,名声大振。"《新唐书·艺文志》四:"权德舆《童蒙集》十卷。"

是年,柳宗元生。

大历十四年(779),八岁

五月,代宗(李豫)卒,德宗(李适)即位。

高仲武选肃、代二朝诗人二十六家、诗一百三十二首,编为《中兴间气集》二卷,为之序。

是年,元稹生。

是年,贾岛生。

唐德宗建中元年(780),九岁

正月,改元建中,大赦天下。杨炎行两税法。

是年,牛僧孺生。

建中二年(781),十岁

幼识裴处士,从诗僧皎然、灵澈学诗,见器于权德舆。《献权舍人书》曰:"禹锡在儿童时已蒙见器,终荷荐宠,始见知名。"

建中四年(783),十二岁

十月,长安军乱,德宗出走。

诗僧灵澈至湖州,与皎然唱和。刘禹锡时尚为幼童,陪伴吟咏。

《刘禹锡集》卷一九《澈上人文集纪》:"初,上人在吴兴,居何山,与昼公为侣,时予方以两髦执笔砚,陪其吟咏。皆曰:'孺子可教。'"

唐德宗兴元元年(784),十三岁

正月,德宗在奉天,改元。

时李希烈自恃兵强财富,称帝,国号大楚,以汴州为大梁府。

唐德宗贞元元年(785),十四岁

正月,改元贞元,大赦天下。

贞元二年(786),十五岁

韩愈是年十九岁,始来长安,应举未第。作《出门》诗。

贞元三年(787),十六岁

是年,李德裕生。

贞元四年(788),十七岁

始学医。

《论方书书》:"及壮,见里中儿年齿比者,比睍然武健可爱,羞己之不如,遂从世医号当于术者,借其书伏读之。"

贞元六年(790),十九岁

学有所成,北游长安。正所谓:"弱冠游咸京,上书金马外。结交当世贤,驰声溢四塞。"(《谒柱山会禅师》)

柳宗元应进士举,不第。

李贺是年生。

贞元七年(791),二十岁

二月,令狐楚登进士第。

吕温本年前后从父渭学《诗》《礼》,从陆质学《春秋》,从梁肃学文章。(《刘禹锡集》卷一九《吕温集纪》)

贞元八年(792),二十一岁

韩愈等登进士第。

禹锡初入长安,过华山,作《华山歌》以明志:"能令万国人,一见换神骨。高山固无限,如此方为岳。丈夫无特达,虽贵犹碌碌。"

张祜是年生。

贞元九年(793),二十二岁

刘禹锡、柳宗元等三十二人登进士第。时户部侍郎顾少连代行礼部侍郎的职权,知贡举。禹锡又登宏辞科。识李绛。刘禹锡《祭兴元李司空文》云:"追怀周旋,弥四十年。射策校文,接武联翩。"李司空,即李绛。

贞元十年(794),二十三岁

复至长安,以文会友。

《刘氏集略说》:"长安中多循空言,以为诚,果有名字,益与曹辈畋渔于书林,宵语途话,琴酒调谑,一出于文章。"

贞元十一年(795),二十四岁

以文登吏部取士科,授太子校书。可谓"是时年少,名浮于实,士林荣之"(《子刘子自传》)。

与灵澈、柳宗元、权德舆、吕温等人多有交游。

贞元十二年(796),二十五岁

任太子校书一职。

是年,其父绪卒于扬州,刘禹锡从长安赶往扬州奔丧,将其父遗体安葬在荥阳。《子刘子自传》云:"世为儒而仕。坟墓在洛阳北山,其后地狭不可依,乃葬荥阳之檀山原。有大王父已还,一昭一穆如平生。"

贞元十六年(800),二十九岁

入杜佑幕,为徐泗濠节度使掌书记,度过了一段戎马生涯。

秋,改任淮南节度使掌书记。禹锡在杜佑幕中负责起草公文信札,很受杜佑器重。

贞元十七年(801),三十岁

居扬州,仍在杜佑幕中,为其撰写表、状多篇。与李益、张登等皆有交游。见其诗《扬州春夜李端公益、张侍御登……群公沾醉,纷然就枕,余偶独醒,因题诗于段君枕上,以志其事》。

温庭筠是年生。

贞元十八年(802),三十一岁

调补京兆府渭南县(今属陕西)主簿。为京兆尹韦夏卿撰表、状多篇。

与柳宗元、韩泰听太学博士施士讲授《诗经》。

《唐语林》:"刘禹锡云:'与柳八、韩七诣施士匄听《毛诗》。'"

贞元十九年(803),三十二岁

禹锡卜居在长安光福坊,与韦执谊、王叔文、韩愈、牛僧孺等多有交游,与令狐楚也有唱和。

代宰相杜佑、京兆尹李实、东都留守韦夏卿、御史中丞李汶撰表、状多篇。

八月,有和崔邠的咏月诗《奉和中书崔舍人八月十五夜玩月二十韵》。

闰十月,柳宗元由蓝田尉征为监察御史里行,刘禹锡由渭南主簿擢监察御史,时韩愈已由四门博士授监察御史,三人同官御史台。

柳宗元本年左右在长安，颇为时人所推崇，不时有人登门求教。见《答贡士廖有方论文书》："吾在京都时，好以文宠后辈。后辈由吾文知名者，亦为不少焉。"

杜牧于本年生。

贞元二十年(804)，三十三岁

在监察御史任上，兼领监察史。

张荐奉使吐蕃，禹锡有诗《送工部张侍郎入蕃吊祭》。

王涯由蓝田尉充翰林学士，刘禹锡有诗《逢王二十学士入翰林因以诗赠》。

九月，太子李诵得风疾，不能言，时翰林待诏王伾与山阴王叔文俱娱侍太子，并与柳宗元、刘禹锡等结交。

武元衡为御史中丞，本年秋有诗《秋日台中寄怀简诸僚故》，刘禹锡有和作《和武中丞秋日寄怀简诸僚故》。

贞元二十一年／永贞元年(805)，三十四岁

正月，德宗病卒，年六十四。太子李诵即位，是为顺宗。本年甲子，顺宗御丹凤门，大赦天下，施行新政。

二月，禹锡兼崇陵使判官。四月，禹锡由监察御史转屯田员外郎，判度支盐铁案，仍兼崇陵使判官。

三月，以杜佑为度支盐铁使，王叔文为副使。五月，以王叔文为户部侍郎。八月，顺宗内禅，宪宗(李纯)即位。改贞元二十一年为永贞元年，贬王伾为开州司马，王叔文为渝州司户。九月，禹锡被贬为连州刺史。于是，参加永贞革新的八人：刘禹锡、柳宗元、韦执谊、韩泰、陈谏、韩晔、凌准、程异皆被贬为远州司马，史称"八司马"。

十一月，禹锡被再贬为朗州司马。在赴朗途中，写有《荆州道怀古》、《君山怀古》。

是年，李德裕随父入京，年十九。

是年，牛僧孺登进士第。

宪宗元和元年(806)，三十五岁

正月，改元元和，大赦天下。

禹锡在朗州司马任内，因读《改元元和赦文》，遂致书杜佑《上杜司徒书》，要求量移，然八月，宪宗诏：刘禹锡等八人"纵逢恩赦，不在量移之限"。

王叔文被赐死。

凌准卒于贬所，柳宗元有诗哭之。

作诗《武陵书怀五十韵》等。

元和二年(807)，三十六岁

在朗州司马任内，有文《观市》，反映了朗州旱灾的真实情况。

撰《袁州萍乡县杨岐山故广禅师碑》。(见《刘禹锡集》卷四)

与柳宗元多有书信赠答,以寄二人彼此相忆之苦。

白居易于本年秋调充进士考官,授集贤校理。

元和三年(808),三十七岁

在朗州司马任内,写作《答柳子厚书》,与柳宗元通信讨论文学。

白居易于本年前后作《秦中吟》十首。

元和四年(809),三十八岁

在朗州司马任内,有诗和李吉甫,题为《奉和淮南李相公早秋即事寄成都武相公》。

元和五年(810),三十九岁

在朗州司马任内。

白居易约于本年寄诗百篇与刘禹锡,刘以诗应答,盛称之。《翰林白二十二学士见寄诗一百篇因以答》曰:"吟君遗我百篇诗,使我独坐形神驰。"

元和六年(811),四十岁

在朗州司马任内。

六月,吕温卒,年四十,留有文集十卷。禹锡有诗《哭吕衡州,时予方谪居》悼之:"一夜霜风凋玉芝,苍生望绝士林悲。空怀济世安人略,不见男婚女嫁时。"

元和七年(812),四十一岁

在朗州司马任内。

禹锡再致书于杜佑,要求召回。(《上杜司徒启》)

与朗州刺史窦常日共欢宴唱和。

《武陵北亭记》:"七年冬,诏书以竹使符授尚书水曹外郎窦公常曰:'命尔为武陵守。'"

是年,杜佑卒,年七十八。

李商隐本年生。

元和八年(813),四十二岁

在朗州司马任内。

禹锡谪居朗州期间,多数时间从事于写作。在这段时间写下了大量脍炙人口的名篇,如《登司马错古城》、《学阮公体三首》、《采菱行》、《竞渡曲》、《泰娘歌》、《桃源行》、《洞庭湖秋月行》、《武陵观火诗》、《元日感怀》、《汉寿城春望》、《望洞庭》、《偶作二首》、《秋词二首》、《壮士行》、《昏镜词》等,此外还有一系列寓言诗《聚蚊谣》、《百舌吟》、《飞鸢操》、《秋萤引》、《有獭吟》、《白鹰》等。另外值得一提的是其散文的创作,有《天论》、《砥石赋》、《楚望赋》、《伤我马词》、《辩迹论》、《明贽论》、《华佗论》等优秀篇章。

《太平御览》卷七百三十五："刘禹锡贬朗州司马,比居西南夷,土风僻陋,举目殊俗,无与言者。禹锡在朗十年,惟以文章吟咏陶冶情性。蛮俗好巫,每淫祠舞鼓,必歌俚词。禹锡或从事于其间,乃依骚人之作,为新辞以教巫祝,故武陵溪洞间夷歌,率多禹锡之辞也。"

致书武元衡(《上门下武相公启》)、李绛(《上中书李相公启》),期望得到举荐提拔。

与柳宗元、元稹等唱和。

元和九年(814),四十三岁

在朗州司马任内。

与僧人鸿举、惠则等多有交游。

窦群卒,年五十五。存诗一卷。

元和十年(815),四十四岁

二月,作《元和十年自朗州召至京,戏赠看花诸君子》,语涉讥刺,执政不悦,复出为播州刺史,宗元因禹锡母老,播州远,"愿以柳易播",时裴度已为禹锡奏请,遂改连州刺史。

在赴任途中,写下《再授连州至衡阳酬柳柳州赠别》、《答柳子厚》、《望衡山》、《度桂岭歌》、《踏潮歌》等诗篇。

六月,武元衡被刺,年五十八,禹锡作《代靖安佳人怨二首》。

元和十一年(816),四十五岁

在连州刺史任上。

与杨于陵、马总等多有唱和之作。

是年,诗僧灵澈卒,年七十一,有集十卷。禹锡为之作序。

是年,顾况卒,年九十,有集二十卷,皇甫湜为之序。

元和十二年(817),四十六岁

在连州刺史任上。

与柳宗元通信讨论文学。见《与柳子厚书》。

与薛景晦通信讨论"书仪"。见《答连州薛郎中论书仪书》。

写作辞赋《问大钧赋》,诗歌《城西行》、《平蔡州三首》、《同乐天和微之深春二十首》、《咏古二首有所寄》、《插田歌》、《莫徭歌》、《连州腊日观莫徭猎西山》等。

元和十三年(818),四十七岁

在连州刺史任上。

因薛景晦之请,编多年所集验方为《传信方》两卷。

元和十四年(819),四十八岁

在连州刺史任上。

禹锡在连州五年，建吏隐亭，有《吏隐亭述》。

闻淄青平，作《平齐行》以歌其事。

多与僧人交游，如方及、圆皎、文约、浩初等人，多有唱和。

是年，其母卒，禹锡奉柩返洛阳。十一月，途经衡阳，传来好友宗元病逝的噩耗，悲痛至极，写下《重至衡阳伤柳仪曹》。

元和十五年(820)，四十九岁

在洛阳丁母忧。

是年正月，宪宗为宦官陈弘志所杀，穆宗(李恒)即位。

本年撰写《吕温集纪》。

八月，令狐楚被贬为衡州刺史，赴任途中在洛阳与禹锡相会。

与白居易多有唱和。

穆宗长庆元年(821)，五十岁

正月，改元长庆，大赦天下。

冬，除夔州刺史。

由洛阳赴任途中，经鄂州，与李程相会，多有酬赠之作：《鄂渚留别李二十一表臣大夫》、《答表臣赠别二首》、《始发鄂渚寄表臣二首》、《出鄂州界怀表臣二首》、《重寄表臣二首》；此外还有《松滋渡望峡中》、《伤愚溪三首》等诗。

长庆二年(822)，五十一岁

正月，至夔州。

创作《竹枝词九首》。其序引曰："四方之歌，异音而同乐。岁正月，余来建平，里中儿联歌《竹枝》，吹短笛，击鼓以赴节。歌者扬袂睢舞，以曲多为贤。聆其音，中黄钟之羽。卒章激讦如吴声，虽伧儜不可分，而含思宛转，有淇濮之艳音。昔屈原居沅湘间，其民迎神，词多鄙陋，乃为作《九歌》，到于今荆楚歌舞之。故余亦作《竹枝词》九篇，俾善歌者扬之，附于末。后之聆巴歈，知变风之自焉。"

春，韦绚来求学，录其谈话，后因编为《刘宾客嘉话录》。

与王涯等唱和。

长庆三年(823)，五十二岁

在夔州刺史任上。

与王起、杨巨源、杨归厚等人，多有赠答之作。

长庆四年(824)，五十三岁

正月，穆宗卒，年三十。长子李湛即位，是为敬宗。

在夔州两年有馀，为柳宗元编辑遗集。创作《竹枝词二首》、《杨柳枝词二首》、《堤上行》、《踏歌词四首》、《浪淘沙词九首》等，咏古之作《蜀先主庙》、《观八阵图》、《鱼复江中》、《巫山神女庙》等，散文有《因论七篇》等。

夏,转和州刺史。有诗《别夔州官吏》:"三年楚国巴城守,一去扬州扬子津。"八月,抵和州,替段平仲。

赴和州途中创作了大量诗篇,有《西塞山怀古》《武昌老人说笛歌》《九华山歌》《秋江早发》《秋江晚泊》《晚泊牛渚》等。

韩愈卒,年五十七,有文集四十卷,李汉为之序。刘禹锡为之作祭文。

敬宗宝历元年(825),五十四岁

在和州刺史任上。

牛僧孺罢相,出为武昌军节度使。

于本年作《金陵五题》,白居易大为叹赏。《金陵五题并序》:"余少为江南客,而未游秣陵,尝有遗恨。后为历阳守,跂而望之。适有客以《金陵五题》相示,逌尔生思,欻然有得。他日,友人白乐天掉头苦吟,叹赏良久,且曰:'《石头》诗云'潮打空城寂寞回',吾知后之诗人不复措辞矣。'馀四咏虽不及此,亦不孤乐天之言耳。"

作游记《洗心亭记》。

与李德裕相唱和。

宝历二年(826),五十五岁

在和州已历二年,与令狐楚有唱和之作,创作《望夫石》、《望夫山》等。

冬,罢和州刺史,返洛阳,游上元。有《罢和州游建康》《经檀道济故垒》《金陵怀古》等诗篇。

是年,白居易因病免苏州刺史,亦返洛阳,二人相遇于扬州,结伴同行。禹锡赋诗《酬乐天扬州初逢席上见赠》,记下了这一场景。

过汴州,与令狐楚相会,禹锡有诗《酬令狐相公赠别》。

是年十二月,穆宗为宦官刘克明所杀,文宗(李昂)即位。

文宗大和元年(827),五十六岁

二月,文宗御丹凤楼,大赦天下,改元大和。

春,抵洛阳。

六月,为主客郎中,分司东都。

是年,韩泰至长安,由长安赴湖州,途经洛阳,二人相遇,禹锡在筵席上有感而发,赋诗《洛中送韩七中丞之吴兴口号五首》。

与姚合、白居易、令狐楚多有酬答唱和之作,如《再赠乐天》《和令狐相公玩白菊》等诗篇。

大和二年(828),五十七岁

春,为主客郎中,至长安。途经陕州、华州,与钱徽等登览,有诗《途次华州陪钱大夫登城北楼春望,因睹李崔令狐三相国唱和之什,翰林旧侣继踵华城,山水清高,鸾凤翔集,皆忝宿眷,遂题此诗》。

与李绛、崔群、白居易、裴度、庚承宣、杨嗣复、张籍等人多有游宴联句之作。禹锡云:"二十四年流落者,故人相引到花丛。"

此际所作重要诗篇有《再游玄都观》、《听旧宫人穆氏唱歌》、《与歌者何戡》、《杏园花下酬乐天再赠》等。

大和三年(829),五十八岁

除礼部郎中,仍兼集贤殿学士。

白居易选取与刘禹锡从大和元年以来互相赠酬的诗篇,编为《刘白唱和集》(上、中)。与白居易、令狐楚赠酬唱和不断,其中不乏优秀之作,如《答乐天戏赠》、《和令狐相公别牡丹》。

与裴度、张籍等人多有联句之作。

与元稹保持着友好的关系,如《月夜忆乐天兼寄微之》、《乐天寄洛下新诗兼喜微之欲到因以抒怀也》等。

和元稹、李德裕多有唱和之作,编为《吴越唱和集》。

大和四年(830),五十九岁

居长安,任礼部郎中,仍兼集贤殿学士之职。

是年二月,兴元兵变,节度使李绛被杀,年六十七。

禹锡要求分司东都,未果。

九月,裴度因为李宗闵所忌,充为山南东道节度使。裴度有诗留别,禹锡有和作。

与白居易和令狐楚、杨巨源多有唱酬之作。

大和五年(831),六十岁

仍居长安,在礼部郎中、集贤殿学士任内,作有《终南秋雪》、《曲江春望》、《有所嗟二首》等诗篇。

七月,元稹卒,年五十三,有文集传于世。

十月,出为苏州刺史。

途经洛阳,与白居易相会,诗酒唱和,所作有《赴苏州酬别乐天》、《赠乐天》、《醉答乐天》、《和乐天耳顺吟兼寄敦诗》等。

大和六年(832),六十一岁

二月,至苏州。时苏州水患成灾,禹锡奏请救济。《苏州上后谢宰相状》、《苏州加章服谢宰相状》等多篇上书,乃禹锡为民请命的明证。

与白居易颇多唱和。白居易把从大和五年冬以来的二人互相酬唱的作品,定名为《刘白吴洛寄和卷》,即《刘白唱和集》(下)。

禹锡将他和李德裕的唱和诗篇编为《吴蜀集》。

是年八月,崔群卒,年六十一。

大和七年(833)，六十二岁

在苏州刺史任上。

二月，禹锡将他和令狐楚的唱和集编为《彭阳唱和集》。

与白居易多有唱和之作，著名诗篇有《八月十五夜玩月》、《乐天见示伤微之、敦诗、晦叔三君子，皆有深分，因成是诗以寄》等。

是年，禹锡自编《刘氏集略》。

十一月，赐紫金鱼袋。

大和八年(834)，六十三岁

在苏州刺史任上。

禹锡在苏州两年多，政绩斐然，为时世所称许。

创作《杨柳枝词九首》。

七月，移汝州刺史，兼御史中丞，充本道防御史。

在赴汝途中，写下了《别苏州二首》、《罢郡姑苏北归渡扬子津》等诗篇。

大和九年(835)，六十四岁

在汝州刺史任上。

十月，移同州刺史，兼御史中丞，充本州防御、长春宫等使。

过洛阳，与裴度、白居易相会。

十二月，抵任。

开成元年(836)，六十五岁

在同州刺史任上。

正月改元。是年，同州大旱，禹锡体贴民情，免开成元年夏季青苗钱并放免旧欠。

秋，因患足疾，迁太子宾客，分司东都。

禹锡至洛阳后，将近年来与白居易等唱和的诗篇编为《汝洛集》，并撰前言。

开成二年(837)，六十六岁

仍任太子宾客，分司东都。

三月，应河南尹李珏邀请，与裴度、白居易等十五人于洛水泛舟赋诗。

是年，禹锡患病。

禹锡将大和五年以后与令狐楚唱和的诗篇续编入《彭阳唱和集》中。

与白居易酬唱之作仍很多。

是年十一月，令狐楚卒，年七十二。

开成三年(838)，六十七岁

仍在太子宾客任上，分司东都。

和白居易、牛僧孺多有唱和之作，例如：《和乐天春词依忆江南曲拍为句》、《和牛相公南溪醉歌见寄》等诗篇。

写于本年末的《岁夜咏怀》抒发了诗人不尽的人生感慨。

开成四年(839),六十八岁

仍在太子宾客任上,分司东都,加尚书衔。足疾未愈。

是年,裴度卒,年七十五。

十二月,改秘书监,分司东都。

与白居易、牛僧孺多有酬唱之作。

开成五年(840),六十九岁

任秘书监,分司东都。

正月,文宗卒,武宗(李炎)即位。

对皇甫曙有赠诗数首。

武宗会昌元年(841),七十岁

正月改元。其春,加检校礼部尚书,兼太子宾客。

与白居易同劝南卓撰写《羯鼓录》。

是年作《秋声赋》,表现"犹奋迅于秋声"的老当益壮的情感。

会昌二年(842),七十一岁

被足疾困扰,病中作《子刘子自传》,对自己的一生进行了总结和回顾。其铭词云:"天与所长,不使施兮。人或加讪,心无疵兮!"这是刘禹锡终其一生的自我评价。

病中写作《秋中暑退赠乐天》、《酬乐天咏老见示》等诗篇,其中的名言警句如"莫道桑榆晚,为霞尚满天",是刘禹锡"诗豪"形象的写照。

是年七月,卒。

附注:本《年谱》主要是集众家之说而成,所采诸家主要有:卞孝萱《刘禹锡年谱》(中华书局1963年版),张达人《刘禹锡年谱》(台湾商务印书馆1982年版),陶敏、李一飞《唐五代文学编年史》(辽海出版社1998年版)。只为方便读者参考,实不敢掠美,故谨此说明,并致以谢忱。

刘禹锡研究重要参考文献
著作部分

1. 刘禹锡.刘宾客文集.(清)朱澂结一庐賸馀丛书.清光绪三十一年(1905).
2. 卞孝萱.刘禹锡年谱.中华书局上海编辑所.1966.
3. 刘禹锡研究资料选编.徐州师范学院中文系编.1975.
4. 栾贵明.全唐诗索引·刘禹锡卷.中华书局.1992.
5. 刘禹锡.刘禹锡集.上海人民出版社.1975.

6. 高志忠. 刘禹锡诗词译释. 黑龙江人民出版社. 1982.
7. 张达人. 刘禹锡年谱. 台湾商务印书馆. 1982.
8. 芦荻、朱帆. 刘禹锡及其作品. 时代文艺出版社. 1985.
9. 吴钢、张天池、刘光汉. 刘禹锡诗文选译(增订本). 三秦出版社. 1987.
10. 吴汝煜. 刘禹锡传论. 陕西人民出版社. 1988.
11. 王元明. 刘禹锡诗文赏析集. 巴蜀书社. 1989.
12. 卞孝萱. 刘禹锡丛考. 巴蜀书社. 1988.
13. 高志忠. 刘禹锡诗文系年. 广西人民出版社. 1988.
14. 吴汝煜. 刘禹锡选集. 齐鲁书社. 1989.
15. 瞿蜕园. 刘禹锡集笺证. 上海古籍出版社. 1989.
16. 刘禹锡. 刘禹锡集(上、下册). 中华书局. 1990.
17. 梁守中. 刘禹锡诗文选译. 巴蜀书社. 1990.
18. 陈听环、谭力行. 刘禹锡连州诗文笺注. 广东高等教育出版社. 1993.
19. 萧瑞峰. 刘禹锡诗论. 吉林教育出版社. 1995.
20. 卞孝萱、卞敏. 刘禹锡评传. 南京大学出版社. 1996.
21. 蒋维崧. 刘禹锡诗集编年笺证. 山东大学出版社. 1997.
22. 迟乃鹏. 李贺刘禹锡诗选. 巴蜀书社. 2001.
23. 高志忠. 容膝斋诗文论集. 中国社会科学出版社. 2002.
24. 萧瑞峰、彭万隆. 刘禹锡白居易诗选评. 上海古籍出版社. 2002.

论文部分

1. 敬堂. 关于刘禹锡生平的一些问题. 山西师院学报. 1960, (4).
2. 郭广伟. 刘禹锡生地考辨. 徐州师院学报. 1982, (4).
3. 郭广伟. 刘禹锡氏族考辨——与卞孝萱先生商榷. 郑州大学学报. 1983, (2).
4. 卞孝萱. 《刘禹锡生地考辨》质疑. 徐州师院学报. 1986, (4).
5. 刘国盈. 论刘禹锡的文艺思想. 天津师院学报. 1982, (3).
6. 刘欢. 论刘禹锡的文学思想. 延边大学学报. 1994, (4).
7. 萧瑞峰. 论刘禹锡诗中的佛教烙印. 贵州文史丛刊. 1986, (3).
8. 蔡惠明. 刘禹锡的佛教因缘. (台北)香港佛教. 1985, (36卷).
9. 孙琴安. 刘禹锡诗中所涉及的道教. 上海道教. 1991, (3).
10. 申志钧. 试论刘禹锡在我国医学上的贡献. 福建中医药. 14卷, (3).
11. 吴汝煜. 谈刘禹锡诗歌的艺术美. 文学评论. 1983, (3).
12. 吴汝煜. 论刘禹锡诗歌的渊源. 南开学报. 1985, (1).

13. 萧瑞峰. 论刘禹锡诗的艺术风格. 中国文学研究. 1986,(1).
14. 萧瑞峰. 论刘禹锡诗的个性特征. 文学评论. 1987,(1).
15. 萧瑞峰. 论刘禹锡诗的艺术追求. 中州学刊. 1987,(6).
16. 尚永亮. 雄直劲健——刘禹锡贬谪诗文的风格主调. 中州学刊. 1991,(4).
17. 谢晓晴、蔡菁. 论刘禹锡诗歌风格的多样性. 广州教院广州师专学报. 1994,(3).
18. 高然其. 刘宾客《竹枝词》中的爱情诗. 绍通师专. 1981,(1).
19. 陈思和. 试论刘禹锡的《竹枝词》. 复旦学报. 1981,(2).
20. 方心棣. 禹锡民歌体诗歌艺术初探. 安徽师大学报. 1982,(2).
21. 邓小军. 刘禹锡《竹枝词》、《踏歌词》研究. 安徽师大学报. 1983,(4).
22. 徐安琪. 刘禹锡和他的《竹枝词》. 湖北师院学报. 1986,(3).
23. 萧瑞峰. 论刘禹锡的民歌体乐府诗. 杭州大学学报. 1989,(1).
24. 靖晓莉. 刘禹锡仿民歌体诗创作探析. 贵州师大学报. 1996,(1).
25. 刘欢. 论刘禹锡的民风民俗诗. 西北大学学报. 1997,(2).
26. 金振华. 别开生面的民歌创作——论刘禹锡的新乐府诗. 苏州大学学报. 1997,(3).
27. 萧瑞峰. 论刘禹锡的讽刺诗. 杭州大学学报. 1985,(4).
28. 袁宗一. 论刘禹锡的咏史诗. 宁夏大学学报. 1986,(2).
29. 林静如. 试论刘禹锡的怀古诗. 求索. 1994,(6).
30. 刘欢. 刘禹锡寓言诗创作特点探析. 西北大学学报. 1995,(3).
31. 林心治. 刘禹锡咏史怀古诗新探. 渝州大学学报. 1996,(1).
32. 张自新. 自我心灵的烛照与社会盛衰的思考——论刘禹锡的咏史怀古诗. 冀东学刊. 1996,(3).
33. 师为公. 刘禹锡诗歌用韵考. 铁道师院学报(社科). 1987,(1).
34. 宋心昌. 论刘禹锡的古体诗. 广西师大学报. 1992,(2).
35. 卞孝萱. 试析"二十年来万事同"——刘禹锡与柳宗元交游小考. 内蒙古大学学报. 1980,(1).
36. 朱帆. 刘(禹锡)白(居易)交游新探. 广州教育学院学报. 1984,(4).
37. 孙连琦. 柳宗元与刘禹锡. 锦州师院学报. 1992,(1).
38. 刘国盈. 唐贞元、元和年间韩愈刘禹锡关系考辨. 学习与探索. 1993,(3).
39. 林水豪. 从刘禹锡与柳宗元的唱和诗看两人的友谊. 东方丛刊. 1995,(2).

40. 尹楚彬.刘禹锡交游辨正二题.齐齐哈尔师院学报.1997,(6).
41. 卞孝萱.刘禹锡与晚唐诗人.河北师大学报.1983,(3).
42. 吴汝煜.刘禹锡诗对苏轼的影响.光明日报.1984.8.7.
43. 吴汝煜.谈刘禹锡诗歌的影响.徐州师院学报.1985,(1).
44. 袁绣柏.刘禹锡贬谪时期的思想和诗歌(硕士论文).辽宁大学.2002.

《刘禹锡集》名言警句

△ 空怀济世安人略,不见男婚女嫁时。(《哭吕衡州,时予方谪居》)(第003页)
△ 世道剧颓波,我心如砥柱。(《咏史二首》其一)(第006页)
△ 少年负志气,信道不从时。(《学阮公体三首》其一)(第008页)
△ 朝来入庭树,孤客最先闻。(《秋风引》)(第011页)
△ 花柳满空迷处所,摇动繁英坠红雨。(《百舌吟》)(第019页)
△ 鹰隼仪形蝼蚁心,虽能戾天何足贵。(《飞鸢操》)(第022页)
△ 一曲南音此地闻,长安北望三千里。(《采菱行并引》)(第029页)
△ 晴空一鹤排云上,便引诗情到碧霄。(《秋词二首》其一)(第031页)
△ 手植红桃千树发,满山无主任春风。(《伤桃源薛道士》)(第033页)
△ 十年楚水枫林下,今夜初闻长乐钟。(《元和甲午岁,诏书尽征江湘逐客,余自武陵赴京,宿于都亭,有怀续来诸君子》)(第034页)
△ 玄都观里桃千树,尽是刘郎去后栽。(《元和十年自朗州召至京,戏赠看花诸君子》)(第035页)
△ 桂江东过连山下,相望长吟有所思。(《再授连州至衡阳酬柳柳州赠别》)(第036页)
△ 千里江蓠春,故人今不见。(《重至衡阳伤柳仪曹并引》)(第043页)
△ 十二碧峰何处所,永安宫外是荒台。(《松滋渡望峡中》)(第045页)
△ 懊恼人心不如石,少时东去复西来。(《竹枝词并序》其六)(第053页)
△ 长恨人心不如水,等闲平地起波澜。(《竹枝词并序》其七)(第054页)
△ 东边日出西边雨,道是无晴却有晴。(《竹枝词二首》其一)(第056页)
△ 九曲黄河万里沙,浪淘风簸自天涯。(《浪淘沙九首》其一)(第057页)
△ 女郎剪下鸳鸯锦,将向中流匹晚霞。(《浪淘沙九首》其五)(第059页)
△ 美人首饰侯王印,尽是沙中浪底来。(《浪淘沙九首》其六)(第060页)
△ 八月涛声吼地来,头高数丈触山回。(《浪淘沙九首》其七)(第061页)
△ 千淘万漉虽辛苦,吹尽狂沙始到金。(《浪淘沙九首》其八)(第062页)
△ 天下英雄气,千秋尚凛然。(《蜀先主庙》)(第063页)

△会有知兵者,临流指是非。(《观八阵图》)(第065页)
△何事神仙九天上,人间来就楚襄王。(《巫山神女庙》)(第067页)
△月落乌啼云雨散,游童陌上拾花钿。(《踏歌词四首》其三)(第069页)
△气力已微心尚在,时时一曲梦中吹。(《武昌老人说笛歌》)(第070页)
△人世几回伤往事,山形依旧枕寒流。(《西塞山怀古》)(第073页)
△遥望洞庭山水翠,白银盘里一青螺。(《望洞庭》)(第074页)
△无人能咏史,独自月中行。(《晚泊牛渚》)(第076页)
△望来已是几千载,只似当时初望时。(《望夫石》)(第077页)
△淮水东边旧时月,夜深还过女墙来。(《金陵五题·石头城》)(第079页)
△旧时王谢堂前燕,飞入寻常百姓家。(《金陵五题·乌衣巷》)(第080页)
△万户千门成野草,只缘一曲后庭花。(《金陵五题·台城》)(第082页)
△南朝词臣北朝客,归来唯见秦淮碧。(《金陵五题·江令宅》)(第084页)
△兴废由人事,山川空地形。(《金陵怀古》)(第087页)
△遂令后代登坛者,每一寻思怕立功。(《韩信庙》)(第089页)
△沉舟侧畔千帆过,病树前头万木春。(《酬乐天扬州初逢席上见赠》)(第090页)
△本欲醉中轻远别,不知翻引酒悲来。(《洛中送韩七中丞之吴兴口号》其三)(第097页)
△种桃道士归何处,前度刘郎今又来。(《再游玄都观并引》)(第098页)
△游人莫笑白头醉,老醉花间有几人。(《杏园花下酬乐天见赠》)(第103页)
△三春车马客,一代繁华地。(《曲江春望》)(第104页)
△莫道两京非远别,春明门外即天涯。(《和令狐相公别牡丹》)(第105页)
△展转相忆心,月明千万里。(《月夜忆乐天,兼寄微之》)(第107页)
△两心相忆似流波,潺湲日夜无穷已。(《叹水别白二十二》)(第108页)
△天将今夜月,一遍洗寰瀛。(《八月十五夜玩月》)(第112页)
△请君莫奏前朝曲,听唱新翻杨柳枝。(《杨柳枝词》其一)(第113页)
△芳林新叶催陈叶,流水前波让后波。(《乐天见示伤微之、敦诗、晦叔三君子,皆有深分,因成是诗以寄》)(第116页)
△天地肃清堪四望,为君扶病上高台。(《始闻秋风》)(第118页)
△弱柳从风疑举袂,丛兰泡露似沾巾。(《和乐天春词,依忆江南曲拍为句》)(第119页)
△莫道桑榆晚,为霞尚满天。(《酬乐天咏老见示》)(第120页)
△石以砥焉,化钝为利;法以砥焉,化愚为智。(《砥石赋并序》)(第125页)
△骥伏枥而已老,鹰在鞲而有情。聆朔风而心动,眄天籁而神惊。力将痑兮足受绁,犹奋迅于秋声。(《秋声赋并序》)(第134页)

△观书者当观其意,慕贤者当慕其心。(《辩迹论》)(第136页)
△生乎治者人道明,咸知其所自,故德与怨不归乎天;生乎乱者人道昧,不可知,故由人者举归乎天。(《天论》上)(第142页)
△所求尽矣,所利移矣。(《因论·叹牛》)(第155页)
△八音与政通,而文章与时高下。(《唐故尚书礼部员外郎柳君集纪》)(第167页)
△山不在高,有仙则名;水不在深,有龙则灵。(《陋室铭》)(第169页)
△谈笑有鸿儒,往来无白丁。(《陋室铭》)(第169页)
△五刃之伤,药之可平。一言成痾,智不能明。(《口兵戒》)(第170页)

图书在版编目（CIP）数据

刘禹锡集/（唐）刘禹锡著；赵娟，姜剑云解评. —2版.
—太原：三晋出版社，2008.6（2024.5重印）
（中国家庭基本藏书·名家选集卷）
ISBN 978 - 7 - 80598 - 935 - 8 - 01

Ⅰ.刘… Ⅱ.①刘…②赵…③姜… Ⅲ.①唐诗—选集
②古典散文—作品集—中国—唐代 Ⅳ.I214.232

中国版本图书馆CIP数据核字（2008）第091020号

刘禹锡集

著　　者：（唐）刘禹锡	解评者：赵　娟　姜剑云
责任编辑：朱　屹	审订者：朱　屹
封面设计：敬人工作室	版式设计：敬人工作室
责任校对：朱　屹	责任印制：李佳音

出版发行：山西出版集团·三晋出版社
地　　址：太原市建设南路21号
电　　话：(0351) 4956036（咨询）　4922268（邮购）
传　　真：(0351) 4922102
网　　址：www.sxskcb.com
邮　　编：030012

印刷装订：山西新华印业有限公司
（本书如有破损、缺页、装订错误，请与本社联系调换）

开　　本：787mm×960mm　1/16
字　　数：230千字
印　　张：13.5
版　　次：2008年6月第2版
印　　次：2024年5月第2次印刷
书　　号：ISBN 978 - 7 - 80598 - 935 - 8 - 01
定　　价：53.00元

版权所有，翻印必究。本书图文未经书面授权，不得以任何方式转载或公开发表。